TRANZLATY

Language is for everyone

Språk er for alle

Folk Tales of Bengal

Folkeeventyr fra Bengal

Part One
Del én

1 / 2

Lal Behari Day

English / Norsk

Folk Tales of Bengal
Folkeeventyr fra Bengal

Life's Secret
Livets hemmelighet
Phakir Chand
Phakir Chand
The Indignant Brahman
Den indignerte brahmanen
The Story of the Rakshasas
Historien om rakshasaene
The Story of Swet and Bachanta
Historien om Swet og Bachanta
The Evil Eye of Sani
Sanis onde øye
The Boy whom Seven Mothers Suckled
Gutten som syv mødre ammet
The Story of Prince Sobur
Historien om prins Sobur
The Origins of Opium
Opiumets opprinnelse
Strike, but Listen First
Slå, men lytt først

Life's Secret
Livets hemmelighet

Once upon a time there was a king.
Det var en gang en konge.
This King had married two Queens.
Denne kongen hadde giftet seg med to dronninger.
The two queens were called Duo and Suo.
De to dronningene ble kalt Duo og Suo.
Both of the queens were childless.
Begge dronningene var barnløse.
One day a Faquir came to the palace gate.
En dag kom en fakir til palassporten.
The Faquir had come to ask for alms.
Faquiren hadde kommet for å be om almisser.
Queen Suo went to the door.
Dronning Suo gikk til døren.
And she gave him a handful of rice.
Og hun ga ham en håndfull ris.
The mendicant asked her a question.
Tiggeren stilte henne et spørsmål.
"Do you have any children?"
«Har du noen barn?»
The queen had no children.
Dronningen hadde ingen barn.
"I wish had children, but I have none"
«Jeg skulle ønske jeg hadde barn, men jeg har ingen»
The holy man refused to take alms from her.
Den hellige mannen nektet å ta imot almisser fra henne.
In these times there were different traditions.
I disse tidene var det forskjellige tradisjoner.
And the people believed many different things.
Og folket trodde på mange forskjellige ting.
Don't take charity from the hands of a childless woman.
Ta ikke imot veldedighet fra en barnløs kvinnes hender.
Such hands were ceremonially unclean.
Slike hender var seremonielt urene.

The mendicant offered her a medicine.
Tiggeren tilbød henne medisin.
This medicine was to remove her barrenness.
Denne medisinen skulle fjerne hennes ufruktbarhet.
She expressed her willingness to take the medicine.
Hun uttrykte sin vilje til å ta medisinen.
The mendicant told her how to take the medicine.
Tiggeren fortalte henne hvordan hun skulle ta medisinen.
"This is the potion you must swallow"
«Dette er eliksiren du må svelge»
"Prepare the juice of a pomegranate flower"
«Lag saften av en granatepleblomst»
"Swallow the medicine with the juice"
«Svelg medisinen med saften»
"If you do this, you will soon have a son"
«Hvis du gjør dette, vil du snart få en sønn»
"Your son will be exceedingly handsome"
«Sønnen din kommer til å bli utrolig kjekk»
"His complexion will be beautiful"
«Huden hans vil bli vakker»
"He will have the colour of pomegranate flowers"
«Han vil ha fargen av granatepleblomster»
"And you shall call him Dalim Kumar"
«Og du skal kalle ham Dalim Kumar»
"But he will also have enemies"
«Men han vil også ha fiender»
"They will try to take your son's life"
«De vil prøve å ta livet av sønnen din»
"But there is a secret to his life"
«Men det er en hemmelighet i livet hans»
"And I will tell you this secret"
«Og jeg skal fortelle deg denne hemmeligheten»
"In front of your palace is a pond"
«Foran palasset ditt er det en dam»
"In that pond there is a big Boal fish"
«I den dammen er det en stor boalfisk»
"Your son's life is connected to that fish"

«Sønnens liv er knyttet til den fisken»
"In the heart of the fish is a small box"
«I fiskens hjerte er det en liten boks»
"This small box is made of wood"
«Denne lille boksen er laget av tre»
"In the box of wood is a necklace of gold"
«I trekassen ligger et halskjede av gull»
"That necklace is the life of your son"
«Det halskjedet er livet til sønnen din»
The mendicant gave her the medicine.
Tiggeren ga henne medisinen.
And they said their farewells.
Og de tok farvel.

Soon all in the palace whispered of an heir.
Snart hvisket alle i palasset om en arving.
Great was the joy of the King.
Stor var kongens glede.
He had visions of an heir to the throne.
Han hadde visjoner om en tronarving.
A never-ending succession of powerful monarchs.
En uendelig rekkefølge av mektige monarker.
He dreamt of how they perpetuated his dynasty.
Han drømte om hvordan de videreførte dynastiet hans.
These ideas floated before his mind.
Disse ideene svevde forbi hodet hans.
It made him the happiest he had ever been.
Det gjorde ham lykkeligere enn han noen gang hadde vært.
Many ceremonies were performed for the occasion.
Mange seremonier ble utført for anledningen.
The people of the kingdom played loud music.
Folket i kongeriket spilte høy musikk.
The birth of a prince was a truly special event.
Fødselen av en prins var en virkelig spesiell begivenhet.
Soon queen Suo gave birth to a son.
Snart fødte dronning Suo en sønn.
He was more beautiful than anyone had imagined.

Han var vakrere enn noen hadde forestilt seg.
The King saw his son's face.
Kongen så sønnens ansikt.
And his heart leaped with joy.
Og hjertet hans hoppet av glede.
Soon the child ate his first rice.
Snart spiste barnet sin første ris.
Mukhe bhaat was celebrated with great joy.
Mukhe bhaat ble feiret med stor glede.
And the whole kingdom was filled with gladness.
Og hele riket ble fylt med glede.

Dalim Kumar grew up to be a fine boy.
Dalim Kumar vokste opp og ble en fin gutt.
There was one activity he particularly liked.
Det var én aktivitet han likte spesielt godt.
He loved playing with the pigeons.
Han elsket å leke med duene.
However, the pigeons often flew to Queen Duo.
Duene fløy imidlertid ofte til Queen Duo.
Nobody knows why they did this.
Ingen vet hvorfor de gjorde dette.
And they flew into her apartment.
Og de fløy inn i leiligheten hennes.
So Dalim Kumar often met Queen Duo.
Så Dalim Kumar møtte ofte Queen Duo.
At first, she happily gave the pigeons back.
Først ga hun gladelig duene tilbake.
But later she wasn't as willing to return the pigeons.
Men senere var hun ikke like villig til å returnere duene.
She gave the pigeons up with some reluctance.
Hun ga opp duene med en viss motvilje.
She felt she could use this to her advantage.
Hun følte at hun kunne bruke dette til sin fordel.
She naturally hated the child.
Hun hatet naturligvis barnet.
Since Dalim's birth the king had neglected her.

Siden Dalims fødsel hadde kongen forsømt henne.
And the King idolized the mother of Dalim.
Og kongen forgudet Dalims mor.
Somehow, she had heard of the mendicant.
På en eller annen måte hadde hun hørt om tiggeren.
She heard he had given queen Suo a medicine.
Hun hørte at han hadde gitt dronning Suo en medisin.
She had also heard about what he had said.
Hun hadde også hørt om hva han hadde sagt.
There was a secret to the prince's life.
Det var en hemmelighet i prinsens liv.
She had heard his life was bound to something.
Hun hadde hørt at livet hans var knyttet til noe.
But she did not know what his life was bound to.
Men hun visste ikke hva livet hans var dømt til.
She was determined to get the secret.
Hun var fast bestemt på å avsløre hemmeligheten.

Of course, the pigeons came back to her.
Selvfølgelig kom duene tilbake til henne.
And the pigeons flew into her room again.
Og duene fløy inn på rommet hennes igjen.
This time she refused to give the pigeons back.
Denne gangen nektet hun å gi duene tilbake.
"I won't just give you your pigeon back"
«Jeg gir deg ikke bare duen din tilbake»
"First, you have to tell me something"
«Først må du fortelle meg noe»
"What do you want, aunty?" the boy asked.
«Hva vil du, tante?» spurte gutten.
"Oh, my darling, do not worry"
"Å, min kjære, ikke vær redd"
"It's just a small thing I want"
«Det er bare en liten ting jeg ønsker meg»
"I want to know where your life is hidden"
«Jeg vil vite hvor livet ditt er gjemt»
The boy was very confused by this.

Gutten ble veldig forvirret av dette.
"What is that, aunty?"
«Hva er det, tante?»
"Where can my life be, except in me?"
«Hvor kan livet mitt være, om ikke i meg?»
"No, child, that is not what I meant"
«Nei, barn, det var ikke det jeg mente.»
"A holy mendicant told your mother a secret"
«En hellig tigger fortalte moren din en hemmelighet»
"Your life is bound up with something"
«Livet ditt er knyttet til noe»
"I wish to know what that thing is"
«Jeg vil gjerne vite hva den tingen er »
The boy was confused by what she said.
Gutten ble forvirret av det hun sa.
"I never heard of any such thing"
«Jeg har aldri hørt om noe slikt»
But Queen Duo insisted it was true.
Men dronning Duo insisterte på at det var sant.
"Promise to find out from your mother"
«Lov å finne ut av det fra moren din»
"Ask her where your life is hidden"
«Spør henne hvor livet ditt er gjemt»
"Then I will let you have the pigeons"
«Da skal jeg la deg få duene»
"Otherwise, I will keep the pigeons"
«Ellers beholder jeg duene»
The boy wanted his pigeons back.
Gutten ville ha duene sine tilbake.
So he agreed to get the information.
Så han gikk med på å innhente informasjonen.
But first she made him promise.
Men først fikk hun ham til å love.
"Promise me you won't tell your mother"
«Lov meg at du ikke forteller det til moren din»
And the boy promised not to tell her.
Og gutten lovet å ikke fortelle henne det.

"I promise I won't tell my mum"
«Jeg lover at jeg ikke skal fortelle det til moren min»
Queen Duo freed the prince's pigeons.
Dronning Duo frigjorde prinsens duer.
Dalim was overjoyed to have his birds again.
Dalim var overlykkelig over å ha fuglene sine igjen.
And he forgot the entire conversation.
Og han glemte hele samtalen.

The next day Dalim was playing again.
Neste dag spilte Dalim igjen.
You can imagine what happened again.
Du kan tenke deg hva som skjedde igjen.
The pigeons flew to Queen Duo's apartment.
Duene fløy til dronning Duos leilighet.
And they flew into her room again.
Og de fløy inn på rommet hennes igjen.
Dalim went in to his stepmother's apartment.
Dalim gikk inn i stemorens leilighet.
And he asked her for the pigeons.
Og han spurte henne om duene.
Of course she asked him for the information.
Selvfølgelig ba hun ham om informasjonen.
Dalim could not tell her where his life was hidden.
Dalim kunne ikke fortelle henne hvor livet hans var gjemt.
"I promise I will ask her today"
«Jeg lover at jeg skal spørre henne i dag»
"But please can I have my pigeons"
«Men kan jeg få duene mine, vær så snill?»
She didn't give the pigeons back so quickly.
Hun ga ikke duene tilbake så raskt.
But, in the end, he got his pigeons again.
Men til slutt fikk han duene sine igjen.

After playing, Dalim went to his mother.
Etter å ha spilt, dro Dalim til moren sin.
"Mamma, please tell me where my life is hidden"

«Mamma, vær så snill å si meg hvor livet mitt er gjemt»
"What do you mean, child?" asked the mother.
«Hva mener du, barn?» spurte moren.
She was astonished at the question.
Hun ble forbløffet over spørsmålet.
Why would her child ask her this?
Hvorfor skulle barnet hennes spørre henne om dette?
"Yes, mamma," replied the child.
«Ja, mamma», svarte barnet.
"I have heard of a holy mendicant"
«Jeg har hørt om en hellig tigger»
"He told you something about my life"
«Han fortalte deg noe om livet mitt»
"He said my life is hidden in something"
«Han sa at livet mitt er skjult i noe»
"Tell me what that thing is"
«Fortell meg hva den tingen er»
"My child, my darling, my treasure"
«Mitt barn, min kjære, min skatt»
"My golden moon," his mother pleaded.
«Min gylne måne», tryglet moren hans.
"Do not ask such a question"
«Ikke still et slikt spørsmål»
"Cover my enemies' mouths with ashes"
«Dekk mine fienders munn med aske»
"Let my Dalim live forever," she begged.
«La min Dalim leve evig», tryglet hun.
But the child insisted on knowing the secret.
Men barnet insisterte på å vite hemmeligheten.
He refused to eat or drink until he knew.
Han nektet å spise eller drikke før han visste det.
Queen Suo had no choice but to tell him.
Dronning Suo hadde ikke noe annet valg enn å fortelle ham det.
Eventually she told him the secret of his life.
Til slutt fortalte hun ham hans livs hemmelighet.

The next day Dalim was playing again.
Neste dag spilte Dalim igjen.
You can imagine where the pigeons flew.
Du kan tenke deg hvor duene fløy.
Dalim chased after the birds into the apartment.
Dalim jaget etter fuglene inn i leiligheten.
His stepmother told him many sweet words.
Stemoren hans sa til ham mange søte ord.
And finally, she got his secret from him.
Og til slutt fikk hun hemmeligheten hans fra ham.
She wasted no time to start her wicked plan.
Hun kastet ikke bort tiden til å sette i gang den onde planen sin.
And she gave orders to her servants.
Og hun ga sine tjenere ordre.
"Get some dried stalk from the hemp plant"
«Hent litt tørket stilk fra hampplanten»
"Make sure the stalks are very brittle"
«Sørg for at stilkene er veldig sprø»
Brittle hemp stalks make a cracking sound.
Sprø hampstilker lager en knakende lyd.
The sound is similar to the cracking of joints.
Lyden ligner på sprekker i ledd.
And it sounds like the bones of old people.
Og det høres ut som beinene til gamle mennesker.
She put the brittle hemp stalks under her bed.
Hun la de sprø hampstilkene under sengen sin.
And then she lied on her bed.
Og så lå hun på sengen sin.
She wanted to test the hemp stalks.
Hun ville teste hampstilkene.
The stalks cracked just as much as she wanted.
Stilkene knakk akkurat så mye hun ville.
She was satisfied with how her plan was going.
Hun var fornøyd med hvordan planen hennes gikk.
She gave more orders to her servants.
Hun ga flere ordre til tjenerne sine.

"Tell the King I am very ill"
«Si til kongen at jeg er veldig syk»
"He must come to see me immediately"
«Han må komme og se meg med en gang»
The king did not love this queen.
Kongen elsket ikke denne dronningen.
But he still had a duty to care for her.
Men han hadde fortsatt en plikt til å ta vare på henne.
If she was ill, he had to look after her.
Hvis hun var syk, måtte han ta vare på henne.
The King came to her bedroom.
Kongen kom til soverommet hennes.
She rolled on the bed in pain.
Hun rullet rundt i sengen i smerte.
The King heard the cracking of her bones.
Kongen hørte knirkingen av knoklene hennes.
He ordered his best physician to attend her.
Han beordret sin beste lege til å ta seg av henne.
But the queen had thought of this.
Men dronningen hadde tenkt på dette.
She had already spoken with the physician.
Hun hadde allerede snakket med legen.
"There is only one remedy," he told the king.
«Det finnes bare én løsning», sa han til kongen.
"There's a pond in front of the palace"
«Det er en dam foran palasset»
"In the pond there's a large Boal fish"
«I dammen er det en stor boalfisk»
"The remedy is in that fish"
«Løsemidlet ligger i den fisken»
So the king let the physician catch the fish.
Så lot kongen legen fange fisken.
Meanwhile Dalim was busy playing.
I mellomtiden var Dalim travelt opptatt med å spille.
He knew nothing of his aunt's illness.
Han visste ingenting om tantens sykdom.
The fish was taken out the water.

Fisken ble tatt ut av vannet.
Dalim fell to the ground immediately.
umiddelbart til bakken .
He flopped around on the floor.
Han vrengte rundt på gulvet.
And he could not breathe.
Og han fikk ikke puste.
The guards immediately noticed.
Vaktene la umiddelbart merke til det.
Dalim was taken to his mother's room.
Dalim ble tatt med til morens rom.
And the King was informed of his son.
Og kongen ble informert om sønnen sin.
He couldn't believe his son's illness.
Han kunne ikke tro at sønnen hans var syk.
The fish was taken to Queen Duo.
Fisken ble tatt med til Queen Duo.
Queen Duo was being saved.
Dronning Duo ble reddet.
At the same time Dalim was dying.
Samtidig var Dalim døende.
The fish was cut open.
Fisken ble kuttet opp.
And they found the wooden box.
Og de fant trekassen.
In the box lay a necklace of gold.
I esken lå et gullkjede.
Queen Duo put on the necklace.
Dronningduoen tok på seg halskjedet.
And Dalim died at the very same moment.
Og Dalim døde i samme øyeblikk.

News of the tragedy reached the king.
Nyheten om tragedien nådde kongen.
He was plunged into an ocean of grief.
Han ble kastet ut i et hav av sorg.
News of Queen Duo's recovery did not help.

Nyheten om Queen Duos bedring hjalp ikke.
He wept painful and bitter tears.
Han gråt smertefulle og bitre tårer.
No one thought he would recover.
Ingen trodde han ville bli frisk igjen.
He could not bear to bury his son.
Han orket ikke å begrave sønnen sin.
Nor did he allow his body to be burned.
Han tillot heller ikke at kroppen hans ble brent.
He could not accept that his son had died.
Han kunne ikke akseptere at sønnen hans var død.
His death was so sudden and senseless.
Hans død var så plutselig og meningsløs.
He had the dead body moved to a garden-houses.
Han fikk den døde kroppen flyttet til et hagehus.
This garden-house was in the suburbs.
Dette hagehuset lå i forstedene.
Here his son was laid in state.
Her ble sønnen hans gravlagt.
All sorts of provisions were put there.
Alle slags provianter ble lagt der.
Although everyone knew it was unnecessary.
Selv om alle visste at det var unødvendig.
The young boy did not need food anymore.
Den unge gutten trengte ikke mat lenger.
The house was kept locked day and night.
Huset ble holdt låst dag og natt.
Dalim had had one very close friend.
Dalim hadde hatt én veldig nær venn.
Only this friend was allowed to visit.
Bare denne vennen fikk lov til å komme på besøk.
He was the son of the prime minister.
Han var sønn av statsministeren.
He was entrusted with the key of the house.
Han ble betrodd nøkkelen til huset.
Once a day he could visit his dead friend.
En gang om dagen kunne han besøke sin døde venn.

Queen Suo retired after the loss of her son.
Dronning Suo pensjonerte seg etter tapet av sønnen.
Now the King spent the nights with Queen Duo.
Nå tilbrakte kongen nettene hos dronning Duo.
The Queen wanted to avoid suspicion.
Dronningen ville unngå mistanke.
So she took the necklace off at night.
Så tok hun av halskjedet om natten.
But Dalim's life was tied to the necklace.
Men Dalims liv var knyttet til halskjedet.
And his death was not so simple.
Og hans død var ikke så enkel.
He was dead when the queen wore the necklace.
Han var død da dronningen bar halskjedet.
But when she took the necklace off, he returned to life.
Men da hun tok av halskjedet, vendte han tilbake til livet.
And so he returned to life every night.
Og slik vendte han tilbake til livet hver natt.
Every morning she put the necklace on again.
Hver morgen tok hun på seg halskjedet igjen.
And so, he died again every morning.
Og slik døde han igjen hver morgen.
At night he ate whatever food he liked.
Om kvelden spiste han det han likte.
Because there was plenty of food for him.
Fordi det var rikelig med mat til ham.
He walked around in the premises.
Han gikk rundt i lokalene.
And he meditated on the strangeness of his life.
Og han mediterte over det merkelige i livet sitt.
Dalim's friend only visited him during the day.
Dalims venn besøkte ham bare på dagtid.
So he always saw him as a lifeless corpse.
Så han så ham alltid som et livløst lik.
But his body never seemed to change.
Men kroppen hans så aldri ut til å forandre seg.

There was no sign of putrefaction.
Det var ingen tegn til forråtnelse.
The body was lifeless and pale.
Kroppen var livløs og blek.
But there were no symptoms of death.
Men det var ingen tegn på død.
It all seemed too strange for him.
Det hele virket for merkelig for ham.
So he decided to watch the corpse more closely.
Så bestemte han seg for å se nærmere på liket.
And he visited his friend at night.
Og han besøkte vennen sin om kvelden.
He was astonished at what he saw that night.
Han ble forbløffet over hva han så den natten.
His dead friend was walking about in the garden.
Hans døde venn gikk rundt i hagen.
At first, he thought Dalim might be a ghost.
Først trodde han at Dalim kanskje var et spøkelse.
So he went to see if he could touch him.
Så gikk han for å se om han kunne røre ham.
And then he saw it was really his friend.
Og så så han at det virkelig var vennen hans.
Dalim told his friend everything that had happened.
Dalim fortalte vennen sin alt som hadde skjedd.
He told him all the circumstances of his death.
Han fortalte ham alle omstendighetene rundt hans død.
And soon they solved the mystery.
Og snart løste de mysteriet.
They understood why he revived only at night.
De forsto hvorfor han bare gjenopplivet om natten.
Every night the king came to see Queen Duo.
Hver kveld kom kongen for å se dronning Duo.
When the King visited, she took off her necklace.
Da kongen besøkte henne, tok hun av seg halskjedet.
The life of the prince depended on the necklace.
Prinsens liv var avhengig av halskjedet.
So the two friends worked on a plan.

Så de to vennene jobbet ut en plan.
Night after night they consulted together.
Natt etter natt rådførte de seg med hverandre.
But they could not think of any feasible scheme.
Men de kunne ikke tenke seg noen gjennomførbar plan.

Eventually the Gods must have taken pity.
Til slutt må gudene ha syntes synd på ham.
And they decided to free Dalim.
Og de bestemte seg for å frigjøre Dalim.
But we must understand how the Gods work.
Men vi må forstå hvordan gudene fungerer.
These things are planned long before.
Disse tingene er planlagt lenge i forveien.
The sister of Bidhata-Purusha had had a daughter.
Søsteren til Bidhata-Purusha hadde fått en datter.
Bidhata-Purusha was a great fortune teller.
Bidhata-Purusha var en stor spådame.
He had written something on the child's forehead.
Han hadde skrevet noe på barnets panne.
"This child will marry the dead bridegroom"
«Dette barnet skal gifte seg med den døde brudgommen»
Her mother was very saddened by this.
Moren hennes ble veldig lei seg over dette.
She did not want this destiny for her daughter.
Hun ønsket ikke denne skjebnen for datteren sin.
But she could not argue with him.
Men hun kunne ikke krangle med ham.
He never changed what he had written.
Han endret aldri det han hadde skrevet.
The child became exceedingly beautiful.
Barnet ble usedvanlig vakkert.
But the mother could not take any pleasure in this.
Men moren kunne ikke finne noen glede i dette.
Because she knew the destiny of her child.
Fordi hun visste hva som skulle skje med barnet sitt.
Eventually the girl came to marriageable age.

Etter hvert kom jenta i gifteferdig alder.
She had to find a way to avoid her fate.
Hun måtte finne en måte å unngå skjebnen sin på.
So the mother fled the country with her child.
Så flyktet moren fra landet med barnet sitt.
Perhaps she could avoid her dreadful destiny.
Kanskje hun kunne unngå sin fryktelige skjebne.
But what was written was written.
Men det som ble skrevet, ble skrevet.
And fate cannot be overruled like this.
Og skjebnen kan ikke overstyres på denne måten.
Together they journeyed through the land.
Sammen reiste de gjennom landet.
You can imagine how fate was working.
Du kan tenke deg hvordan skjebnen virket.
They wandered past Dalim's resting place.
De vandret forbi Dalims hvilested.
The shade of the evening was approaching.
Kveldens skygge nærmet seg.
"Mother, I am thirsty," said her child.
«Mor, jeg er tørst», sa barnet hennes.
"Sit at this gate," replied her mother.
«Sitt ved denne porten», svarte moren hennes.
"I will search for water in the village"
«Jeg skal lete etter vann i landsbyen»
The girl was curious about the garden.
Jenta var nysgjerrig på hagen.
And in the garden she saw strange house.
Og i hagen så hun et merkelig hus.
She pushed the gate, which opened itself.
Hun dyttet på porten, som åpnet seg selv.
When she went in, she saw a beautiful palace.
Da hun gikk inn, så hun et vakkert palass.
But she had an uneasy feeling about the palace.
Men hun hadde en urolig følelse angående slottet.
However, the door had shut itself.
Døren hadde imidlertid lukket seg selv.

So she had no way of getting out.

Så hun hadde ingen måte å komme seg ut på.

When night came the prince revived.

Da natten kom, våknet prinsen til liv.

As usual, he walked around in the garden.

Som vanlig gikk han rundt i hagen.

But this time he saw a female figure.

Men denne gangen så han en kvinneskikkelse.

The figure was standing near the gate.

Skikkelsen sto nær porten.

Soon he saw that it was a girl.

Snart så han at det var en jente.

And he saw she was of unsurpassed beauty.

Og han så at hun var av uovertruffen skjønnhet.

"Who are you?" he asked her.

«Hvem er du?» spurte han henne.

She told Dalim everything that had happened.

Hun fortalte Dalim alt som hadde skjedd.

All the details of her little history.

Alle detaljene i hennes lille historie.

"My uncle is the divine Bidhata-Purusha"

"Min onkel er den guddommelige Bidhata-Purusha"

"He wrote on my forehead at birth"

«Han skrev på pannen min da jeg ble født»

"This child will marry the dead bridegroom"

«Dette barnet skal gifte seg med den døde brudgommen»

"My mother did not want that life for me"

«Moren min ville ikke at jeg skulle leve det livet»

"So we left our house and city"

«Så vi forlot huset og byen vår»

"And we wandered through the country"

«Og vi vandret gjennom landet»

"We had come to the gate of your palace"

«Vi hadde kommet til porten til palasset ditt»

"After our journey I was thirsty"

«Etter reisen vår var jeg tørst»

"So my mother went to look for water"
«Så moren min gikk for å lete etter vann»
"And now I am standing here before you"
«Og nå står jeg her foran deg»
Dalim Kumar knew the meaning of the story.
Dalim Kumar visste hva historien betydde.
"I am the dead bridegroom," he told the girl.
«Jeg er den døde brudgommen», sa han til jenta.
"It is me who you will marry"
«Det er meg du skal gifte deg med»
"Come with me to the house," he asked of her.
«Bli med meg hjem,» spurte han henne.
But the girl wasn't so easily persuaded.
Men jenta lot seg ikke overtale så lett.
"You are standing and speaking to me"
«Du står og snakker til meg»
"How can you be the dead bridegroom?"
«Hvordan kan du være den døde brudgommen?»
The prince understood her objection.
Prinsen forsto hennes innvendinger.
"You will understand it afterwards"
«Du vil forstå det etterpå»
The girl followed the prince into the house.
Jenta fulgte prinsen inn i huset.
She had been fasting the whole day.
Hun hadde fastet hele dagen.
So the prince gave her wonderful food.
Så ga prinsen henne deilig mat.
Meanwhile, the girl's mother had come back.
I mellomtiden hadde jentas mor kommet tilbake.
She was standing at the gates of the garden.
Hun sto ved portene til hagen.
But her daughter was not there anymore.
Men datteren hennes var ikke der lenger.
She cried out for her daughter.
Hun ropte etter datteren sin.
But she got no reply from her daughter.

Men hun fikk ikke noe svar fra datteren sin.
So she went looking for her in the village.
Så dro hun for å lete etter henne i landsbyen.

As usual, Dalim's friend came that night.
Som vanlig kom Dalims venn den kvelden.
Dalim was still entertaining his guest.
Dalim underholdt fortsatt gjesten sin.
He was not expecting to see a stranger.
Han forventet ikke å se en fremmed.
And the girl retold him her story.
Og jenta fortalte ham historien sin igjen.
You can imagine his surprise when she told him.
Du kan tenke deg overraskelsen hans da hun fortalte ham det.
He was able to confirm Dalim's story.
Han kunne bekrefte Dalims historie.
Soon they had all accepted destiny.
Snart hadde de alle akseptert skjebnen.
That night they fulfilled their fates.
Den natten oppfylte de sin skjebne.
They decided to unite the couple in matrimony.
De bestemte seg for å forene paret i ekteskap.
It was going to be impossible to get a priest.
Det ville bli umulig å få tak i en prest.
So Dalim's friend performed the hymeneal rites.
Så utførte Dalims venn hymenealritualene.
The friend of the bridegroom left the palace.
Brudgommens venn forlot palasset.
The newly-weds had the palace to themselves.
De nygifte hadde slottet for seg selv.
The happy couple did not sleep much that night.
Det lykkelige paret sov ikke mye den natten.
So it was long after sunrise that they woke up.
Så det var lenge etter soloppgang at de våknet.
Of course it was only the young wife that woke up.
Selvfølgelig var det bare den unge kona som våknet.
The prince had become a cold corpse again.

Prinsen var blitt et kaldt lik igjen.
The queen had put on her necklace.
Dronningen hadde tatt på seg halskjedet sitt.
And life had departed from him again.
Og livet hadde forlatt ham igjen.
You can imagine how the young wife felt.
Du kan tenke deg hvordan den unge kona følte seg.
She shook her husband to try and wake him.
Hun ristet mannen sin for å prøve å vekke ham.
She kissed him on his cold lips.
Hun kysset ham på de kalde leppene hans.
But all her efforts were in vain.
Men alle hennes anstrengelser var forgjeves.
He was as lifeless as a marble statue.
Han var like livløs som en marmorstatue.
The young wife was stricken with horror.
Den unge kona ble slått av redsel.
She smote her breast with her fists.
Hun slo seg for brystet med nevene.
She struck her forehead with her palms.
Hun slo seg i pannen med håndflatene.
And she tore her hair from her head.
Og hun rev håret av hodet.
She ran through the garden like a mad woman.
Hun løp gjennom hagen som en gal kvinne.
Dalim's friend did not come during the day.
Dalims venn kom ikke i løpet av dagen.
He did not want to see his friend this way.
Han ville ikke se vennen sin på denne måten.
The poor girl did not know what to do.
Den stakkars jenta visste ikke hva hun skulle gjøre.
Time could not pass quickly enough.
Tiden kunne ikke gå fort nok.
The day seemed as long as a year.
Dagen føltes like lang som et år.
But the even longest day has its end.
Men selv den lengste dagen har sin slutt.

The shades of evening were descending.
Kveldens skygger senket seg.
Her dead husband was awakened into consciousness.
Hennes avdøde ektemann ble vekket til bevissthet.
He rose up from his bed again.
Han reiste seg opp av sengen sin igjen.
And he embraced his new wife.
Og han omfavnet sin nye kone.
Again they ate, drank, and became merry.
Igjen spiste og drakk de og ble glade.
His friend made his usual appearance.
Vennen hans dukket opp som vanlig.
And the whole night was spent celebrating.
Og hele kvelden ble tilbrakt med feiring.

They spent the next seven years this way.
De tilbrakte de neste sju årene på denne måten.
During the day Dalim was lifeless.
I løpet av dagen var Dalim livløs.
But at night he came to life.
Men om natten våknet han til liv.
And their life was quite usual.
Og livet deres var ganske vanlig.
The princess gave her husband two lovely boys.
Prinsessen ga mannen sin to nydelige gutter.
They were the exact image of their father.
De var det nøyaktige bildet av faren sin.
Of course the king and Queens did not know.
Kongen og dronningene visste selvfølgelig ikke det.
They did not know they were grandparents.
De visste ikke at de var besteforeldre.
And they did not know Dalim was alive.
Og de visste ikke at Dalim levde.
To be precise I should say he was alive at night.
For å være presis, bør jeg si at han levde om natten.
They all thought he had long been dead.
De trodde alle at han var død for lenge siden.

They assumed his corpse would now be gone.
De antok at liket hans nå ville være borte.
But the heart of Dalim s wife was yearning.
Men hjertet til Dalims kone lengtet.
She wanted nothing more than her mother-in-law.
Hun ville ikke ha noe mer enn svigermoren sin.
Over the years she had come up with a plan.
Gjennom årene hadde hun kommet opp med en plan.
Perhaps she could see her mother-in-law.
Kanskje hun kunne få sett svigermoren sin.
Maybe they could get hold of the necklace.
Kanskje de kunne få tak i halskjedet.
She asked for the consent of her husband.
Hun ba om samtykke fra mannen sin.
And he allowed her to disguise herself.
Og han lot henne skjule seg.
She took on the appearance of a female barber.
Hun tok på seg utseendet til en kvinnelig barberer.
Like every female barber, she needed equipment.
Som alle kvinnelige barberere trengte hun utstyr.
She took the following tools;
Hun tok følgende verktøy;
An iron instrument for preparing finger nails.
Et jerninstrument for å preparere fingernegler.
Another iron instrument for scraping the feet.
Et annet jerninstrument for å skrape føttene.
A piece of burnt jhama brick.
Et stykke brent jhama-murstein.
For rubbing the soles of the feet.
For å gni fotsålene.
And paint for the edges of the feet.
Og maling til kantene på føttene.
She took all her tools with her.
Hun tok med seg alt verktøyet sitt.
And she stood at the gate of the King's palace.
Og hun sto ved porten til kongens palass.
I forgot something else she brought.

Jeg glemte noe annet hun hadde med seg.
She had come with her two sons.
Hun hadde kommet med sine to sønner.
She spoke with the guards.
Hun snakket med vaktene.
"I work as a barber"
«Jeg jobber som barberer»
"I have come to offer my services"
«Jeg har kommet for å tilby mine tjenester»
"I desire to see Queen Suo"
«Jeg ønsker å se dronning Suo»
Queen Suo quickly gave her an interview.
Dronning Suo ga henne raskt et intervju.
The queen was quite fond of the two little boys.
Dronningen var ganske glad i de to små guttene.
They strangely reminded her of her own son.
De minnet henne merkelig nok om hennes egen sønn.
And she remembered her lost treasure.
Og hun husket den tapte skatten sin.
Tears fell profusely from her eyes.
Tårene falt voldsomt fra øynene hennes.
She had not the remotest idea who they were.
Hun hadde ikke den fjerneste anelse om hvem de var.
Of course we know who they are.
Selvfølgelig vet vi hvem de er.
The two little boys are her grandsons.
De to små guttene er barnebarna hennes.
She spoke to the barber.
Hun snakket med frisøren.
"My son died when he was young"
«Sønnen min døde da han var liten»
"I have given up these vanities"
«Jeg har gitt opp disse forfengelighetene»
"I stopped having my feet ceremoniously dyed"
«Jeg sluttet å farge føttene mine seremonielt»
"But I would be glad to see your two fine boys"
«Men jeg ville bli glad for å se de to fine guttene dine»

The barber agreed to let Queen Suo see her boys.
Barbereren gikk med på å la dronning Suo se guttene sine.
But she had one question before she went.
Men hun hadde ett spørsmål før hun dro.
"Are there other ladies in the palace?
«Er det andre damer i palasset?»
"Someone else I could provide my service to"
«Noen andre jeg kunne tilby tjenesten min til»
She was told there was another queen.
Hun ble fortalt at det fantes en annen dronning.
And she was also allowed to go to that queen.
Og hun fikk også lov til å gå til den dronningen.
Queen Duo allowed her to prepare her nails.
Dronning Duo lot henne forberede neglene sine.
And she was allowed to scrape her feet.
Og hun fikk lov til å skrape føttene sine.
She painted her feet with alakta.
Hun malte føttene sine med alakta.
And the queen was very pleased with her skill.
Og dronningen var svært fornøyd med ferdighetene hennes.
She also enjoyed the sweetness of her disposition.
Hun nøt også den søte gemytten sin.
So she booked to have more of her services.
Så bestilte hun flere av tjenestene hennes.
The female barber had come for something else.
Den kvinnelige barbereren hadde kommet for noe annet.
And she quickly noticed the necklace.
Og hun la raskt merke til halskjedet.
The necklace was around the Queen's neck.
Halskjedet var rundt dronningens hals.

The day of her second visit had come.
Dagen for hennes andre besøk var kommet.
She gave her eldest son the instructions.
Hun ga sin eldste sønn instruksjonene.
"We are going into the palace again"
«Vi skal inn i palasset igjen»

"When in the palace you have to cry"
«Når du er i palasset, må du gråte»
"Say you would like the queen's necklace"
«Si at du vil ha dronningens halskjede»
"Don't stop crying until you have her necklace"
«Ikke slutt å gråte før du har halskjedet hennes»
The female barber went to queen Duo's apartment.
Den kvinnelige barbereren dro til dronning Duos leilighet.
Soon the elder boy started to cry.
Snart begynte den eldste gutten å gråte.
The boy acted his role well.
Gutten spilte rollen sin bra.
Nothing would console the boy.
Ingenting ville trøste gutten.
"What is wrong?" Queen Duo asked.
«Hva er galt ?» spurte dronning Duo.
They boy could hardly speak.
Gutten kunne knapt snakke.
"Your necklace is so beautiful"
«Smykket ditt er så vakkert»
And he continued to sob.
Og han fortsatte å gråte.
"Can I please hold the necklace?"
«Kan jeg vær så snill å holde halskjedet?»
Queen Duo did not want to let him.
Dronning Duo ville ikke la ham gjøre det.
"I cannot part with my necklace"
«Jeg kan ikke skille meg av med halskjedet mitt»
"It is my most valuable jewel"
«Det er min mest verdifulle juvel»
But the boy did not stop crying.
Men gutten sluttet ikke å gråte.
So she took the necklace off her neck.
Så tok hun halskjedet av halsen.
And she put the necklace into the boy's hand.
Og hun la halskjedet i guttens hånd.
The boy quickly stopped crying.

Gutten sluttet raskt å gråte.
And he held the necklace in his hand.
Og han holdt halskjedet i hånden.
The female barber had finished her work.
Den kvinnelige barbereren var ferdig med arbeidet sitt.
She was packing up her tools.
Hun pakket sammen verktøyene sine.
And she was about to leave the palace.
Og hun var i ferd med å forlate slottet.
So the queen wanted the necklace back.
Så ville dronningen ha halskjedet tilbake.
But the boy would not let her have the necklace.
Men gutten ville ikke la henne få halskjedet.
His mother attempted to snatch the necklace from him.
Moren hans forsøkte å rive halskjedet fra ham.
But he wept bitterly when she tried.
Men han gråt bittert da hun prøvde.
And he cried as if his heart would break.
Og han gråt som om hjertet hans skulle knuse.
The female barber politely asked the queen;
Den kvinnelige barbereren spurte høflig dronningen;
"Please let the boy take the necklace home"
«Vær så snill å la gutten ta med seg halskjedet hjem»
"He will fall asleep after drinking his milk"
«Han sovner etter å ha drukket melken sin»
"And then I will bring your necklace back"
«Og så skal jeg ta med halskjedet ditt tilbake»
She could see she had no choice.
Hun kunne se at hun ikke hadde noe valg.
The boy would not allow her to take the necklace.
Gutten ville ikke la henne ta halskjedet.
So she agreed to the proposal.
Så hun gikk med på forslaget.
"Dalim must now be long dead," she thought.
«Dalim må være død for lengst nå», tenkte hun.
And she had nothing to worry about.
Og hun hadde ingenting å bekymre seg for.

The princess had the prized necklace.
Prinsessen hadde det ettertraktede halskjedet.
The treasure bound to her husband's life.
Skatten knyttet til ektemannens liv.
She rushed back to the garden-house.
Hun løp tilbake til hagehuset.
And she gave the necklace to Dalim.
Og hun ga halskjedet til Dalim.
Dalim had been alive all morning.
Dalim hadde vært i live hele morgenen.
It was the first time he saw the sun again.
Det var første gang han så solen igjen.
Their joy of his life knew no bounds.
Gleden over livet deres kjente ingen grenser.
Their friend advised them to go to the palace.
Vennen deres rådet dem til å dra til slottet.
"Go to the palace tomorrow"
«Dra til slottet i morgen»
"Present yourselves to the King and Queen"
«Fremstill dere for kongen og dronningen»
"Let them know you're alive and well"
«La dem få vite at du lever og har det bra»
The couple accepted their friend's advice.
Paret tok vennens råd.
And they prepared everything for their arrival.
Og de forberedte alt til ankomsten.
An elephant was brought for the prince.
En elefant ble brakt til prinsen.
A pair of ponies were brought for the boys.
Et par ponnier ble brakt med til guttene.
And there was a grand chaturdala.
Og det var en storslått chaturdala.
It was furnished with curtains of gold lace.
Den var møblert med gardiner av gullblonder.
Word was sent to the king and Queen Suo.
Det ble sendt melding til kongen og dronning Suo.

"Prince Dalim Kumar is alive and well"
«Prins Dalim Kumar lever i beste velgående»
"And he is coming to visit you"
«Og han kommer på besøk til deg»
"Now he has a wife and two sons"
«Nå har han kone og to sønner »
The King and Queen Suo could hardly believe it.
Kongen og dronningen Suo kunne knapt tro det.
But they were assured that it was all true.
Men de ble forsikret om at alt var sant.
Queen Duo quickly realized her predicament.
Dronning Duo innså raskt sin vanskelige situasjon.
And she became overwhelmed with grief.
Og hun ble overveldet av sorg.
A band of musicians followed the prince.
Et band med musikere fulgte prinsen.
Prince Dalim Kumar approached the palace-gate.
Prins Dalim Kumar nærmet seg palassporten.
The King and Queen Suo went to the gates.
Kongen og dronningen Suo gikk til portene.
And they welcomed their long-lost son.
Og de tok imot sin lenge savnede sønn.
You can imagine how happy they were.
Du kan tenke deg hvor glade de var.
Dalim told his parents of his death.
Dalim fortalte foreldrene sine om dødsfallet sitt.
He told them of the pond by the palace.
Han fortalte dem om dammen ved palasset.
And he told them of the fish in the pond.
Og han fortalte dem om fiskene i dammen.
He told them of the wooden box in the fish.
Han fortalte dem om trekassen i fisken.
He told them of the necklace in the wooden box.
Han fortalte dem om halskjedet i trekisten.
And he told them the secret of his life.
Og han fortalte dem sitt livs hemmelighet.
He told them how he died each night.

Han fortalte dem hvordan han døde hver natt.
Of course he also mentioned his new wife.
Selvfølgelig nevnte han også sin nye kone.
The king was inflamed with rage at the news.
Kongen ble opptent av raseri over nyheten.
He ordered Queen Duo into his presence.
Han beordret dronning Duo inn i sin nærvær.
A large hole was dug in the ground.
Et stort hull ble gravd i bakken.
The hole was as deep as the height of a man.
Hullet var like dypt som en manns høyde.
Queen Duo was made to stand in the hole.
Dronning Duo ble tvunget til å stå i hullet.
Prickly thorns were heaped around her.
Stikkende torner var stablet rundt henne.
The thorns went up to the crown of her head.
Tornene steg opp til isen av hodet hennes.
And in this manner she was buried alive.
Og på denne måten ble hun levende begravet.

Phakir Chand

Phakir Chand

There was once a king, who had a son.
Det var en gang en konge, som hadde en sønn.
The king's minister also had a son.
Kongens minister hadde også en sønn.
The two sons loved each other dearly.
De to sønnene elsket hverandre høyt.
And they did everything together.
Og de gjorde alt sammen.
The two sons sat and stood up together.
De to sønnene satt og reiste seg opp sammen.
They walked together to the same places.
De gikk sammen til de samme stedene.
They ate their meals together.
De spiste måltidene sine sammen.
They slept and got up together.
De sov og sto opp sammen.
They spent years in each other's company.
De tilbrakte år i hverandres selskap.
One day they both felt a new desire.
En dag følte de begge et nytt begjær.
They wanted to see foreign lands.
De ville se fremmede land.
And so they set out on their journey.
Og slik la de ut på reisen sin.
One of them was the son of a king.
En av dem var sønn av en konge.
One of them was the son of his chief minister.
En av dem var sønnen til hans førsteminister.
So of course they were both quite rich.
Så selvfølgelig var de begge ganske rike.
But they did not take any servants with them.
Men de tok ingen tjenere med seg.
They went by themselves, on horseback.
De dro alene, til hest.

The horses were beautiful to look at.
Hestene var vakre å se på.
They were Pakshirajes horses.
De var Pakshirajes hester.
Such horses are known as the kings of birds.
Slike hester er kjent som fuglenes konger.
The two sons rode together for many days.
De to sønnene red sammen i mange dager.
They passed through extensive plains.
De passerte gjennom vidstrakte sletter.
And the plains were covered with paddy.
Og slettene var dekket av rismark.
And they passed through strange cities.
Og de reiste gjennom fremmede byer.
And they passed through towns, and villages.
Og de gikk gjennom byer og landsbyer.
They passed through treeless deserts.
De passerte gjennom treløse ørkener.
And they passed through forests.
Og de gikk gjennom skoger.
And the forests were dense with trees.
Og skogene var tette av trær.
These forests were the abode of the tiger.
Disse skogene var tigerens tilholdssted.
And the bear also lived in these forests.
Og bjørnen levde også i disse skogene.
One evening they were overtaken by the night.
En kveld ble de innhentet av natten.
They had not seen any human habitations.
De hadde ikke sett noen menneskelige bosteder.
But it was getting darker and darker.
Men det ble mørkere og mørkere.
So they dismounted beneath a lofty tree.
Så steg de av hesten under et høyt tre.
They tied their horses to the tree.
De bandt hestene sine fast til treet.
And then they climbed up the tree.

Og så klatret de opp i treet.
They covered the branches with thick foliage.
De dekket grenene med tykt løvverk.
So that they could sit on the branches.
Slik at de kunne sitte på grenene.
The tree had grown near a large body of water.
Treet hadde vokst nær et stort vann.
The water was as clear as the eye of a crow.
Vannet var klart som et kråkeøye.
The two friends made themselves comfortable.
De to vennene gjorde det komfortabelt for seg.
Of course it wasn't very comfortable in a tree.
Selvfølgelig var det ikke særlig behagelig i et tre.
But it wasn't uncomfortable in the tree either.
Men det var heller ikke ubehagelig i treet.
They had decided to spend the night there.
De hadde bestemt seg for å tilbringe natten der.
They sometimes chatted together in whispers.
Noen ganger hvisket de sammen.
They felt whispering was better than talking.
De syntes det var bedre å hviske enn å snakke.
Because the region seemed very strange to them.
Fordi regionen virket veldig fremmed for dem.
And soon they were falling into a doze.
Og snart falt de i døs.
But their attention was suddenly jolted.
Men oppmerksomheten deres ble plutselig trukket til seg.
From the water they heard a noise.
Fra vannet hørte de en lyd.
It sounded like the rushing of water.
Det hørtes ut som brusende vann.
In front of them was a terrible sight!
Foran dem var et forferdelig syn!
A huge serpent came from under the water.
En stor slange kom opp fra undervannspunktet.
The snake swam ashore and slithered around.
Slangen svømte i land og gled rundt.

But something else attracted their attention.
Men noe annet tiltrakk seg oppmerksomheten deres.
The crested hood of the serpent was shining.
Slangens kamformede hette skinte.
The snake had a brilliant manikya embedded.
Slangen hadde en strålende manikya innebygd.
The jewel shone like a thousand diamonds.
Juvelen skinte som tusen diamanter.
The crystal lit up the water in the tank.
Krystallen lyste opp vannet i tanken.
The embankments and trees were irradiated.
Vollene og trærne ble bestrålt.
The serpent doffed the jewel from its crest.
Slangen tok juvelen av toppen.
And the serpent threw the jewel on the ground.
Og slangen kastet juvelen på bakken.
And then the serpent went in search of food.
Og så gikk slangen på jakt etter mat.
They could not believe what they had seen.
De kunne ikke tro hva de hadde sett.
They stayed in the safety of the tree.
De holdt seg i sikkerhet i treet.
But they greatly admired the jewel.
Men de beundret juvelen sterkt.
The ruby shed an ineffable luster.
Rubinen avga en ubeskrivelig glans.
Everything had a magical glow around it.
Alt hadde en magisk glød rundt seg.
They had never seen anything like it.
De hadde aldri sett noe lignende.
Although, they had heard of this treasure.
Selv om de hadde hørt om denne skatten.
The jewel equaled the treasures of seven kings.
Juvelen tilsvarte skattene til syv konger.
But their admiration soon changed to fear.
Men beundring deres ble snart forandret til frykt.
The serpent came to the foot of their tree.

Slangen kom til foten av treet deres.

The serpent had found their horses!

Slangen hadde funnet hestene deres!

The poor horses had been tied to the tree.

De stakkars hestene hadde blitt bundet fast til treet.

The animals had no way of escaping.

Dyrene hadde ingen måte å flykte på.

One by one the serpent ate their horses.

En etter en spiste slangen hestene deres.

But the serpent's appetite did not seem satisfied.

Men slangens appetitt virket ikke tilfredsstilt.

They feared they would be the next victims.

De fryktet at de ville bli de neste ofrene.

But their fears were soon relieved.

Men frykten deres ble snart lettet.

The gigantic cobra had not seen them.

Den gigantiske kobraen hadde ikke sett dem.

And eventually the snake left again.

Og til slutt dro slangen igjen.

The minister's son saw an opportunity.

Ministerens sønn så en mulighet.

This was his chance to take the gem.

Dette var hans sjanse til å ta juvelen.

But there was one problem they had.

Men det var ett problem de hadde.

The jewel shone incredibly bright.

Juvelen skinte utrolig sterkt.

The serpent would know what had happened.

Slangen ville vite hva som hadde skjedd.

But there was a way to overcome this problem.

Men det fantes en måte å overvinne dette problemet på.

And the minister's son knew the solution.

Og ministerens sønn visste løsningen.

He had to cover the stone with horse-dung.

Han måtte dekke steinen med hestemøkk.

And there was some horse-dung by the tree.

Og det lå litt hestemøkk ved treet.

He quietly came down from the tree.
Han kom stille ned fra treet.
He picked up the horse-dung off the floor.
Han plukket opp hestemøkk fra gulvet.
And he threw the dung upon the precious stone.
Og han kastet møkka på den dyrebare steinen.
And then he climbed up into the tree again.
Og så klatret han opp i treet igjen.
The serpent noticed something had happened.
Slangen la merke til at noe hadde skjedd.
The light of the jewel had vanished.
Lyset fra juvelen hadde forsvunnet.
The serpent rushed back with great fury.
Slangen stormet tilbake med stor raseri.
The serpent returned to where it had left the stone.
Slangen vendte tilbake til der den hadde lagt steinen.
The serpent let out a frightful hiss at the night.
Slangen suste forferdelig om natten.
The snake's groans and convulsions were terrible.
Slangens stønn og kramper var forferdelige.
The snake went round and round the jewel.
Slangen gikk rundt og rundt juvelen.
But the stone was covered with horse-dung.
Men steinen var dekket av hestemøkk.
This way the serpent could not see its treasure.
På denne måten kunne ikke slangen se skatten sin.
Finally, the serpent breathed its last breath.
Til slutt pustet slangen sitt siste åndedrag.

The two friends did not sleep much that night.
De to vennene sov ikke mye den natten.
In the morning they came down from the tree.
Om morgenen kom de ned fra treet.
They went to where the crest-jewel was.
De dro dit hvor våpenskjoldet var.
The mighty serpent was still laying there.
Den mektige slangen lå der fortsatt.

But now the snake's body was perfectly lifeless.
Men nå var slangens kropp fullstendig livløs.
The friend of the prince stepped over the dead snake.
Prinsens venn tråkket over den døde slangen.
And he picked up the dung covered jewel.
Og han plukket opp den møkkdekkede juvelen.
Both of them went to the bank of the water.
Begge gikk til vannbredden.
And they washed the precious stone.
Og de vasket den dyrebare steinen.
Finally, all the dung had been washed off.
Endelig var all møkka vasket bort.
And the jewel shone as brilliantly as before.
Og juvelen skinte like strålende som før.
The jewel lit up the entire bed of the tank of water.
Juvelen lyste opp hele bunnen av vanntanken.
Now they could see the innumerable fishes.
Nå kunne de se de utallige fiskene.
But the light also revealed something else.
Men lyset avslørte også noe annet.
This astonished them more than all the fishes.
Dette forbauset dem mer enn alle fiskene.
In the bottom of the water there was something.
På bunnen av vannet var det noe.
They could see there were lofty walls.
De kunne se at det var høye murer.
The walls were from a magnificent palace.
Veggene var fra et praktfullt palass.
The prince's friend was feeling venturesome.
Prinsens venn følte seg dristig.
He convinced the king's son to follow him.
Han overtalte kongens sønn til å følge ham.
And then they wanted to swim to the palace below.
Og så ville de svømme til palasset nedenfor.
The prince's friend took the jewel in his hand.
Prinsens venn tok juvelen i hånden sin.
And they both dived into the waters.

Og de stupte begge ned i vannet.
Soon they stood at the gate of the palace.
Snart sto de ved porten til palasset.
To their surprise the gate was open.
Til deres overraskelse var porten åpen.
They saw no being, human or superhuman.
De så ingen vesener, verken menneskelige eller overmenneskelige.
So they decided to venture inside the gate.
Så bestemte de seg for å våge seg innenfor porten.
Inside the walls there was a beautiful garden.
Innenfor murene var det en vakker hage.
In the middle of the garden was a house.
Midt i hagen sto et hus.
No one had ever seen so many flowers.
Ingen hadde noen gang sett så mange blomster.
There were roses of all imaginable varieties.
Det var roser i alle tenkelige varianter.
There were endless numbers of yellow jessamine.
Det fantes uendelige mengder med gul jesamin.
And there were numerous white bell flowers.
Og det var tallrike hvite klokkeblomster.
These flowers were the king of smells.
Disse blomstene var kongen av lukter.
The most scented lily of the valley.
Den mest duftende liljekonvallen.
There were the flowers from the champaka tree.
Der var blomstene fra champaka-treet.
And a thousand other sweet-scented flowers.
Og tusen andre søtduftende blomster.
Acres covered with the delicious jessamine.
Mål dekket av den deilige jessaminen.
All the plants were gemmed with flowers.
Alle plantene var pyntet med blomster.
And all the flowers were in full bloom.
Og alle blomstene sto i full blomst.
So the air was loaded with rich perfume.

Så luften var fylt med rik duft.
A wilderness of sweet scents everywhere.
Et villmark av søte dufter overalt.
They went through this paradise of perfumery.
De gikk gjennom dette parfymeparadiset.
And eventually they reached the house.
Og omsider kom de frem til huset.
The house was surrounded by lofty trees.
Huset var omgitt av høye trær.
Soon they stood at the door of the house.
Snart sto de ved døren til huset.
Now they could see it was a fairy palace.
Nå kunne de se at det var et feepalass.
The walls were of burnished gold.
Veggene var av polert gull.
Here and there shone diamonds of dazzling hue.
Her og der skinte diamanter med blendende fargetone.
But they did not see any beings.
Men de så ingen vesener.
So they went inside the palace.
Så gikk de inn i palasset.
The palace was richly furnished.
Palasset var rikt møblert.
They went from room to room.
De gikk fra rom til rom.
But they did not see anyone.
Men de så ingen.
It seemed to be a deserted house.
Det så ut til å være et øde hus.
At last, however, they found a special room.
Til slutt fant de imidlertid et spesielt rom.
In this room there was a young lady.
I dette rommet var det en ung dame.
She was sleeping on a golden bed.
Hun sov på en gyllen seng.
The young lady was of exquisite beauty.
Den unge damen var av utsøkt skjønnhet.

Her complexion was a mixture of red and white.
Huden hennes var en blanding av rødt og hvitt.
She seemed to be about sixteen years of age.
Hun så ut til å være rundt seksten år gammel.
The two friends gazed upon her.
De to vennene stirret på henne.
They were enchanted by her beauty.
De var fortryllet av hennes skjønnhet.
But they could not admire her for long.
Men de kunne ikke beundre henne lenge.
Because the young lady opened her eyes.
Fordi den unge damen åpnet øynene.
Her eyes seemed like the eyes of a gazelle.
Øynene hennes lignet øynene til en gaselle.
On seeing the strangers she said;
Da hun så de fremmede, sa hun;
"How have you come here, ye unfortunate men?"
«Hvordan har dere kommet hit, dere uheldige menn?»
"Be gone, be gone! I beg of you two"
«Borte, borte! Jeg ber dere to!»
"This is the abode of a mighty serpent"
«Dette er tilholdsstedet til en mektig slange »
"The serpent which has devoured my parents"
«Slangen som har fortært mine foreldre»
"And my brothers, and all my relatives"
«Og brødrene mine og alle slektningene mine»
"I am the only one that he has spared"
«Jeg er den eneste han har spart»
"Flee for your lives while you still can"
«Flykt for livet mens dere fortsatt kan»
"Or else the serpent will eat you both"
«Ellers spiser slangen dere begge»
The prince's friend told her what had happened.
Prinsens venn fortalte henne hva som hadde skjedd.
"The serpent has breathed his last breath"
«Slangen har pustet sitt siste åndedrag»
"The snake's body lies lifeless on the floor"

«Slangens kropp ligger livløs på gulvet»
"We took the head-jewel of the serpent"
«Vi tok slangens hodejuvel»
"The jewel's light showed us to the palace.
«Juvelens lys viste oss palasset.»
She thanked the strangers for their bravery.
Hun takket de fremmede for deres mot.
"You have freed me from the infernal serpent"
«Du har befridd meg fra den infernalske slangen»
"Please live with me in my palace"
«Vær så snill å bo hos meg i palasset mitt»
"But please promise never to desert me"
«Men vær så snill å lov at du aldri forlater meg»
They gladly accepted the invitation.
De tok imot invitasjonen med glede.
The king's son was smitten with the princess.
Kongens sønn var forelsket i prinsessen.
He adored the charms of the peerless princess.
Han elsket sjarmen til den uovertrufne prinsessen.
And he married her after a short time.
Og han giftet seg med henne etter kort tid.
There was no priest at the palace.
Det var ingen prest på palasset.
So the hymeneal knot was tied by other means.
Så ble hymenealknuten bundet på andre måter.
A simple exchange of garlands of flowers.
En enkel utveksling av blomsterkranser.
The king's son became inexpressibly happy.
Kongssønnen ble ubeskrivelig lykkelig.
He delighted in the company of the princess.
Han frydet seg i prinsessens selskap.
The prince's friend also had a wife.
Prinsens venn hadde også en kone.
Of course she was living in the upper world.
Selvfølgelig levde hun i den øvre verden.
But he participated in his friend's happiness.
Men han deltok i vennens lykke.

The time they spent together passed merrily.

Tiden de tilbrakte sammen gikk lystig forbi.

But they could not live here forever.

Men de kunne ikke bo her for alltid.

The prince had to return to his kingdom.

Prinsen måtte vende tilbake til sitt rike.

But he knew the return would require some planning.

Men han visste at returen ville kreve litt planlegging.

The occasion would come with a lot of pomp.

Anledningen ville komme med mye pomp og prakt.

There were going to be many ceremonies.

Det skulle bli mange seremonier.

Because there was a lot to be celebrated.

Fordi det var mye å feire.

First the prince's friend was going to go.

Først skulle prinsens venn dra.

And then he was going to return with the attendants.

Og så skulle han tilbake med tjenerne.

Horses, and elephants for the happy pair.

Hester og elefanter for det lykkelige paret.

The prince accompanied his friend.

Prinsen fulgte vennen sin.

Together they went back to the surface.

Sammen dro de tilbake til overflaten.

And they saw the upper world again.

Og de så den øvre verden igjen.

The two friends bid each other adieu.

De to vennene tok farvel med hverandre.

The prince returned to his lovely wife.

Prinsen vendte tilbake til sin vakre kone.

Before leaving everything had been organized.

Før avreise var alt organisert.

The prince's friend arranged his return.

Prinsens venn ordnet med at han skulle komme tilbake.

He said when he was going to go to the embankment.

Han sa da han skulle gå til vollen.

He was going to have the horses that they needed.

Han skulle ha hestene de trengte.
Elephants were going to be there too, and attendants.
Elefanter skulle også være der, og ledsagere.
They were going to wait upon the prince and princess.
De skulle vente på prinsen og prinsessen.
The snake-jewel gave them the rights to this.
Slangejuvelen ga dem rettighetene til dette.
The prince's friend went back to his country.
Prinsens venn dro tilbake til landet sitt.
To prepare for the return of his friend.
For å forberede vennens hjemkomst.

One day the prince was sleeping.
En dag sov prinsen.
He had just had his midday meal.
Han hadde nettopp spist middagsmåltidet sitt.
The princess had never seen the upper regions.
Prinsessen hadde aldri sett de øvre regionene.
She felt the desire to see the upper world.
Hun følte et ønske om å se den øvre verden.
For this she needed the snake-jewel.
Til dette trengte hun slangejuvelen.
Only this could help her through the water.
Bare dette kunne hjelpe henne gjennom vannet.
The jewel was shining its bright light in the room.
Juvelen skinte sitt sterke lys i rommet.
She took the snake-jewel into her hand.
Hun tok slangejuvelen i hånden sin.
And then she left the palace and the garden.
Og så forlot hun slottet og hagen.
She successfully swam to the upper world.
Hun svømte med hell til den øvre verden.
No mortal had caught sight of her.
Ingen dødelig hadde fått øye på henne.
At the edge of the water were some steps.
Ved vannkanten var det noen trapper.
The steps were for the convenience of bathers.

Trappene var til for å gjøre det lettere for badende.
And this is also where she sat.
Og det var også her hun satt.
She scrubbed her body with the sand.
Hun skrubbet kroppen sin med sanden.
She washed her hair with the fresh water.
Hun vasket håret med ferskvann.
And she played with the water for fun.
Og hun lekte med vannet for moro skyld.
She walked about on the water's edge.
Hun gikk rundt på vannkanten.
And she admired all the scenery around.
Og hun beundret alt landskapet rundt.
But finally she returned back to her palace.
Men til slutt vendte hun tilbake til slottet sitt.
Her husband was still deep in sleep.
Mannen hennes sov fortsatt dypt.
But eventually he had slept enough.
Men til slutt hadde han sovet nok.
She did not tell him about her adventures.
Hun fortalte ham ikke om eventyrene sine.
The next day her husband fell asleep again.
Neste dag sovnet mannen hennes igjen.
And again she paid a visit to the upper world.
Og igjen besøkte hun den øvre verden.
And she remained unnoticed by mortal man.
Og hun forble ubemerket av det dødelige mennesket.
Her success was starting to give her courage.
Suksessen hennes begynte å gi henne mot.
So she repeated her adventure a third time.
Så gjentok hun eventyret sitt en tredje gang.
The rajah's son was out hunting that day.
Rajahens sønn var ute på jakt den dagen.
He had his tent not far from the water.
Han hadde teltet sitt ikke langt fra vannet.
His attendants were cooking his meal.
Tjenerne hans lagde maten hans.

So, he wandered about along the water.
Så vandret han rundt langs vannet.
Nearby an old woman was gathering sticks.
I nærheten samlet en gammel kvinne ved.
She was collecting dried branches of trees.
Hun samlet tørkede grener fra trær.'
She needed the sticks for kindling wood.
Hun trengte pinnene til å tenne opp ved.
This was when the princess came out the water.
Det var da prinsessen kom opp av vannet.
She gazed around and she saw a man.
Hun så seg rundt og så en mann.
And then she saw there was also a woman.
Og så så hun at det også var en kvinne der.
The princess knew she didn't want to be seen.
Prinsessen visste at hun ikke ville bli sett.
So she went back down to her palace.
Så dro hun tilbake ned til palasset sitt.
But the rajah's son had caught a glimpse of her.
Men rajaens sønn hadde fått et glimt av henne.
And the old woman gathering sticks saw her too.
Og den gamle kvinnen som samlet ved, så henne også.
The rajah's son stood gazing on the waters.
Rajahens sønn sto og stirret utover vannet.
He had never seen such a beautiful woman.
Han hadde aldri sett en så vakker kvinne.
She seemed to him to be a deva-kanyas Goddess.
Hun virket for ham som en deva-kanyas-gudinne.
Heavenly goddesses he had read of in old books.
Himmelske gudinner han hadde lest om i gamle bøker.
They are said to visit the upper world.
Det sies at de besøker den øvre verden.
And the upper world is honored to have them.
Og den øvre verden er beæret over å ha dem.
But it is said to happen only rarely.
Men det sies at det bare skjer sjelden.
The way that angels only visit rarely.

Måten engler bare sjelden besøker.
He had seen the princess' unearthly beauty.
Han hadde sett prinsessens ujordiske skjønnhet.
She had made a deep impression on his heart.
Hun hadde gjort et dypt inntrykk på hjertet hans.
Although he had seen her only for a moment.
Selv om han bare hadde sett henne et øyeblikk.
But her beauty distracted his mind.
Men skjønnheten hennes distraherte tankene hans.
He stood there like a statue, for hours.
Han sto der som en statue, i timevis.
All he could do was gaze into the waters.
Alt han kunne gjøre var å stirre ned i vannet.
In the hope of seeing the lovely figure again.
I håp om å se den vakre skikkelsen igjen.
But all his time was spent in vain.
Men all tiden hans ble brukt forgjeves.
The princess did not appear again.
Prinsessen dukket ikke opp igjen.
The rajah's son became mad with love.
Rajahens sønn ble gal av kjærlighet.
He kept muttering, "now here, now gone!"
Han mumlet stadig: «Nå her, nå borte!»
He refused to leave the water's edge.
Han nektet å forlate vannkanten.
His attendants had to forcibly remove him.
Hans tjenere måtte fjerne ham med makt.
They took him to his father's palace.
De tok ham med til farens palass.
But he was in a state of hopeless insanity.
Men han var i en tilstand av håpløs galskap.
He couldn't be made to speak to anyone.
Han kunne ikke tvinges til å snakke med noen.
And he spent his days sobbing heavily.
Og han tilbrakte dagene sine med å gråte tungt.
No others words came out of his mouth.
Ingen andre ord kom ut av munnen hans.

"Now here, now gone!"
«Nå her, nå borte!»
"Now here, now gone!"
«Nå her, nå borte!»
You can imagine the rajah's grief.
Du kan forestille deg rajaens sorg.
"What could have deranged my son's mind?"
«Hva kunne ha forvirret sønnen min?»
"'Now here, now gone,' what does it mean?"
«'Nå her, nå borte', hva betyr det?»
He could not unravel the words' meaning.
Han klarte ikke å fatte betydningen av ordene.
His attendants couldn't decipher the words either.
Hans tjenere klarte heller ikke å tyde ordene.
The land's best physicians were consulted.
Landets beste leger ble konsultert.
But their consultation had no effect.
Men konsultasjonen deres hadde ingen effekt.
The sons of æsculapius were not able to help.
Æsculapius' sønner var ikke i stand til å hjelpe.
No one could ascertain the cause of the madness.
Ingen kunne fastslå årsaken til galskapen.
Without knowing the cause there was no cure.
Uten å vite årsaken fantes det ingen kur.
The physicians tried to ask the prince.
Legene prøvde å spørre prinsen.
But all he said was, "now here, now gone!"
Men alt han sa var: «Nå her, nå borte!»
The rajah was distracted with grief.
Rajahen var distrahert av sorg.
Day and night he worried for his son.
Dag og natt bekymret han seg for sønnen sin.
He wished for his son's intellects to return.
Han ønsket at sønnens intellekt skulle komme tilbake.
A proclamation was made in the capital.
En proklamasjon ble utstedt i hovedstaden.
Town criers were sent into the city.

Byropere ble sendt inn i byen.
And they beat their drums for attention.
Og de slo på trommene sine for å få oppmerksomhet.
"The rajah's son has lost his mental faculties"
«Rajahs sønn har mistet sine mentale evner»
"The rajah seeks a cure for his son"
«Rajaen søker en kur for sønnen sin»
"A reward is offered for the cure"
«Det tilbys en belønning for kuren»
"The hand of the rajah's daughter"
«Rajahs datters hånd»
"Her hand comes with half his kingdom"
«Hennes hånd kommer med halve kongeriket hans»
The drum was beaten around the city.
Trommen ble slått rundt i byen.
But no one felt they could touch the drum.
Men ingen følte at de kunne berøre trommen.
No one knew the cause of his madness.
Ingen visste årsaken til galskapen hans.
At last an old woman came forward.
Endelig kom en gammel kvinne frem.
And she stepped up to touch the drum.
Og hun gikk frem for å berøre trommen.
"I will discover the cause of his madness"
«Jeg skal finne ut årsaken til galskapen hans»
"And I will cure him from his disease"
«Og jeg vil helbrede ham fra sykdommen hans»
She had seen what happened to the boy.
Hun hadde sett hva som skjedde med gutten.
She was at the water's edge that day.
Hun var ved vannkanten den dagen.
It was her who was gathering up sticks.
Det var hun som samlet opp pinner.
This woman had a crack-brained son.
Denne kvinnen hadde en hjernesviktende sønn.
Her son was named of Phakir-Chand.
Sønnen hennes ble kalt Phakir-Chand.

So she was called Phakir's mother.
Så ble hun kalt Phakirs mor.
The woman was brought before the rajah.
Kvinnen ble ført frem for rajaen.
And the following conversation took place.
Og den følgende samtalen fant sted.
"You are the woman that touched the drum"
«Du er kvinnen som rørte ved trommen»
"You know the cause of my son's madness?"
«Vet du årsaken til sønnens galskap?»
"Yes, oh incarnation of justice!"
«Ja, å, å, inkarnasjonen av rettferdighet!»
"I know the cause of your son's madness"
«Jeg vet årsaken til sønnens galskap»
"But I will not say the cause of his madness"
«Men jeg vil ikke si årsaken til galskapen hans»
"First I will cure your son of his madness"
«Først skal jeg kurere sønnen din for galskapen hans»
"How can I believe you are able to?"
«Hvordan kan jeg tro at du er i stand til det?»
"The best physicians of the land have failed"
«Landets beste leger har sviktet»
"You need not now believe, my king"
«Du trenger ikke å tro nå, min konge»
"Wait till I have performed the cure"
«Vent til jeg har utført kuren»
"Many an old woman knows many secrets"
«Mange gamle kvinner kjenner mange hemmeligheter»
"Secrets wise men are unacquainted with"
«Hemmeligheter vise menn ikke kjenner til»
"Very well, let me see what you can do"
"Greit, la meg se hva du kan gjøre"
"In what time will you perform the cure?"
«På hvilken tid vil du utføre kuren?»
"It is impossible to fix the time"
«Det er umulig å fikse tiden»
"Ff course I will begin work immediately"

«Selvfølgelig begynner jeg å jobbe umiddelbart»
"But I need your lordship's assistance"
«Men jeg trenger Deres herredømmes hjelp»
"What help do you require from me?"
«Hvilken hjelp trenger du fra meg?»
"Your lordship will please order a hut"
«Deres herredømme vil vennligst bestille en hytte.»
"Have the hut raised on the embankment of the water"
«Få hytta reist på vannkanten»
"Where your son first caught the disease"
«Hvor sønnen din først fikk sykdommen»
"I mean to live in that hut for a few days"
«Jeg har tenkt å bo i den hytta i noen dager»
"And please order some of your servants"
«Og vær så snill å bestill noen av tjenerne dine»
"They have to be in attendance at a distance"
«De må være til stede på avstand»
"Tell them to be about a hundred yards away"
«Si til dem at de må være omtrent hundre meter unna»
"That way I can call them over when we need them"
«På den måten kan jeg tilkalle dem når vi trenger dem»
The king had listened attentively.
Kongen hadde lyttet oppmerksomt.
"I will order that to be immediately done"
«Jeg vil beordre at det skal gjøres umiddelbart»
"Do you want anything else?"
«Ønsker du noe annet?»
"Those are all the preparations I need"
«Det er alle forberedelsene jeg trenger»
"But let me remind you of the agreement"
«Men la meg minne deg om avtalen»
"You promised the hand of your daughter"
«Du lovet din datters hånd»
"And you promised half your kingdom"
«Og du lovet halve kongeriket ditt»
"But I can't marry your daughter"
«Men jeg kan ikke gifte meg med datteren din»

"Because your daughter has to marry a man"
«Fordi datteren din må gifte seg med en mann»
"But I also have a son of marriageable age"
«Men jeg har også en sønn i gifteferdig alder»
"Allow my son to marry your daughter"
«La sønnen min gifte seg med datteren din»
"Allow him to have half of your kingdom"
«La ham få halve kongeriket ditt»
The king was agreed with the terms.
Kongen var enig i vilkårene.
"If you find a cure, he marries my daughter"
«Hvis du finner en kur, gifter han seg med datteren min»
"And half of my kingdom shall be his"
«Og halvparten av mitt rike skal være hans»
A temporary hut was quickly erected.
En midlertidig hytte ble raskt reist.
The hut was built on the embankment of the water.
Hytta ble bygget på vannets bredd.
And Phakir's mother took up her abode.
Og Phakirs mor slo seg ned.
An outpost was also erected at some distance.
En utpost ble også reist et stykke unna.
Because the woman might require some attendance.
Fordi kvinnen kanskje trenger litt oppfølging.
Strict orders were given by Phakir's mother.
Strenge ordre ble gitt av Phakirs mor.
No one was allowed to go near the water.
Ingen fikk lov til å gå i nærheten av vannet.
Only she was allowed to stay by the water.
Bare hun fikk lov til å bli ved vannet.

But let us leave Phakir's mother at the water.
Men la oss la Phakirs mor ligge ved vannet.
Let us hasten down the subterranean palace.
La oss skynde oss ned i det underjordiske palasset.
To see what the prince and the princess are doing.
For å se hva prinsen og prinsessen driver med.

The princess did want to go up again.
Prinsessen ville opp igjen.
But she now knew that it would be dangerous.
Men nå visste hun at det ville bli farlig.
And she had given up the idea of a fourth visit.
Og hun hadde gitt opp tanken på et fjerde besøk.
But women generally have greater curiosity.
Men kvinner har generelt større nysgjerrighet.
And the princess was no exception to the rule.
Og prinsessen var intet unntak fra regelen.
One day her husband was asleep.
En dag sov mannen hennes.
He always slept after his noonday meal.
Han sov alltid etter middagsmåltidet.
She took the snake-jewel in her hand.
Hun tok slangejuvelen i hånden.
And she rushed out of the palace.
Og hun løp ut av palasset.
And she came up to the upper world.
Og hun kom opp til den øvre verden.
There was an upheaval in the waters.
Det ble en omveltning i farvannet.
And Phakir's mother was on high alert.
Og Phakirs mor var i høyeste beredskap.
She was hiding in the hut.
Hun gjemte seg i hytta.
And she was looking through the chinks.
Og hun kikket gjennom sprekkene.
The princess saw no human being nearby.
Prinsessen så ikke noe menneske i nærheten.
So she came to the bank of the water.
Så kom hun til vannbredden.
Phakir's mother showed herself outside the hut.
Phakirs mor viste seg utenfor hytta.
And she addressed the princess politely.
Og hun henvendte seg høflig til prinsessen.
"Come, my child, thou queen of beauty"

«Kom, mitt barn, du skjønnhetens dronning»
"Come to me, and I will help you to bathe"
«Kom til meg, så skal jeg hjelpe deg å bade»
So saying, she approached the princess.
Med dette sagt gikk hun bort til prinsessen.
The princess saw she was just an old woman.
Prinsessen så at hun bare var en gammel kvinne.
So she made no resistance to her offer.
Så hun gjorde ingen motstand mot tilbudet sitt.
The old woman was washing the princess' hair.
Den gamle kvinnen vasket prinsessens hår.
And she noticed the bright jewel in her hand.
Og hun la merke til den skinnende juvelen i hånden sin.
"Out the jewel here till you are bathed"
"Ut juvelen her til du er badet"
Now the jewel was in the hands of Phakir's mother.
Nå var juvelen i hendene på Phakirs mor.
She wrapped the jewel up in a cloth.
Hun pakket juvelen inn i et klede.
And she wrapped the cloth around her waist.
Og hun surret stoffet rundt livet sitt.
Now the princess was unable to escape.
Nå klarte ikke prinsessen å flykte.
And Phakir's mother gave the signal.
Og Phakirs mor ga signalet.
The attendants rushed to the water.
De ansatte løp til vannet.
And they took the princess captive.
Og de tok prinsessen til fange.
The news soon reached the city.
Nyheten nådde snart byen.
"Phakir's mother had captured a water-nymph"
«Phakirs mor hadde fanget en vannnymfe»
And the people rejoiced at the news.
Og folket gledet seg over nyheten.
All came to see the "daughter of the immortals"
Alle kom for å se «de udødeliges datter»

She was brought to the palace.
Hun ble brakt til palasset.
And she was brought to the rajah's son.
Og hun ble brakt til rajaens sønn.
The rajah's son was still of impaired intellect.
Rajahens sønn var fortsatt intellektuelt svekket.
But that cloud on his brain soon dissipated.
Men den skyen på hjernen hans forsvant snart.
"I have found you! I have found you!"
«Jeg har funnet deg! Jeg har funnet deg!»
His eyes had been vacant and lusterless.
Øynene hans hadde vært tomme og glansløse.
But now his eyes had the fire of intelligence.
Men nå hadde øynene hans en ild i intelligensen.
He had almost lost the use of his tongue.
Han hadde nesten mistet evnen til å bruke tungen.
"Now here, now gone!" was all he had been able to say.
«Nå her, nå borte!» var alt han hadde klart å si.
But this sense too was restored.
Men også denne sansen ble gjenopprettet.
The joy of the rajah knew no bounds.
Rajahens glede kjente ingen grenser.
There was great festivity in the city.
Det var stor festlighet i byen.
The people praised Phakir-Chand's mother.
Folket roste Phakir-Chands mor.
And everyone soon expected the marriage.
Og alle ventet snart på bryllupet.
The rajah's son was to wed the water-nymph.
Rajahens sønn skulle gifte seg med vannnymfen.
The princess, however, had made a promise.
Prinsessen hadde imidlertid gitt et løfte.
She told Phakir's mother of her promise.
Hun fortalte Phakirs mor om løftet sitt.
"I won't as much as look at another man"
«Jeg vil ikke engang se på en annen mann»
"For one year my vows shall last"

«I ett år skal mine løfter vare»
"The marriage cannot happen in that time"
«Ekteskapet kan ikke finne sted i løpet av den tiden»
The rajah's son was somewhat disappointed.
Rajahens sønn var noe skuffet.
But he readily agreed to the delay.
Men han gikk lett med på utsettelsen.
"Delay enhances the sweetness of the pleasure"
«Forsinkelse forsterker søtheten i nytelsen»
Of course the princess spent her time in sorrow.
Selvfølgelig tilbrakte prinsessen tiden sin i sorg.
She spent her days and nights sighing.
Hun tilbrakte dagene og nettene sine med å sukke.
And she lamented her idle curiosity.
Og hun beklaget sin ladede nysgjerrighet.
The curiosity that led her to the upper world.
Nysgjerrigheten som ledet henne til den øvre verden.
The curiosity that separated her from her husband.
Nysgjerrigheten som skilte henne fra mannen sin.
She thought of her unfortunate husband.
Hun tenkte på sin uheldige ektemann.
She had left him all alone below the waters.
Hun hadde forlatt ham helt alene under vannet.
And she wept bitter tears each day.
Og hun gråt bitre tårer hver dag.
She wished that she could run away.
Hun ønsket at hun kunne rømme.
But that would have been impossible.
Men det ville ha vært umulig.
Because she was immured within walls.
Fordi hun var innesperret innenfor murene.
And there were walls within the walls.
Og det var vegger innenfor veggene.
And what use was getting out the palace?
Og hva var vitsen med å komme seg ut av slottet?
She couldn't get to her husband anyway.
Hun klarte uansett ikke å komme seg til mannen sin.

She didn't have the serpent jewel.
Hun hadde ikke slangejuvelen.
The ladies of the palace tried to comfort her.
Damene i slottet prøvde å trøste henne.
And Phakir's mother tried to divert her mind.
Og Phakirs mor prøvde å avlede tankene hennes.
But their efforts were in vain.
Men innsatsen deres var forgjeves.
She took pleasure in nothing.
Hun syntes ingenting var greit.
She hardly spoke to anyone.
Hun snakket nesten ikke med noen.
She wept throughout the day.
Hun gråt hele dagen.
And she wept through the night.
Og hun gråt gjennom natten.

The year of her vow was drawing to a close.
Året for hennes løfte nærmet seg slutten.
But she was still disconsolate.
Men hun var fortsatt fortvilet.
The marriage, however, had to be celebrated.
Bryllupet måtte imidlertid feires.
The rajah consulted the astrologers.
Rajahen rådførte seg med astrologene.
The day and the hour had been decided.
Dagen og timen var bestemt.
The nuptial knot was to be tied.
Bryllupsknuten skulle knytes.
Great preparations were made.
Store forberedelser ble gjort.
The confectioners were busy day and night.
Konditorene hadde det travelt dag og natt.
They prepared all sorts of sweetmeats.
De lagde alle slags søtsaker.
Milkmen supplied the palace with tanks of curds.
Melkemenn forsynte palasset med tanker med ostemasse.

Great quantities of gunpowder were manufactured.
Store mengder krutt ble produsert.
There were going to be grand fireworks.
Det skulle bli stort fyrverkeri.
Stages were erected everywhere.
Scener ble reist overalt.
And musicians were selected to play music.
Og musikere ble valgt ut til å spille musikk.
All the city assumed an air of mirth.
Hele byen inntok en munter atmosfære.
All looked forward to the festivities.
Alle gledet seg til festlighetene.

We must return our attention to the minister's son.
Vi må rette oppmerksomheten tilbake til ministerens sønn.
He had left his friend in the subterranean palace.
Han hadde forlatt vennen sin i det underjordiske palasset.
And he had gone to his country.
Og han hadde dratt til landet sitt.
He was bringing horses and elephants.
Han hadde med seg hester og elefanter.
And he had with him many attendants.
Og han hadde med seg mange tjenere.
For the return of the king's son.
For at kongens sønn skal vende tilbake.
And for the return of his lovely princess.
Og for at hans vakre prinsesse skal komme tilbake.
So that the ceremony had due pomp.
Slik at seremonien fikk behørig pomp og prakt.
The preparations took him many months.
Forberedelsene tok ham mange måneder.
But eventually all was prepared.
Men til slutt var alt klart.
And the minister's son started on his journey.
Og ministerens sønn la ut på reisen sin.
He was accompanied by a long train of elephants.
Han ble ledsaget av et langt følge med elefanter.

And behind the elephants were horses.
Og bak elefantene var det hester.
And all the horses had their own attendants.
Og alle hestene hadde sine egne ledsagere.
He reached the water ahead of schedule.
Han nådde vannet før planen.
So he had two or three days to spare.
Så han hadde to eller tre dager til overs.
Tents were pitched in the mango slopes.
Telt ble satt opp i mangoskråningene.
So the men and cattle had accommodation.
Så mennene og buskapen hadde overnatting.
The minister's son kept his eyes on the water.
Ministerens sønn holdt blikket festet på vannet.
The sun of the appointed day sank below the horizon.
Solen på den fastsatte dagen sank under horisonten.
But there was no sign of the prince.
Men det var ikke noe tegn til prinsen.
Nor did the princess come to the surface.
Heller ikke prinsessen kom til overflaten.
He waited two or three days longer.
Han ventet to eller tre dager lenger.
Still the prince did not make his appearance.
Prinsen dukket likevel ikke opp.
What could have happened to his friend?
Hva kunne ha skjedd med vennen hans?
And where was his beautiful wife?
Og hvor var hans vakre kone?
Had another serpent beaten them to death?
Hadde en annen slange slått dem i hjel?
Possibly the mate of the one that had died.
Muligens ektefellen til den som hadde dødd.
Had they somehow lost the serpent-jewel?
Hadde de på en eller annen måte mistet slangejuvelen?
Or had they perhaps visited the upper world?
Eller hadde de kanskje besøkt den øvre verden?
And had they been captured in the upper world?

Og hadde de blitt tatt til fange i den øvre verden?
Such were the reflections of the prince's friend.
Slik var refleksjonene til prinsens venn.
The prince's friend was overwhelmed with grief.
Prinsens venn var overveldet av sorg.
The waters were quite close to the city.
Vannet var ganske nær byen.
And often the sound of music could be heard.
Og ofte kunne man høre lyden av musikk.
He asked passers-by what that music meant.
Han spurte forbipasserende hva musikken betydde.
He was told about the rajah's son.
Han ble fortalt om rajaens sønn.
And he was told of a wonderful young lady.
Og han ble fortalt om en fantastisk ung dame.
And he was told they were going to marry.
Og han fikk beskjed om at de skulle gifte seg.
And he was told more about the wonderful lady.
Og han fikk høre mer om den fantastiske damen.
She had come out of the waters he was waiting by.
Hun hadde kommet opp av vannet han ventet ved.
The marriage ceremony was in two days.
Bryllupsseremonien var om to dager.
The minister's son made the connection.
Ministerens sønn koblet det sammen.
The wonderful young lady was the wife of his friend.
Den fantastiske unge damen var kona til vennen hans.
He resolved, therefore, to go into the city.
Han bestemte seg derfor for å dra inn til byen.
And he was going to find out all he could.
Og han skulle finne ut alt han kunne.
If he could, he would rescue the princess.
Hvis han kunne, ville han redde prinsessen.
He told the attendants to go home.
Han ba betjentene gå hjem.
And he told them to take the elephants.
Og han ba dem ta elefantene.

And he told them to take the horses.
Og han ba dem ta hestene.
And he himself went to the city.
Og han dro selv til byen.
And he took up his abode in the house of a Brahman.
Og han slo seg ned i huset til en brahman.
First, he rested from his journey.
Først hvilte han fra reisen sin.
Then the prince's friend had his dinner.
Så spiste prinsens venn middag.
And then he spoke to the Brahman.
Og så talte han til brahmanen.
"Throughout the city there are musicians and bands"
«Det er musikere og band over hele byen»
"What is the cause of all the celebrations?
«Hva er årsaken til alle feiringene?»
The Brahman was rather surprised.
Brahmanen ble ganske overrasket.
"From what part of the world have you come?"
«Fra hvilken del av verden kommer du?»
"What rock have you been living under?"
«Hvilken stein har du levd under?»
"Have you not heard the wonderful news?"
«Har du ikke hørt de fantastiske nyhetene?»
"A young lady of heavenly beauty"
«En ung dame av himmelsk skjønnhet»
"She rose out of the waters"
«Hun steg opp av vannet»
"And she is going to the son of our rajah"
«Og hun skal til sønnen til vår raja»
The prince's friend wanted to know more.
Prinsens venn ville vite mer.
The information could be useful.
Informasjonen kan være nyttig.
"I have not heard of this news"
«Jeg har ikke hørt om denne nyheten»
"I have come from a distant country"

«Jeg har kommet fra et fjernt land»
"The story has not reached us yet"
«Historien har ikke nådd oss ennå»
"Will you kindly tell me the particulars?"
«Kan du være så snill å fortelle meg detaljene?»
The Brahman was happy to relay the story.
Brahmanen fortalte gjerne historien.
"The rajah's son went out hunting"
«Rajaens sønn dro ut på jakt»
"It must have been about this time last year"
«Det må ha vært omtrent på denne tiden i fjor»
"They pitched their tents by the waters in the suburbs"
«De slo opp teltene sine ved vannet i forstedene»
"One day, the rajah's son was walking near the water"
«En dag gikk rajaens sønn nær vannet»
"On this day, he saw a young woman"
«Denne dagen så han en ung kvinne»
"I have to mention she was of uncommon beauty"
«Jeg må nevne at hun var av usedvanlig skjønnhet»
"She had risen from the depth of the waters"
«Hun hadde steget opp fra vannets dyp»
"She gazed about for a minute or two"
«Hun så seg rundt i et minutt eller to»
"And then the beautiful lady disappeared"
«Og så forsvant den vakre damen»
"The rajah's son, however, had seen her"
«Rajahs sønn hadde imidlertid sett henne»
"He had been struck by her heavenly beauty"
«Han var blitt slått av hennes himmelske skjønnhet»
"And so he became desperately enamored by her"
«Og slik ble han desperat forelsket i henne»
"Indeed, she had affected him greatly"
«Hun hadde virkelig påvirket ham sterkt»
"And his mental faculties gave way to passion"
«Og hans mentale evner ga vei for lidenskap»
"He was carried home as a mad man"
«Han ble båret hjem som en galning»

"He spoke no words except a few"
«Han sa ikke noe annet enn noen få ord»
"'now here, now gone!' was all he said"
«'Nå her, nå borte!' var alt han sa»
"The rajah sent for all the best physicians"
«Rajahen sendte bud etter alle de beste legene»
"They tried to restore his son to reason"
«De prøvde å få sønnen hans til å fornuften tilbake»
"But the physicians were powerless"
«Men legene var maktesløse»
"At last the rajah made a proclamation"
«Endelig kom rajahen med en proklamasjon»
"And he had the drum beat around the kingdom"
«Og han fikk trommeslag rundt i kongeriket»
"There was a reward for anyone who cured his son"
«Det var en belønning for den som kurerte sønnen hans»
"They would become the rajah's son-in-law"
«De skulle bli rajaens svigersønn»
"And they would get half the kingdom"
« Og de skulle få halve kongeriket»
"An old woman answered the call of the drum"
«En gammel kvinne svarte på trommens rop»
"All knew her as Phakir's mother"
«Alle kjente henne som Phakirs mor»
"She said she could cure the rajah's son"
«Hun sa at hun kunne kurere rajaens sønn»
"She had a hut built outside the town"
«Hun fikk bygget en hytte utenfor byen»
"In the suburbs, next to the waters"
«I forstedene, ved vannet»
"An in the hut she took her abode"
«Og i hytta tok hun bolig»
"She also had some huts erected close by"
«Hun fikk også reist noen hytter i nærheten»
"And in those huts attendants waited"
«Og i disse hyttene ventet tjenere»
"In case she might need their help"

«I tilfelle hun trenger hjelpen deres»
"It seems the goddess rose from the waters"
«Det ser ut til at gudinnen steg opp av vannet»
"Phakir's mother and the attendants seized her"
«Phakirs mor og tjenerne grep henne»
"And they carried her in a palki to the palace"
«Og de bar henne i en palki til palasset»
"The rajah's son saw the water-nymph"
«Rajahs sønn så vannnymfen»
"And he was soon restored to his senses"
«Og han ble snart til fornuft igjen»
"They would have married there and then"
«De ville ha giftet seg der og da»
"But the water goddess had made a vow"
«Men vanngudinnen hadde avlagt et løfte»
"She wouldn't look at a man for one year"
«Hun ville ikke se på en mann på ett år»
"The year of the vow is now over"
«Løfteåret er nå over»
"The music is from the rajah's palace"
«Musikken er fra rajaens palass»
"This, in brief, is the story"
«Dette er, i korte trekk, historien»
The prince's friend could put the story together.
Prinsens venn kunne sette sammen historien.
"a truly wonderful story!"
«En virkelig fantastisk historie!»
"So where is Phakir's mother?"
«Så hvor er Phakirs mor?»
"And where is Phakir-Chand himself?"
«Og hvor er Phakir-Chand selv?»
"Has he received the hand of the rajah's daughter?"
«Har han mottatt rajaens datters hånd?»
"And has he received half the kingdom?"
«Og har han fått halve kongeriket?»
The Brahman could also answer these questions.
Brahmanen kunne også svare på disse spørsmålene.

"No, they have not married yet"
«Nei, de har ikke giftet seg ennå»
"And he doesn't yet have half the kingdom"
«Og han har ennå ikke halve kongeriket»
"And, I should say, he is a dimwitted lad"
«Og jeg må si at han er en dum fyr.»
"In fact, no one knows where the lad is"
«Faktisk vet ingen hvor gutten er»
"He has been away from home for more than a year"
«Han har vært borte fra hjemmet i over et år»
"That is his manner," he explained.
«Det er hans væremåte», forklarte han.
"He stays away for a long time"
«Han holder seg borte lenge»
"And then suddenly he comes home"
«Og så plutselig kommer han hjem»
"And then suddenly he leaves again"
«Og så plutselig drar han igjen»
"I believe his mother expects him to come soon"
«Jeg tror moren hans forventer at han kommer snart»
This was very useful information.
Dette var veldig nyttig informasjon.
"What is he like?" he asked.
«Hvordan er han?» spurte han.
"And what does he do when he returns home?"
«Og hva gjør han når han kommer hjem?»
These questions the Brahman could also answer.
Disse spørsmålene kunne også brahmanen svare på.
"Well, he is about your height"
«Vel, han er omtrent din høyde.»
"Though he is somewhat younger than you"
«Selv om han er litt yngre enn deg»
"He wears a small piece of cloth round his waist"
«Han har et lite tøystykke rundt livet»
"And he rubs his body with ashes"
«Og han gnir kroppen sin med aske»
"He carries the branch of a tree in his hand"

«Han bærer en tregren i hånden»
"And there is a tune to which he dances"
«Og det er en melodi han danser til»
"He comes to the door of the hut of his mother"
«Han kommer til døren til morens hytte»
"And he sings 'dhoop! dhoop! dhoop!'"
"Og han synger 'dhoop! dhoop! dhoop!'"
"His articulation is very indistinct"
«Artikulasjonen hans er svært utydelig»
"'Come, stay with your mother,' she says"
« Kom og bli hos moren din», sier hun.
"And he always gives the same answer"
«Og han gir alltid det samme svaret»
"'No, I won't remain,' he says unintelligibly"
«Nei, jeg blir ikke værende», sier han uforståelig.
"You should hear him when he wants to say yes"
«Du burde høre ham når han vil si ja»
"To answer in the affirmative he says 'hoom'"
«For å svare bekreftende sier han 'hoom'»
A flood of light entered the prince's friend.
En lysflom strømmet inn i prinsens venn.
He now saw very well how matters stood.
Nå så han godt hvordan situasjonen sto.
The princess must have taken the snake-jewel.
Prinsessen må ha tatt slangejuvelen.
And she must have left the palace alone.
Og hun må ha forlatt palasset alene.
And she was captured without the king's son.
Og hun ble tatt til fange uten kongens sønn.
Phakir's mother must have the snake-jewel.
Phakirs mor må ha slangejuvelen.
His friend was still below the water.
Vennen hans var fortsatt under vannet.
The prince had no means of escape.
Prinsen hadde ingen mulighet til å flykte.
He could imagine his friends desolate state.
Han kunne forestille seg vennenes forlatte tilstand.

And he could imagine how hopeless he must be.
Og han kunne forestille seg hvor håpløs han måtte være.
The prince's friend was filled with grief.
Prinsens venn var fylt av sorg.
But that was not cause to give up hope.
Men det var ikke grunn til å gi opp håpet.
Perhaps he could rescue his friend.
Kanskje han kunne redde vennen sin.
"I must get the jewel from the old woman"
«Jeg må få juvelen fra den gamle kvinnen»
"Can I not do it by personating Phakir-Chand?"
«Kan jeg ikke gjøre det ved å personifisere Phakir-Chand?»
"His mother is expecting him soon"
«Moren hans venter ham snart»
"Maybe I can rescue the princess the same way"
«Kanskje jeg kan redde prinsessen på samme måte»

He resolved to act the role of Phakir-Chand.
Han bestemte seg for å spille rollen som Phakir-Chand.
In the morning he left the Brahman's house.
Om morgenen forlot han brahmanens hus.
And he went to the outskirts of the city.
Og han dro til utkanten av byen.
He divested himself of his usual clothing.
Han kledde av seg sine vanlige klær.
Around his waist he put a narrow piece of cloth.
Rundt livet hans la han et smalt tøystykke.
The cloth scarcely reached his knees.
Stoffet nådde knapt knærne hans.
And he rubbed his body well with ashes.
Og han gned kroppen sin godt med aske.
And finally he broke some twigs off a tree.
Og til slutt brakk han av noen kvister et tre.
And thus he was ready to play his role.
Og dermed var han klar til å spille sin rolle.
He went to the door of the hut of Phakir's mother.
Han gikk til døren til hytta til Phakirs mor.

And he commenced the operation by dancing.
Og han startet operasjonen med å danse.
He danced in a most violent manner.
Han danset på en svært voldsom måte.
And he sung to the tune of "dhoop! dhoop! dhoop!"
Og han sang til tonene «dhoop! dhoop! dhoop!»
The dancing attracted the notice of the old woman.
Dansen tiltrakk seg den gamle kvinnens oppmerksomhet.
The critical moment had come.
Det kritiske øyeblikket var kommet.
The old woman looked to her door.
Den gamle kvinnen så mot døren sin.
"Phakir-Chand, my son, have you come?"
«Phakir-Chand, min sønn, har du kommet?»
"My darling; the gods have become propitious to us"
«Min kjære, gudene har vist oss nåde.»
Her supposed son uttered the monosyllable, "hoom"
Hennes angivelige sønn ytret enstavelsesformen «hoom»
And he danced more violently than before.
Og han danset voldsommere enn før.
And he waved the twig in his hand.
Og han viftet med kvisten i hånden.
"This time you must not go away"
«Denne gangen må du ikke dra»
"You must remain with me"
«Du må bli hos meg»
"No, I won't remain," said the prince's friend.
«Nei, jeg blir ikke værende», sa prinsens venn.
"Remain with me," the mother tried again.
«Bli hos meg», prøvde moren igjen.
"I'll get you married to the rajah's daughter"
«Jeg skal gifte deg med rajaens datter»
"Will you marry, Phakir-Chand?"
«Vil du gifte deg, Phakir-Chand?»
The minister's son replied—"hoom, hoom"
Ministerens sønn svarte: «Hum, huum!»
And he danced even more like a madman.

Og han danset enda mer som en galning.
"Will you come with me to the rajah's house?"
«Vil du bli med meg til rajaens hus?»
"I'll show you a princess of uncommon beauty"
«Jeg skal vise deg en prinsesse av usedvanlig skjønnhet»
"She rose from the waters"
«Hun steg opp av vannet»
"Hoom, hoom," was the answer from his lips.
«Hum, huum», var svaret fra leppene hans.
And his feet stomped violently to "dhoop! dhoop!"
Og føttene hans trampet voldsomt til «dhoop! dhoop!»
"Do you wish to see a jewel, Phakir?"
«Ønsker du å se en juvel, Phakir?»
"The crest jewel of the serpent"
«Slangens våpenskjold»
"The treasure of seven kings"
«Sju kongers skatt»
"Hoom, hoom," was the reply.
«Hum, hum», var svaret.
The old woman went back into the hut.
Den gamle kvinnen gikk tilbake inn i hytta.
And she brought out the snake-jewel.
Og hun tok frem slangejuvelen.
She put the jewel into the hand of her supposed son.
Hun la juvelen i hånden til sin antatte sønn.
The minister's son took the snake-jewel.
Ministerens sønn tok slangejuvelen.
He wrapped the jewel up in the piece of cloth.
Han pakket juvelen inn i tøystykket.
And he wrapped the cloth around his waist.
Og han surret tøyet rundt livet sitt.
Phakir's mother was delighted beyond measure.
Phakirs mor var overlykkelig overlykkelig.
Her son had come at just the right time.
Sønnen hennes kom akkurat til rett tid.
She went to the rajah's house.
Hun dro til rajaens hus.

She announced the news of Phakir's appearance.
Hun annonserte nyheten om Phakirs opptreden.
And also in order to show Phakir the princess.
Og også for å vise Phakir prinsessen.
They were given access to the rajah's palace.
De fikk tilgang til rajaens palass.
And all parts of the palace were open to them.
Og alle deler av palasset var åpne for dem.
The old woman had saved the rajah's son.
Den gamle kvinnen hadde reddet rajaens sønn.
So she was the most important person in the kingdom.
Så hun var den viktigste personen i kongeriket.
She took her supposed son around the palace.
Hun tok sin antatte sønn rundt i palasset.
And she took him to the princess' room.
Og hun tok ham med til prinsessens rom.
Phakir's mother introduced her son to the princess.
Phakirs mor introduserte sønnen sin for prinsessen.
You can imagine the princess was not best impressed.
Du kan tenke deg at prinsessen ikke var særlig imponert.
She did not appreciate the company of a madman.
Hun satte ikke pris på selskapet til en galning.
A madman, half naked, and covered in ash.
En galning, halvnaken og dekket av aske.
And he kept dancing in a wild manner.
Og han fortsatte å danse på en vill måte.

The three had spent the day together.
De tre hadde tilbrakt dagen sammen.
It was soon going to be sunset.
Det var snart solnedgang.
The woman asked her son to come with her.
Kvinnen ba sønnen sin om å bli med henne.
But the supposed Phakir-Chand refused to comply.
Men den antatte Phakir-Chand nektet å etterkomme.
He said he would stay there that night.
Han sa at han skulle bli der den natten.

His mother tried to persuade him to come with her.
Moren hans prøvde å overtale ham til å bli med henne.
But he persisted in his determination.
Men han holdt fast ved sin besluttsomhet.
He said he would remain with the princess.
Han sa at han ville bli hos prinsessen.
Phakir's mother went home without him.
Phakirs mor dro hjem uten ham.
And she told the guards to look after her son.
Og hun ba vaktene om å passe på sønnen hennes.
Eventually all the palace retired to rest.
Til slutt trakk hele palasset seg tilbake for å hvile.
The supposed Phakir spoke to the princess again.
Den antatte Phakiren snakket med prinsessen igjen.
But this time he spoke in his own voice.
Men denne gangen snakket han med sin egen stemme.
"Princess! do you not recognize me?"
«Prinsesse! kjenner du meg ikke igjen?»
"I am the prince's friend"
«Jeg er prinsens venn»
"I am the friend of your princely husband"
«Jeg er vennen til din fyrstelige ektemann»
The princess was astonished for a moment.
Prinsessen ble forbløffet et øyeblikk.
"Who? the prince's friend?"
«Hvem? Prinsens venn?»
"Oh, my husband's best friend"
« Å, mannens beste venn»
"Please rescue me from this terrible captivity"
«Vær så snill å redde meg fra dette forferdelige fangenskapet»
"This is worse than death"
«Dette er verre enn døden»
"All of this is my own fault"
«Alt dette er min egen feil»
"Rescue me, oh please, thou best of friends!"
«Redd meg, å vær så snill, du beste venn!»
She then burst into tears.

Så brast hun i gråt.
The prince's friend spoke again.
Prinsens venn snakket igjen.
"Do not be disconsolate"
«Ikke bli motløs»
"I will try my best to rescue you"
«Jeg skal gjøre mitt beste for å redde deg»
"I will try to have you out of here tonight"
«Jeg skal prøve å få deg ut herfra i kveld»
"But you must do whatever I tell you"
«Men du må gjøre hva enn jeg sier til deg»
The princess trusted the prince's friend.
Prinsessen stolte på prinsens venn.
"I will do anything you tell me"
«Jeg vil gjøre alt du sier til meg»
After this the supposed Phakir left the room.
Etter dette forlot den antatte Phakiren rommet.
He passed through the courtyard of the palace.
Han gikk gjennom palassets gårdsplass.
Some of the guards challenged him.
Noen av vaktene utfordret ham.
"Hoom hoom!" he replied.
«Hum hum!» svarte han.
"I'm just going out for a minute"
«Jeg skal bare ut et øyeblikk»
"And then I will come back again"
«Og så kommer jeg tilbake igjen»
They understood that it was the madcap Phakir.
De forsto at det var den gale Phakir.
True to his word he did come back shortly.
Tro mot sitt ord kom han tilbake snart.
And again he went to the princess.
Og igjen gikk han til prinsessen.
An hour afterwards he again went out.
En time senere gikk han ut igjen.
And again he was challenged by the guards.
Og igjen ble han utfordret av vaktene.

He made the same reply as at the first time.
Han svarte det samme som første gang.
The guards began to talk among themselves.
Vaktene begynte å snakke seg imellom.
"This Phakir surely has no sense"
«Denne Phakiren har virkelig ikke noe vett»
"He will go out and come in all night"
«Han går ut og kommer inn hele natten»
"Let us leave him to do what he likes"
«La oss la ham gjøre det han vil»
"There's no use guarding him all night"
«Det er ingen vits i å vokte ham hele natten»
The minister's son had worn down the guards.
Ministerens sønn hadde slitt ned vaktene.
And he was looking for a way to escape.
Og han lette etter en måte å flykte på.
He kept going in and out until three at night.
Han fortsatte å gå inn og ut til klokken tre om natten.
This time there were no guards there.
Denne gangen var det ingen vakter der.
Because all the guards had fallen asleep.
Fordi alle vaktene hadde sovnet.
He was overjoyed at the auspicious circumstance.
Han var overlykkelig over den gunstige omstendighetene.
Then he went back to the princess.
Så gikk han tilbake til prinsessen.
"Now, princess, is the time for escape"
«Nå, prinsesse, er det tid for å flykte»
"The guards are all asleep"
«Vaktene sover alle»
"You must mount on my back"
«Du må sette deg på ryggen min»
"Tie the locks of your hair round my neck"
«Knyt hårlokkene dine rundt halsen min»
"And keep tight hold of me"
«Og hold meg tett fast»
The princess did what she was asked of.

Prinsessen gjorde det hun ble bedt om.
He passed unchallenged through the courtyard.
Han gikk uutfordret gjennom gårdsplassen.
And he had a lovely burden on his back.
Og han hadde en deilig byrde på ryggen.
Eventually he got to the gate of the palace.
Til slutt kom han til palassets port.
And he went through without being challenged.
Og han gikk gjennom uten å bli utfordret.
Then they went to the outskirts of the city.
Så dro de til utkanten av byen.
Eventually he reached the outer suburbs.
Til slutt nådde han de ytre forstedene.
They reached the water from which the princess had risen.
De nådde vannet som prinsessen hadde steget opp fra.
The princess rejoiced at her escape.
Prinsessen gledet seg over å ha rømt.
But she was still trembling with fear.
Men hun skalv fortsatt av frykt.
The prince's friend untied the snake-jewel.
Prinsens venn løsnet slangejuvelen.
And together they ascended into the water.
Og sammen steg de opp i vannet.
And soon they found back to the subterranean palace.
Og snart fant de tilbake til det underjordiske palasset.
You can imagine how happy the prince was.
Du kan tenke deg hvor glad prinsen var.
He had nearly died of grief.
Han hadde nesten dødd av sorg.
And you can imagine the princess' happiness too.
Og du kan også forestille deg prinsessens lykke.
All the three of them were mad with joy.
Alle tre var vanvittige av glede.
For three days they remained in the palace.
I tre dager ble de værende i palasset.
And they retold the prince the whole story.
Og de gjenfortalte hele historien til prinsen.

They told of how the princess was seized.
De fortalte om hvordan prinsessen ble tatt til fange.
They told him of her captivity in the palace.
De fortalte ham om fangenskapet hennes i palasset.
They described the marriage that was planned.
De beskrev det planlagte bryllupet.
They told him of the old woman.
De fortalte ham om den gamle kvinnen.
And they told him all about her Phakir-Chand.
Og de fortalte ham alt om hennes Phakir-Chand.
They told him how he had impersonated him.
De fortalte ham hvordan han hadde utgitt seg for å være ham.
And they told him how he freed the princess.
Og de fortalte ham hvordan han befridde prinsessen.
I don't need to tell you how grateful they were.
Jeg trenger ikke å fortelle deg hvor takknemlige de var.
The prince's friend truly was a good friend.
Prinsens venn var virkelig en god venn.
They thanked him in the warmest terms.
De takket ham på det varmeste.
And they vowed to always follow his counsel.
Og de sverget å alltid følge hans råd.

They were all resolved to return home.
De var alle fast bestemt på å dra hjem.
They wanted to return to their native country.
De ønsket å returnere til hjemlandet sitt.
The king's son, the minister's son, and the princess.
Kongens sønn, ministerens sønn og prinsessen.
They left the subterranean palace together.
De forlot det underjordiske palasset sammen.
They lighted the passage with the snake-jewel.
De lyste opp passasjen med slangejuvelen.
And they made their way to the upper world.
Og de tok seg vei til den øvre verden.
They had neither elephants nor horses waiting for them.
De hadde verken elefanter eller hester som ventet på dem.

So they had no choice but to travel on foot.
Så de hadde ikke noe annet valg enn å reise til fots.
The two friends had been bred in the lap of luxury.
De to vennene hadde blitt oppdratt i luksusens fang.
Both of them found walking troublesome.
Begge syntes det var vanskelig å gå.
But the princess found it infinitely more troublesome.
Men prinsessen syntes det var uendelig mye mer plagsomt.
She was used to even finer treatment.
Hun var vant til enda finere behandling.
The stones of the road were too rough for her.
Steinene på veien var for grove for henne.
And the rough stones wounded her tender feet.
Og de grove steinene såret hennes ømme føtter.
Eventually her feet became very sore.
Etter hvert ble føttene hennes veldig ømme.
At times the king's son carried her on his shoulders.
Noen ganger bar kongens sønn henne på skuldrene sine.
The load he was carrying was of course lovely.
Lasten han bar var selvfølgelig vakker.
But although lovely, she was heavy to carry.
Men selv om hun var vakker, var hun tung å bære.
And she could not be carried a great distance.
Og hun kunne ikke bæres over lange avstander.
And therefore she too had to walk often.
Og derfor måtte hun også gå ofte.
One evening they arrived beneath a tree.
En kveld kom de frem under et tre.
There were no visible signs of human habitations.
Det var ingen synlige tegn til menneskelig bosetning.
So they decided to make the tree their sleeping place.
Så bestemte de seg for å gjøre treet til sitt sovested.
The prince's friend offered to keep guard.
Prinsens venn tilbød seg å holde vakt.
"Both of you can go to sleep"
«Dere kan begge sove»
"I will keep watch over you both tonight"

«Jeg skal passe på dere begge i natt»
"In order to prevent any danger"
«For å forhindre enhver fare»
The royal couple soon dozed off.
Kongeparet sovnet snart av.
And they were locked in the arms of sleep.
Og de var låst fast i søvnens armer.
The faithful friend of the prince did not sleep.
Prinsens trofaste venn sov ikke.
He stayed awake and watched for danger.
Han holdt seg våken og var på utkikk etter fare.
It so happened they camped under a special tree.
Det viste seg at de slo leir under et spesielt tre.
In the tree swung the nest of two birds.
I treet svingte reiret til to fugler.
The immortal birds Bihangama and Bihangami.
De udødelige fuglene Bihangama og Bihangami.
These birds were endowed with human speech.
Disse fuglene var utstyrt med menneskelig tale.
And they could also see into the future.
Og de kunne også se inn i fremtiden.
The minister's son listened to the bird's conversation.
Prestens sønn lyttet til fuglens samtale.
He was more than a little astonished at what he heard!
Han ble mer enn bare litt forbløffet over det han hørte!
Bihangama: "The prince's friend risked his own life"
Bihangama: «Prinsens venn risikerte sitt eget liv»
"He did everything for the safety of his friend"
«Han gjorde alt for vennens sikkerhet»
"But more dangers will befall the king's son"
«Men flere farer vil ramme kongens sønn»
"And he will find it difficult to save the prince"
«Og han vil finne det vanskelig å redde prinsen»
Bihangami: "Why is that?"
Bihangami: «Hvorfor det?»
Bihangama: "Many dangers await the king's son"
Bihangama: «Mange farer venter kongens sønn»

"The prince's father will hear of his son's approach"
«Prinsens far vil høre om sønnens tilnærming»
"He will send for him an elephant and some horses"
«Han vil sende etter ham en elefant og noen hester»
"And he will arrange attendants to meet him"
«Og han skal sørge for at tjenere møter ham»
"The king's son will ride the elephant"
«Kongens sønn skal ri på elefanten»
"But he will fall from the back of the elephant"
«Men han vil falle fra elefantens rygg»
"And he will die from his fall from the elephant"
«Og han skal dø av fallet sitt fra elefanten»
Bihangami: "But suppose someone prevented this?"
Bihangami: «Men hva om noen forhindret dette?»
"Suppose the king's son is not going to ride on the elephant"
«La oss si at kongens sønn ikke skal ri på elefanten»
"What might happen if he rides on a horse instead?"
«Hva kan skje hvis han rir på en hest i stedet?»
"Will he not in that case be saved?"
«Vil han ikke i så fall bli frelst?»
Bihangama: "Yes, in that case he would escape that fate"
Bihangama: «Ja, i så fall ville han unnsluppet den skjebnen»
"But then a fresh danger would await him"
«Men da ville en ny fare vente ham»
"When the king's son is in sight of his father's palace"
«Når kongens sønn har syn på farens palass»
"When he is in the act of passing through the lion-gate"
«Når han er i ferd med å gå gjennom løveporten»
"In that moment the lion-gate will fall upon him"
«I det øyeblikket skal løveporten falle over ham»
"And the stones will crush him to death"
«Og steinene skal knuse ham i hjel»
Bihangami: "But suppose someone gets there first"
Bihangami: «Men la oss si at noen kommer dit først»
"Suppose someone destroys the lion-gate"
«Sett om noen ødelegger Løveporten»

"If that happens the king's son couldn't go through the lion-
gate"
«Hvis det skjer, kan ikke kongens sønn gå gjennom
Løveporten»
"Will not the king's son in that case be saved?"
«Vil ikke kongens sønn bli reddet i så fall?»
Bihangama: "Yes, in that case he would escape his fate"
Bihangama: «Ja, i så fall ville han unnsluppet skjebnen sin»
"But then a fresh danger would await him"
«Men da ville en ny fare vente ham»
"When the king's son reaches the palace"
«Når kongens sønn kommer til palasset»
"When he sits at a feast prepared for him"
«Når han sitter ved et festmåltid som er gjort i stand for ham»
"The head of a fish will be cooked for him"
«Et fiskehode skal bli stekt for ham»
"He will put into his mouth the head of the fish"
«Han skal legge fiskens hode i munnen sin»
"But the head of the fish will stick in his throat"
«Men fiskens hode vil stikke seg fast i halsen hans»
"And he will choke to death on the head of the fish"
«Og han skal kveles i hjel av fiskens hode»
Bihangami: "But suppose someone snatches the fish"
Bihangami: «Men la oss si at noen stjeler fisken»
"Suppose someone takes the head of the fish from his plate"
«Sett at noen tar hodet til fisken fra tallerkenen sin»
"Suppose he can't put the fish's head in his mouth"
«La oss si at han ikke kan putte fiskehodet i munnen»
"Will not the king's son in that case be saved?"
«Vil ikke kongens sønn bli reddet i så fall?»
Bihangama: "Yes, in that case he will escape his fate"
Bihangama: «Ja, i så fall vil han unnslippe sin skjebne»
"But a fresh danger would await him"
«Men en ny fare ville vente ham»
"When the prince and princess retire after dinner"
«Når prinsen og prinsessen legger seg etter middagen»
"When they go into their sleeping apartment"

«Når de går inn i soveleiligheten sin»
"They will lie together in bed"
«De skal ligge sammen i sengen »
"A terrible cobra will come into the room"
«En forferdelig kobra vil komme inn i rommet»
"And the cobra will bite the king's son to death"
«Og kobraen skal bite kongens sønn i hjel»
Bihangami: "But suppose someone was in the room"
Bihangami: «Men la oss si at noen var i rommet»
"Suppose this person was waiting for the snake"
«La oss si at denne personen ventet på slangen»
"And suppose that this person cuts the snake into pieces"
«Og la oss si at denne personen kutter slangen i biter»
"Will not the king's son in that case be saved?"
«Vil ikke kongens sønn bli reddet i så fall?»
Bihangama: "Yes, in that case he will escape his fate"
Bihangama: «Ja, i så fall vil han unnslippe sin skjebne»
"In that case the life of the king's son will be saved"
«I så fall vil kongens sønns liv bli reddet»
"But he who saves him can't repeat these words"
«Men den som frelser ham kan ikke gjenta disse ordene»
"If he tells his secret he will be turned into marble"
«Hvis han forteller hemmeligheten sin, blir han forvandlet til marmor.»
Bihangami: "Can the statue be returned to life?"
Bihangami: «Kan statuen bringes tilbake til livet?»
Bihangama: "Yes, the marble statue can be restored to life"
Bihangama: «Ja, marmorstatuen kan bringes tilbake til livet»
"The princess will give birth to a child"
«Prinsessen skal føde et barn»
"They must wash the statue with the blood of the infant"
«De må vaske statuen med spedbarnets blod»
The prophetical birds had spoken until that point.
De profetiske fuglene hadde talt frem til det tidspunktet.
But then they were interrupted by the craw of crows.
Men så ble de avbrutt av kråkeskrik.
The eastern sky tinted in a reddish hue.

Den østlige himmelen farget seg i en rødlig fargetone.
And the travelers beneath the tree bestirred themselves.
Og de reisende under treet gjorde seg i bevegelse.
The prophetic conversation came to an end.
Den profetiske samtalen tok slutt.
But the prince's friend had heard everything.
Men prinsens venn hadde hørt alt.

The next morning they continued their journey.
Neste morgen fortsatte de reisen sin.
The prince, the princess, and the prince's friend.
Prinsen, prinsessen og prinsens venn.
Soon they met the king's procession.
Snart møtte de kongens prosesjon.
There was an elephant, a horse, and a palki.
Det var en elefant, en hest og en palki.
And there was a large number of attendants.
Og det var et stort antall tjenere.
These animals and men had been sent by the king.
Disse dyrene og menneskene hadde blitt sendt av kongen.
The king heard his son was with his friend.
Kongen hørte at sønnen hans var sammen med vennen sin.
And he had heard that his son had married.
Og han hadde hørt at sønnen hans hadde giftet seg.
And he heard they were not far from the capital.
Og han hørte at de ikke var langt fra hovedstaden.
The elephant had been richly caparisoned.
Elefanten hadde blitt rikt utstyrt.
The elephant was intended for the prince.
Elefanten var ment for prinsen.
The framework of the palki was of silver.
Rammeverket til palkien var av sølv.
The palki was meant for the princess.
Palkien var ment for prinsessen.
And the horse was for the prince's friend.
Og hesten var for prinsens venn .
The prince was about to mount on the elephant.

Prinsen var i ferd med å sette seg på elefanten.
But then his friend spoke to him.
Men så snakket vennen hans til ham.
"Allow me to ride on the elephant, please"
«La meg få ri på elefanten, vær så snill»
"And you can ride back on horseback"
«Og du kan ri tilbake på hesteryggen»
The prince was not a little surprised.
Prinsen ble ikke lite overrasket.
The proposal had been made in a very cold manner.
Forslaget ble fremsatt på en svært kald måte.
Maybe his friend felt a little too entitled.
Kanskje vennen hans følte seg litt for berettiget.
And the king's son was slightly annoyed.
Og kongens sønn ble litt irritert.
But he remembered what his friend had done for him.
Men han husket hva vennen hans hadde gjort for ham.
And he remembered how he saved the princess.
Og han husket hvordan han reddet prinsessen.
So he mounted the horse without objecting.
Så steg han opp på hesten uten å protestere.
But his mind became somewhat alienated from him.
Men sinnet hans ble noe fremmedgjort for ham.
The procession towards the capital started again.
Prosesjonen mot hovedstaden startet igjen.
After some time they came in sight of the palace.
Etter en stund kom de i sikte på palasset.
The lion-gate had been gaily adorned.
Løveporten var muntert utsmykket.
There was a grand reception for the prince.
Det var en storslått mottakelse for prinsen.
And the princess was equally anticipated.
Og prinsessen var like etterlengtet.
But the prince's friend seemed to have an objection.
Men prinsens venn så ut til å ha en innvending.
"I want the lion-gate to be broken down"
«Jeg vil at Løveporten skal brytes ned»

The prince was astounded at the proposal.
Prinsen var forbløffet over forslaget.
The request was very out of the ordinary.
Forespørselen var svært utenom det vanlige.
And he had given no reason for his demand.
Og han hadde ikke oppgitt noen begrunnelse for kravet sitt.
But he remembered all his friend had done for him.
Men han husket alt vennen hans hadde gjort for ham.
And he remembered how he saved the princess.
Og han husket hvordan han reddet prinsessen.
So he complied with the wish of his friend.
Så etterkom han vennens ønske.
And the beautiful lion-gate was torn down.
Og den vakre Løveporten ble revet ned.
But his mind became even more estranged from him.
Men sinnet hans ble enda mer fremmedgjort for ham.
The procession now went into the palace.
Prosesjonen gikk nå inn i palasset.
The king gave a warm reception to his son.
Kongen ga sønnen sin en varm velkomst.
He welcomed his daughter-in-law equally warmly.
Han tok like varmt imot svigerdatteren sin.
And he was very pleased to see the prince's friend.
Og han var veldig glad for å se prinsens venn.
The story of their adventures was related.
Historien om eventyrene deres var fortalt.
The king expressed great astonishment at the tale.
Kongen uttrykte stor forbauselse over historien.
And his courtiers were equally impressed.
Og hoffmennene hans var like imponerte.
All praised the minister's son's devotion.
Alle roste ministerens sønns hengivenhet.
And the ladies of the palace praised the princess.
Og damene i slottet roste prinsessen.
The connoisseurs of beauty praised the princess.
Skjønnhetskjennerne roste prinsessen.
Her complexion was a mixture of milk and vermilion.

Huden hennes var en blanding av melk og vermilion.
Her neck was like that of a swan.
Halsen hennes var som en svanes.
Her eyes were like those of a gazelle.
Øynene hennes var som en gaselles.
Her lips were as red as the berry bimba.
Leppene hennes var like røde som bærbimbaen.
Her cheeks were as lovely as they could be.
Kinnene hennes var så vakre som de kunne være.
And her nose was straight and high.
Og nesen hennes var rett og høy.
Her hair reached down to her ankles.
Håret hennes rakk ned til anklene.
Her walk was as graceful as that of a young elephant.
Gangen hennes var like grasiøs som en ung elefants.
The princess whom destiny had brought to them.
Prinsessen som skjebnen hadde brakt til dem.
They sat around her wanting to know everything.
De satt rundt henne og lurte på alt.
And they put to her a thousand questions.
Og de stilte henne tusen spørsmål.
They asked her about her parents.
De spurte henne om foreldrene hennes.
They asked her about the subterranean palace.
De spurte henne om det underjordiske palasset.
And they asked her all about the serpent.
Og de spurte henne alt om slangen.
The serpent which had killed all her relatives.
Slangen som hadde drept alle hennes slektninger.
Soon it was time for the new arrivals to dine.
Snart var det tid for de nyankomne å spise middag.
The dinner was served up in dishes of gold.
Middagen ble servert i gullfat.
All sorts of delicacies were on the table.
Alle slags delikatesser sto på bordet.
The most conspicuous dish was the head of a rohita fish.
Den mest iøynefallende retten var hodet til en rohita-fisk.

The large fish's head was placed in a golden cup.
Den store fiskens hode ble plassert i en gyllen kopp.
And the cup was placed near the prince's plate.
Og koppen ble plassert nær prinsens tallerken.
All were eating and retelling the adventure.
Alle spiste og gjenfortalte eventyret.
And suddenly the prince's friend snatched the head.
Og plutselig snappet prinsens venn hodet.
He took the fish's head from the prince's plate.
Han tok fiskehodet fra prinsens tallerken.
"Let me, prince, eat this rohita's head"
«La meg, prins, spise hodet til denne rohitaen»
The king's son was quite indignant.
Kongens sønn var ganske indignert.
But he remembered all his friend had done for him.
Men han husket alt vennen hans hadde gjort for ham.
And he remembered how he saved the princess.
Og han husket hvordan han reddet prinsessen.
And so he made no objection to the request.
Og derfor protesterte han ikke mot forespørselen.
But he could not hide his terrible rage.
Men han klarte ikke å skjule sitt forferdelige raseri.
Of course the prince's friend noticed this.
Prinsens venn la selvfølgelig merke til dette.
But there was nothing else he could have done.
Men det var ikke noe annet han kunne ha gjort.
His conduct, however strange, was necessary.
Oppførselen hans, uansett hvor merkelig den var, var
nødvendig.
It was for the safety of his friend's life.
Det var for å sikre vennens liv.
Nor could he tell his friend the reason.
Han kunne heller ikke fortelle vennen sin grunnen.
Else he would be transformed into a marble statue.
Ellers ville han blitt forvandlet til en marmorstatue.
Soon the dinner was going to be over.
Snart var middagen over.

The prince's friend had one more request.
Prinsens venn hadde én forespørsel til.
The two friends had spent every night together.
De to vennene hadde tilbrakt hver natt sammen.
But tonight he wanted to go to his own house.
Men i kveld ville han dra hjem til seg selv.
The prince was also shocked at his strange conduct.
Prinsen var også sjokkert over hans merkelige oppførsel.
But he remembered all his friend had done for him.
Men han husket alt vennen hans hadde gjort for ham.
And he remembered how he saved the princess.
Og han husket hvordan han reddet prinsessen.
And he also agreed to this request of his friend.
Og han gikk også med på denne forespørselen fra vennen sin.
The prince's friend, however, had other plans.
Prinsens venn hadde imidlertid andre planer.
He had no intentions of going to his own house.
Han hadde ingen planer om å dra hjem til seg selv.
He was resolved to avert the last peril.
Han var fast bestemt på å avverge den siste faren.
The last thing to threaten the life of his friend.
Det siste som truet livet til vennen hans.
Accordingly, he took a sword into his hand.
Følgelig tok han et sverd i hånden.
And he stealthily entered the royal room.
Og han gikk smug inn i det kongelige rommet.
The room of the prince and the princess.
Prinsens og prinsessens rom.
He ensconced himself under the bedstead.
Han gjemte seg under sengen.
The bed was furnished with mattresses of down.
Sengen var møblert med madrasser av dun.
The mosquito curtains were of the richest silk.
Mygggardinene var av den rikeste silke.
And all the bedding was laced with gold.
Og alt sengetøyet var pyntet med gull.
Soon the prince and princess came into the bedroom.

Snart kom prinsen og prinsessen inn på soverommet.
They undressed themselves and went to bed.
De kledde av seg og gikk til sengs.
And soon the royal couple were asleep.
Og snart sovnet kongeparet.
At midnight he heard the slithering of a snake.
Ved midnatt hørte han lyden av en slange.
The sound was coming from a water passage.
Lyden kom fra en vannkanal.
A snake of gigantic size entered the room.
En gigantisk slange kom inn i rommet.
The serpent climbed up the frame of the bed.
Slangen klatret opp på sengens ramme.
The minister's son rushed out with the sword.
Ministerens sønn stormet ut med sverdet.
And he killed the serpent with one blow.
Og han drepte slangen med ett slag.
And then he cut the snake into smaller pieces.
Og så kuttet han slangen i mindre biter.
He put the pieces in the dish for holding betel-leaves.
Han la bitene i en skål for å oppbevare betelblader.
But as he did this, he spilled a drop of blood.
Men mens han gjorde dette, sølte han en dråpe blod.
The drop of blood fell on the breast of the princess.
Blodsdråpen falt på prinsessens bryst.
Because the mosquito curtains had not been let down.
Fordi mygggardinene ikke hadde blitt slått ned.
He worried for the health of the princess.
Han var bekymret for prinsessens helse.
The blood might be of some sort of poison.
Blodet kan være av en slags gift.
So he resolved to lick up the blood.
Så bestemte han seg for å slikke opp blodet.
But he could not look at the naked princess.
Men han kunne ikke se på den nakne prinsessen.
It would have been a great sin.
Det ville ha vært en stor synd.

So he blindfolded himself with seven-fold cloth.
Så bandt han seg for øynene med et sjufoldig klede.
And he licked off the drop of blood.
Og han slikket av bloddråpen.
But just at this time the princess awoke.
Men akkurat i dette øyeblikket våknet prinsessen.
Her scream roused her husband from his sleep.
Skriket hennes vekket mannen hennes fra søvnen.
And he could not believe what he was seeing.
Og han kunne ikke tro det han så.
The prince fell into a great rage.
Prinsen falt i et stort raseri.
And he was prepared to kill his friend.
Og han var forberedt på å drepe vennen sin.
But he gave his friend a chance to speak.
Men han ga vennen sin en sjanse til å snakke.
"Please, my friend, restrain your anger"
«Vær så snill, min venn, hold sinnet ditt tilbake.»
"I have done this only to save your life"
«Jeg har bare gjort dette for å redde livet ditt»
The prince was more confused than before.
Prinsen var mer forvirret enn før.
"I do not understand what you mean"
«Jeg forstår ikke hva du mener»
"From the time we came out of the subterranean palace"
«Fra den tiden vi kom ut av det underjordiske palasset»
"You have been behaving in a most extraordinary way"
«Du har oppført deg på en høyst usedvanlig måte»
"First, you insisted on riding my elephant"
«Først insisterte du på å ri på elefanten min»
"The elephant my father had sent for me"
«Elefanten min far sendte etter meg»
"I thought it was vain of you to ask"
«Jeg syntes det var nytteløst av deg å spørre»
"But I remembered what you had done for me"
«Men jeg husket hva du hadde gjort for meg»
"And I decided to let the matter pass"

«Og jeg bestemte meg for å la saken passere»
"And instead I rode back on horseback"
«Og i stedet red jeg tilbake på hesteryggen»
"Secondly, you insisted on destroying the lion-gate"
«For det andre insisterte du på å ødelegge Løveporten»
"The lion-gate my father had adorned for me"
«Løveporten min far hadde smykket for meg»
"I thought it was strange of you to ask"
«Jeg syntes det var rart av deg å spørre»
"But I remembered what you had done for me"
«Men jeg husket hva du hadde gjort for meg»
"And I decided to let the matter pass"
«Og jeg bestemte meg for å la saken passere»
"And I had the lion-gate destroyed"
«Og jeg fikk Løveporten ødelagt»
"Thirdly, at dinner you behaved most shamefully"
«For det tredje, oppførte du deg ytterst skammelig ved middagen»
"You snatched the rohita's head from my plate"
«Du rev rohitas hode fra tallerkenen min»
"And you insisted on eating the fish head"
«Og du insisterte på å spise fiskehodet»
"I thought you felt too entitled"
«Jeg syntes du følte deg for berettiget»
"But I remembered what you had done for me"
«Men jeg husket hva du hadde gjort for meg»
"So I decided to let the matter pass"
«Så jeg bestemte meg for å la saken passere»
"You then pretended that you were going home"
«Så lot du som om du skulle hjem»
"And I was very glad you were going home"
«Og jeg var veldig glad for at du skulle hjem»
"Because you had made yourself very disagreeable"
«Fordi du hadde gjort deg selv veldig ubehagelig»
"And now you are actually in my bedroom"
«Og nå er du faktisk på soverommet mitt»
"You are bending over the naked bosom of my wife"

«Du bøyer deg over min kones nakne barm»
"You must have had some evil plan"
«Du må ha hatt en ond plan»
"And now you pretend you are saving my life"
«Og nå later du som om du redder livet mitt»
"But I don't believe you want to save my life"
«Men jeg tror ikke du vil redde livet mitt»
"I believe you want to destroy my wife's chastity"
«Jeg tror du vil ødelegge min kones kyskhet»
The prince's friend knew how things looked.
Prinsens venn visste hvordan tingene så ut.
"Oh, do not harbor such thoughts in your mind"
«Å, ikke husk slike tanker i ditt sinn»
"Please do not think badly against me"
«Vær så snill, ikke tenk stygt om meg»
"The gods know what I have done"
«Gudene vet hva jeg har gjort»
"They know I did it to save your life"
«De vet at jeg gjorde det for å redde livet ditt»
"You would see the reasonableness of my conduct"
«Du ville sett hvor rimelig min oppførsel var»
"But I don't have liberty to state my reasons"
«Men jeg har ikke frihet til å oppgi mine grunner»
The prince asked him to explain himself.
Prinsen ba ham forklare seg.
"And why are you not at liberty?"
«Og hvorfor er du ikke på frifot?»
"Who has put a seal upon your mouth?"
«Hvem har satt et segl på din munn?»
And the prince's friend answered.
Og prinsens venn svarte.
"Destiny has put a seal upon my mouth"
«Skjebnen har satt et segl på min munn»
"If I told you, I would be transformed into marble"
«Hvis jeg fortalte deg det, ville jeg blitt forvandlet til marmor»
The prince grew angrier with his friend.
Prinsen ble enda sintere på vennen sin.

"You should be transformed into a marble statue!"
«Du burde bli forvandlet til en marmorstatue!»
"You must take me to be a simpleton"
«Du må tro at jeg er en dust»
"You can't expect me to believe this nonsense"
«Du kan ikke forvente at jeg skal tro på dette tullet »
The minister's son made one last request.
Ministerens sønn kom med en siste forespørsel.
"Do you wish me then, friend, for me to tell you?
«Ønsker du da at jeg skal fortelle deg det, venn?»
"You would make your friend turn into stone?"
«Ville du fått vennen din til å bli til stein?»
The prince wanted to hear the reason.
Prinsen ville høre grunnen.
He did not care about the consequences.
Han brydde seg ikke om konsekvensene.
"Tell me, or else you are a dead man"
«Si meg det, ellers er du en død mann»
The prince's friend wanted to clear his name.
Prinsens venn ville renvaske navnet hans.
He wanted no foul accusations brought against him.
Han ønsket at det ikke skulle rettes noen stygge anklager mot
ham.
And he deemed it his duty to reveal the secret.
Og han anså det som sin plikt å avsløre hemmeligheten.
Even if this would put his life at risk.
Selv om dette ville sette livet hans i fare.
He again warned the prince not to ask him.
Han advarte igjen prinsen mot å spørre ham.
But the prince remained inexorable.
Men prinsen forble ubønnhørlig.
The prince's friend then told him his secret.
Prinsens venn fortalte ham så hemmeligheten hans.
"While sleeping under a lofty tree one night"
«Mens jeg sov under et høyt tre en natt»
"I overheard a conversation between two birds.
«Jeg overhørte en samtale mellom to fugler.»

"The prophesizing birds Bihangama and Bihangami"
«De profeterende fuglene Bihangama og Bihangami»
"Bihangama predicted all the dangers in your life"
«Bihangama forutså alle farene i livet ditt»
"First the bird predicted your father would send an elephant"
«Først spådde fuglen at faren din ville sende en elefant»
"The bird said you would fall from the elephant"
«Fuglen sa at du ville falle fra elefanten»
"And the bird said you would die from the fall"
«Og fuglen sa at du ville dø av fallet»
At this point the minister's son's legs turned to stone.
På dette tidspunktet ble ministerens sønns ben til stein.
"See? my legs have already turned to stone"
«Ser du? Beina mine har allerede blitt til stein.»
"Go on with your story," said the prince.
«Fortsett med historien din», sa prinsen.
And the prince's friend continued the story.
Og prinsens venn fortsatte historien.
"The bird said the lion-gate would be gaily decorated"
«Fuglen sa at løveporten ville bli muntert dekorert»
"And the bird said the lion-gate would collapse on you"
«Og fuglen sa at løveporten ville kollapse over deg»
"If the lion-gate had fallen on you, you would have died"
«Hvis Løveporten hadde falt over deg, ville du ha dødd»
At this point the minister's son's torso turned to stone.
På dette tidspunktet forvandlet ministerens sønns overkropp til stein.
But the prince insisted the minister's son continues.
Men prinsen insisterte på at ministerens sønn fortsetter.
"Go on with your story," said the prince.
«Fortsett med historien din», sa prinsen.
"The bird said there would be the head of a fish"
«Fuglen sa at det ville være et fiskehode der»
"And the bird predicted you would choke on the fish"
«Og fuglen spådde at du ville kveles av fisken»
Now his head was the only thing not of stone.

Nå var hodet hans det eneste som ikke var av stein.
"See? my whole body has turned to stone"
«Ser du? Hele kroppen min er blitt til stein.»
"If I continue, I will become a man of stone"
«Hvis jeg fortsetter, blir jeg en mann av stein»
"Do you wish me to tell the rest"
«Vil du at jeg skal fortelle resten?»
"Go on with your story," said the prince.
«Fortsett med historien din», sa prinsen.
"Very well, I will go on to the end"
«Greit, jeg fortsetter helt til slutten»
"But you may repent after I tell you"
«Men du kan omvende deg etter at jeg har sagt deg det»
"And you may wish to restore me to life"
«Og du vil kanskje gi meg livet tilbake»
"I will tell you how to reverse the spell"
«Jeg skal fortelle deg hvordan du reverserer trolldommen»
"In a few months the princess will bear a child"
«Om noen måneder skal prinsessen føde et barn»
"Wait for the birth of the child"
«Vent på barnets fødsel»
"Besmear my statue with the infant's blood"
«Smør statuen min med spedbarnets blod»
"Only then will I be restored back to life"
«Først da vil jeg bli vekket til livet igjen»
The last word left his lips, and he turned to stone.
Det siste ordet forlot leppene hans, og han ble til stein.
The princess jumped out of bed.
Prinsessen hoppet ut av sengen.
She opened the vessel for betel-leaves and spices.
Hun åpnet beholderen for betelblader og krydder.
And she saw the pieces of a serpent.
Og hun så bitene av en slange.
The prince and the princess were now convinced.
Prinsen og prinsessen var nå overbevist.
They saw the good faith of their departed friend.
De så den gode troen til sin avdøde venn.

They saw the benevolence of his actions.
De så velviljen i handlingene hans.
They went to the marble statue.
De gikk til marmorstatuen.
But the statue of their friend was lifeless.
Men statuen av vennen deres var livløs.
They let out a loud cry of lamentation.
De slapp ut et høyt klageskrik.
But their cries were to no purpose.
Men ropene deres var nytteløse.
Because the statue was not moved by tears.
Fordi statuen ikke ble rørt av tårer.
The prince and princess knew what they had to do.
Prinsen og prinsessen visste hva de måtte gjøre.
They concealed the marble figure in a safe place.
De gjemte marmorfiguren på et trygt sted.
And they waited for the birth of their child.
Og de ventet på fødselen av barnet sitt.
In process of time the hour came.
Med tiden kom timen.
The princess's travail had arrived.
Prinsessens fødsel var kommet.
The princess bore a beautiful boy.
Prinsessen fødte en vakker gutt.
The child was the perfect image of his mother.
Barnet var det perfekte bildet av moren sin.
The beauty of their child was striking.
Barnets skjønnhet var slående.
And they were in awe of him.
Og de var i ærefrykt for ham.
They would have spared his life.
De ville ha spart livet hans.
But they remembered their best friend.
Men de husket sin beste venn.
They remembered all he had done for them.
De husket alt han hadde gjort for dem.
But now he was a lifeless stone.

Men nå var han en livløs stein.
And they remembered the vows they had made.
Og de husket løftene de hadde avlagt.
And they cut the child into two.
Og de delte barnet i to.
They besmeared the statue with the child's blood.
De smurte statuen med barnets blod.
And their friend became animated back to life.
Og vennen deres ble levende igjen.
They were glad to see him alive again.
De var glade for å se ham i live igjen.
But the prince's friend was overwhelmed with grief.
Men prinsens venn var overveldet av sorg.
Because he saw the new-born in a pool of blood.
Fordi han så den nyfødte i en blodpøl.
So he picked up the dead infant.
Så plukket han opp det døde spedbarnet.
He carefully wrapped the child in a towel.
Han pakket barnet forsiktig inn i et håndkle.
And he resolved to get the child restored to life.
Og han bestemte seg for å gi barnet livet tilbake.
He consulted all the physicians of the country.
Han rådførte seg med alle landets leger.
They all told him the same thing.
De fortalte ham alle det samme.
A cure can be found for any illness.
En kur kan finnes for enhver sykdom.
But life requires the spark of life.
Men livet krever livsgnisten.
When the spark is gone, it is beyond their jurisdiction.
Når gnisten er borte, er det utenfor deres jurisdiksjon.
And so they had to go on with their lives.
Og dermed måtte de gå videre med livene sine.

Eventually the prince's friend returned to his wife.
Til slutt vendte prinsens venn tilbake til sin kone.
She was a devoted worshipper of the goddess kali.

Hun var en hengiven tilbeder av gudinnen Kali.
She was the only one who could return life.
Hun var den eneste som kunne gi livet tilbake.
His wife was living in a distant town.
Kona hans bodde i en fjern by.
So he set out on a journey to the town.
Så la han ut på en reise til byen.
His wife still lived in her father's house.
Hans kone bodde fortsatt i farens hus.
Adjoining the house there was a garden.
Ved siden av huset var det en hage.
And in the garden there was a tree.
Og i hagen var det et tre.
The child had been stored in that tree.
Barnet hadde blitt oppbevart i det treet.
His wife was overjoyed to see her husband.
Kona hans var overlykkelig over å se mannen sin.
She had not seen him for a long time.
Hun hadde ikke sett ham på lenge.
But she was surprised when she saw him.
Men hun ble overrasket da hun så ham.
Her husband was very melancholy that day.
Mannen hennes var svært melankolsk den dagen.
He spoke very little to his wife.
Han snakket svært lite med kona si.
And his wife knew that he was not himself.
Og kona hans visste at han ikke var seg selv.
He was brooding over something in his mind.
Han grublet over noe i tankene sine.
She asked the reason for his melancholy.
Hun spurte om årsaken til melankolien hans.
But he kept quiet, and wouldn't tell her.
Men han forble stille og ville ikke fortelle henne det.
One night they were lying together in bed.
En natt lå de sammen i sengen.
The wife got up and left the marital bed.
Kona reiste seg og forlot ektesengen.

She opened the door and went into the garden.

Hun åpnet døren og gikk ut i hagen.

Her husband had not been able to sleep well.

Mannen hennes hadde ikke fått sove godt.

Therefore he awoke from the movement of his wife.

Derfor våknet han av sin kones bevegelser.

He heard her leave in the dead of the night.

Han hørte henne dra midt på natten.

And he was determined to follow her.

Og han var fast bestemt på å følge henne.

But he was also determined not to be noticed.

Men han var også fast bestemt på å ikke bli lagt merke til.

She went to a temple of the goddess kali.

Hun dro til et tempel for gudinnen Kali.

The temple was at no great distance from her house.

Tempelet var ikke langt fra huset hennes.

She worshipped the goddess with flowers.

Hun tilba gudinnen med blomster.

And she worshiped the goddess with sandal-wood perfume.

Og hun tilba gudinnen med parfyme av sandeltre.

"Oh mother kali! have mercy upon me"

«Å, mor Kali! vær meg nådig!»

"Deliver me out of all my troubles"

«Frels meg ut av alle mine problemer»

The goddess replied to the woman.

Gudinnen svarte kvinnen.

"Why, what further grievance have you?

«Hva mer klage har du?»

"You long prayed for the return of your husband"

«Du har lenge bedt om at mannen din skal komme tilbake»

"And your prayers have been answered"

«Og bønnene dine har blitt besvart»

"Your husband has returned to you"

«Mannen din har kommet tilbake til deg»

"So then, what ails thee now?"

«Så hva feiler deg nå?»

The woman answered the goddess.

Kvinnen svarte gudinnen.
"True, oh mother, my husband has come to me"
«Sant nok, å mor, mannen min har kommet til meg»
"But he has come to me in a melancholy mood"
«Men han har kommet til meg i et melankolsk humør»
"He hardly speaks to me when I speak to him"
«Han snakker nesten ikke til meg når jeg snakker til ham»
"He takes no delight in me when he is with me"
«Han har ingen glede av meg når han er sammen med meg»
"All he does is sit melancholy in a corner"
«Alt han gjør er å sitte melankolsk i et hjørne»
The goddess replied to her devotee.
Gudinnen svarte sin hengivne.
"Ask your husband why he feels melancholy"
«Spør mannen din hvorfor han føler seg melankolsk»
"When he tells you, let me know the reason"
«Når han forteller deg det, fortell meg hvorfor»
The minister's son overheard the conversation.
Ministerens sønn overhørte samtalen.
But he stayed unnoticed by the goddess.
Men han forble ubemerket av gudinnen.
And his wife did not notice him either.
Og kona la heller ikke merke til ham.
He quietly slunk away before his wife.
Han snek seg stille bort foran kona si.
And he returned back to bed before her.
Og han gikk tilbake til sengen før henne.
The following day the wife asked her husband.
Dagen etter spurte kona mannen sin.
"My dear husband, why are you in a melancholy mood?"
«Min kjære mann, hvorfor er du i et melankolsk humør?»
Her husband retold the whole story.
Mannen hennes gjenfortalte hele historien.
He told her about the jewel serpent.
Han fortalte henne om juvelslangen.
He told her about the subterranean palace.
Han fortalte henne om det underjordiske palasset.

He told her about the princess being captured.
Han fortalte henne om prinsessen som ble tatt til fange.
He told her how he freed the princess.
Han fortalte henne hvordan han befridde prinsessen.
And he told her about Bihangama and Bihangami.
Og han fortalte henne om Bihangama og Bihangami.
He told her how he had turned to stone.
Han fortalte henne hvordan han hadde blitt til stein.
And he told her how he was returned back to life.
Og han fortalte henne hvordan han ble vekket til live igjen.
So he told her also about the killing of the child.
Så fortalte han henne også om drapet på barnet.
That night his wife left the bed again.
Den kvelden forlot kona sengen igjen.
And she returned to the goddess kali's temple.
Og hun vendte tilbake til gudinnen Kalis tempel.
And she told the goddess of her husband's melancholy.
Og hun fortalte gudinnen om ektemannens melankoli.
The goddess listened intently to what was said.
Gudinnen lyttet oppmerksomt til det som ble sagt.
"Bring the child here and I will restore it to life"
«Bring barnet hit, så skal jeg gi det liv igjen»
The next night she left the marital bed again.
Neste natt forlot hun ektesengen igjen.
She went to the tree in the garden.
Hun gikk bort til treet i hagen.
And she took the child from the tree.
Og hun tok barnet ned fra treet.
And she took the child to the goddess kali.
Og hun tok barnet til gudinnen Kali.
And the goddess kali returned the child back to life.
Og gudinnen Kali brakte barnet tilbake til livet.
The prince's friend was entranced with joy.
Prinsens venn var trollbundet av glede.
He picked up the reanimated child.
Han plukket opp det gjenopplivede barnet.
And he ran as fast as he could to his friend.

Og han løp så fort han kunne til vennen sin.
And he gave him his child, alive and well.
Og han ga ham barnet sitt, levende og frisk.
They all rejoiced with exceedingly great joy.
De frydet seg alle med overmåte stor glede.
And they lived together happily till the day of their death.
Og de levde lykkelig sammen til sin dødsdag.

The Indignant Brahman
Den indignerte brahmanen

There was once a poor Brahman.
Det var en gang en fattig brahman.
This poor Brahman had a wife.
Denne stakkars brahmanen hadde en kone.
And he also had four children.
Og han hadde også fire barn.
He was a very poor man.
Han var en veldig fattig mann.
And he had no resources in the world.
Og han hadde ingen ressurser i verden.
He lived from the charity of others.
Han levde av andres veldedighet.
During marriages he earned well.
Under ekteskapene tjente han godt.
And he earned well during funerals.
Og han tjente godt under begravelser.
But his parishioners did not marry daily.
Men sognebarna hans giftet seg ikke daglig.
And they did not die every day either.
Og de døde heller ikke hver dag.
It was difficult to make the two ends meet.
Det var vanskelig å få endene til å møtes.
His wife often rebuked him.
Kona hans irettesatte ham ofte.
"Why can you not support me?"
«Hvorfor kan du ikke støtte meg?»
"Our children run around naked"
«Barna våre løper rundt nakne»
"And they suffer from hunger"
«Og de lider av sult»
Though poor, he was a good man.
Selv om han var fattig, var han en god mann.
And he was diligent in his devotions.
Og han var flittig i sin andakt.

Every day he said his prayers.
Hver dag ba han bønnene sine.
He prayed at the same time each day.
Han ba til samme tid hver dag.
His tutelary deity was the Goddess Durga.
Hans veilederguddom var gudinnen Durga.
She is the consort of Shiva.
Hun er gemalinne til Shiva.
She is the creative energy of the universe.
Hun er universets kreative energi.
Every day he wrote the name of Durga.
Hver dag skrev han navnet til Durga.
He wrote the name in red ink.
Han skrev navnet med rød blekk.
At least one hundred and eight times.
Minst hundre og åtte ganger.
He did not drink or eat till he did this.
Han verken drakk eller spiste før han hadde gjort dette.
throughout the day he uttered prayers.
hele dagen ba han bønner.
"O Durga! have mercy upon me"
«Å Durga! vær meg nådig!»
He prayed whenever he felt anxious.
Han ba når han følte seg engstelig.
And he often felt anxious.
Og han følte seg ofte engstelig.
Because he lived in poverty.
Fordi han levde i fattigdom.
He prayed when his worries were too much.
Han ba da bekymringene hans ble for store.
And there were many things he worried about.
Og det var mange ting han bekymret seg for.
He worried about his wife and children.
Han var bekymret for kona og barna sine.
And he worried about supporting them.
Og han var bekymret for å forsørge dem.

One day he was very sad.
En dag var han veldig lei seg.
On this day he went to a forest.
Denne dagen dro han til en skog.
The forest was far outside the village.
Skogen lå langt utenfor landsbyen.
He let out all his grief.
Han lot all sorgen sin gå utover.
And he wept bitter tears.
Og han gråt bitre tårer.
"O Durga! O Mother Bhagavati!"
"O Durga! O Mor Bhagavati!"
"Please put an end to my misery?"
«Vær så snill å få slutt på elendigheten min?»
"I wish I were alone in the world"
«Jeg skulle ønske jeg var alene i verden»
"Then my poverty wouldn't worry me"
«Da ville ikke fattigdommen min bekymre meg»
"But thou hast given me a wife"
«Men du har gitt meg en kone»
"And my wife has given me children"
«Og min kone har gitt meg barn»
"O Mother, I beg of you"
«Å, mor, jeg ber deg»
"Give me the means to support them"
«Gi meg midlene til å støtte dem»
Shiva and his wife Durga happened to be there.
Shiva og kona Durga var tilfeldigvis der.
They were taking their morning walk.
De tok morgenturen sin.
The Goddess Durga saw the Brahman at a distance.
Gudinnen Durga så brahmanen på avstand.
"O Lord of Kailas, do you see that Brahman?"
«Å Kailas' Herre, ser du den Brahmanen?»
"He is always taking my name on his lips"
«Han tar alltid navnet mitt på leppene sine»
"He prays I deliver him from his troubles"

«Han ber om at jeg må frelse ham fra problemene hans»
"Can we not do something for the poor Brahman?"
«Kan vi ikke gjøre noe for den stakkars brahmanen?»
"He is oppressed with many cares"
«Han er plaget av mange bekymringer»
"And he deeply cares for his growing family"
«Og han bryr seg dypt om sin voksende familie»
"We should make his life more comfortable"
«Vi burde gjøre livet hans mer komfortabelt»
"Because the poor man never has enough to eat"
«Fordi den fattige mannen aldri har nok å spise»
"And his family doesn't have enough to eat either"
«Og familien hans har heller ikke nok å spise»
"Let us give him a pot"
«La oss gi ham en pott»
"A pot with an infinite supply of murukku"
«En gryte med en uendelig forsyning av murukku»
The divine consort was right.
Den guddommelige gemalen hadde rett.
The Lord of Kailas agreed to the proposal.
Kailas' herre gikk med på forslaget.
On the spot he created a magical pot.
På stedet laget han en magisk gryte.
Durga went to the poor Brahman.
Durga gikk til den stakkars brahmanen.
"O Brahman! My loyal devotee"
«Å Brahman! Min lojale hengivne!»
"I have often thought of your pitiable case"
«Jeg har ofte tenkt på din ynkelige sak»
"Your repeated prayers have moved my compassion"
«Dine gjentatte bønner har vekket min medfølelse»
"Here is a pot for you"
«Her er en pott til deg»
"You must turn the pot upside down"
«Du må snu gryta på hodet»
"And then you must shake the pot"
«Og så må du riste gryten»

"The finest murukku will pour out"
«Den fineste murukkuen vil strømme ut»
"The murukku will keep pouring out forever"
«Murukkuen vil fortsette å strømme ut for alltid»
"Until you put the pot upright again"
«Helt til du setter gryten oppreist igjen»
"You can eat as much murukku as you like"
«Du kan spise så mye murukku du vil»
"Your wife and children will hunger no more"
«Din kone og dine barn skal ikke sulte mer»
"And you can sell the murukku if you like"
«Og du kan selge murukkuen hvis du vil»
The Brahman was delighted beyond measure.
Brahmanen var over all forventning henrykt.
He had received a truly valuable treasure.
Han hadde mottatt en virkelig verdifull skatt.
He made his deepest obeisance to the goddess.
Han gjorde sin dypeste hyllest til gudinnen.
And he expressed his eternal gratefulness.
Og han uttrykte sin evige takknemlighet.

The Brahman had started walking home.
Brahmanen hadde begynt å gå hjemover.
But first he had to test his magical pot.
Men først måtte han teste den magiske krukken sin.
He wanted to see if the pot really worked.
Han ville se om gryta virkelig fungerte.
He turned the pot upside down.
Han snudde gryten på hodet.
And he shook the pot, as instructed.
Og han ristet gryten, som han fikk beskjed om.
Lo and behold! The pot really did work.
Og se! Gryta fungerte virkelig.
The finest murukku fell to the ground.
Den fineste murukkuen falt til bakken.
He tied the sweetmeat in his sheet.
Han bandt konfekten fast i lakenet sitt.

And he walked on, towards his village.
Og han gikk videre, mot landsbyen sin.
By noon the Brahman had gotten hungry.
Ved middagstid hadde brahmanen blitt sulten.
But he could not eat without his ablutions.
Men han kunne ikke spise uten å ha vasket seg.
First, he had to say his prayers.
Først måtte han be bønnene sine.
There was an inn on his way.
Det var et vertshus på veien hans.
Close to the inn there was a water tank.
Like ved vertshuset var det en vanntank.
So, he intended to halt there.
Så han hadde tenkt å stoppe der.
In order to bathe and say his prayers.
For å bade og be bønnene sine.
After this he could eat all the murukku.
Etter dette kunne han spise all murukkuen.
The Brahman sat at the innkeeper's shop.
Brahmanen satt i vertshusholderens butikk.
The shopkeeper was smoking tobacco.
Butikkinnehaveren røykte tobakk.
He put the pot near the shopkeeper.
Han satte potten i nærheten av butikkeieren.
And he asked him to look after the pot.
Og han ba ham om å passe på gryten.
"Please take special care of this pot"
«Vær spesielt forsiktig med denne potten»
"I must bathe and say my prayers"
«Jeg må bade og be bønnene mine»
"Please look after this pot for me"
«Vær så snill å ta vare på denne potten for meg»
"Make sure nothing happens to this pot"
«Sørg for at ingenting skjer med denne potten»
He thought it was a strange request.
Han syntes det var en merkelig forespørsel.
But he agreed to look after the pot.

Men han gikk med på å passe på gryta.
And the Brahman gave him the pot.
Og brahmanen ga ham gryten.
He besmeared his body with mustard oil.
Han smurte kroppen sin inn med sennepsolje.
And he went to do his ablutions.
Og han gikk for å vaske seg.
The innkeeper grew curious about the pot.
Vertshusholderen ble nysgjerrig på potten.
"This pot must have something valuable in it"
«Denne potten må ha noe verdifullt i seg»
"Why else would he be so careful?"
«Hvorfor skulle han ellers være så forsiktig?»
His curiosity had been excited.
Nysgjerrigheten hans hadde blitt vekket.
So, he opened the pot.
Så åpnet han potten.
To his surprise the pot was empty.
Til hans overraskelse var potten tom.
"What can be the meaning of this?"
«Hva kan meningen med dette være?»
"Why does he care so much for an empty pot?"
«Hvorfor bryr han seg så mye om en tom gryte?»
He began to examine the pot more carefully.
Han begynte å undersøke potten nøyere.
During his inspection he turned the pot upside down.
Under inspeksjonen snudde han potten på hodet.
And then the finest murukku fell out from the pot.
Og så falt den fineste murukkuen ut av gryten.
And the murukku didn't stop falling out.
Og murukkuen sluttet ikke å falle ut.
The innkeeper called his wife and children.
Vertshusholderen ringte til kona og barna sine.
He wanted them to witness what had happened.
Han ville at de skulle være vitne til hva som hadde skjedd.
An unexpected stroke of good fortune!
Et uventet lykketreff!

The pot gave copious showers of sugared paddy.
Gryten ga rikelige byger av sukkerholdig rismark.
He filled all his pots and jars.
Han fylte alle krukkene og krukkene sine.
He knew he had to have this pot.
Han visste at han måtte ha denne potten.
So, he replaced the pot with another one.
Så byttet han ut potten med en annen.
He had a pot of the same size and color.
Han hadde en potte i samme størrelse og farge.

The Brahman had finished his ablutions.
Brahmanen hadde fullført sine vaskelser.
He had performed all of his devotions.
Han hadde utført alle sine andakter.
He came back to the shop in wet clothes.
Han kom tilbake til butikken i våte klær.
He was still reciting holy texts of the Vedas.
Han resiterte fortsatt hellige tekster fra Vedaene.
He put back on his dry clothes.
Han tok på seg de tørre klærne sine igjen.
In red ink he wrote the name of Durga.
Med rød blekk skrev han navnet Durga.
He wrote her name one hundred and eight times.
Han skrev navnet hennes hundre og åtte ganger.
After doing this he broke his fast.
Etter å ha gjort dette brøt han fasten.
And he ate the murukku he had in his sheet.
Og han spiste murukkuen han hadde i lakenet sitt.
He was refreshed from the meal.
Han var oppfrisket etter måltidet.
Now he could resume his journey home.
Nå kunne han fortsette hjemreisen.
So he called to the innkeeper.
Så ropte han til vertshusholderen.
"Please could I get my pot back"
«Kan jeg være så snill å få tilbake gryta mi?»

The innkeeper gave him back his pot.
Vertshusholderen ga ham tilbake krukken hans.
"There, sir, here is your pot"
«Der, her er gryten din, her er den.»
"The pot is exactly where you had put it"
«Potten er akkurat der du satte den»
"Your pot is just as you left it"
«Gryta di er akkurat slik du forlot den»
"I made sure no one has touched your pot"
«Jeg sørget for at ingen har rørt gryten din»
The Brahman didn't suspect a thing.
Brahmanen mistenkte ingenting.
He picked up the pot.
Han plukket opp potten.
And he proceeded on his journey home.
Og han fortsatte på reisen hjem.

On his journey he had to think.
På reisen måtte han tenke.
He congratulated his good fortune.
Han gratulerte med lykken.
"My wife will be most pleasantly surprised!"
«Kona mi vil bli svært positivt overrasket!»
"The children will devour the murukku!"
«Barna vil sluke murukkuen!»
"I shall soon become rich"
«Jeg blir snart rik»
"I will be able to lift my head up high"
«Jeg vil kunne løfte hodet høyt»
The pains of travelling had been reduced.
Smertene ved å reise hadde blitt mindre.
Now his problems were much more pleasant.
Nå var problemene hans mye hyggeligere.
Only anticipation made the journey difficult.
Bare forventning gjorde reisen vanskelig.
He finally reached his home again.
Endelig kom han hjem igjen.

He called to his wife and children.
Han ringte til kona og barna sine.
"Look at what I have brought"
«Se hva jeg har med meg»
"This pot is an unfailing source of wealth".
«Denne potten er en urokkelig kilde til rikdom.»
"We will never have to struggle again"
«Vi trenger aldri å slite igjen»
"I will turn the pot upside down"
«Jeg skal snu gryta på hodet»
"And then you will see something.
«Og så vil du se noe.»
"Something you've never seen before"
«Noe du aldri har sett før»
"A stream of the finest murukku will flow"
«En strøm av den fineste murukku vil flyte»
You can imagine what his wife was thinking.
Du kan tenke deg hva kona hans tenkte.
"My husband has gone mad," she thought.
«Mannen min har blitt gal», tenkte hun.
She was soon confirmed in her opinion.
Hun ble snart bekreftet i sin mening.
Nothing fell from the pot, as promised.
Ingenting falt av potten, som lovet.
He turned the pot upside down again and again.
Han snudde gryten på hodet igjen og igjen.
The Brahman was overwhelmed with grief.
Brahmanen var overveldet av sorg.
He realized that he had been tricked.
Han innså at han hadde blitt lurt.
The innkeeper must have swapped the pot.
Vertshusholderen må ha byttet om potten.
He must have stolen Durga's pot.
Han må ha stjålet Durgas gryte.
And he must have replaced the pot with a normal one.
Og han må ha byttet ut gryten med en vanlig en.
He went back to the innkeeper the next day.

Han dro tilbake til vertshusholderen dagen etter.
And he accused him of having changed his pot.
Og han anklaget ham for å ha byttet gryta hans.
At first the innkeeper acted surprised.
Først lot vertshusholderen seg overrasket.
Then he pretended to be angry at the accusation.
Så lot han som han var sint over anklagen.
Finally, he chased him out of his shop.
Til slutt jaget han ham ut av butikken hans.

He had no way of getting the pot back.
Han hadde ingen måte å få potten tilbake på.
The Brahman knew what he had to do.
Brahmanen visste hva han måtte gjøre.
He went to see the goddess Durga again.
Han dro for å se gudinnen Durga igjen.
Siva and Durga honored him with their presence.
Siva og Durga hedret ham med sin tilstedeværelse.
Durga spoke to the poor Brahman.
Durga snakket til den stakkars brahmanen.
"So, you have lost the pot I gave you"
«Så du har mistet potten jeg ga deg»
"I take pity on your situation"
«Jeg synes synd på situasjonen din»
"Here is another magical pot"
«Her er en annen magisk krukke»
"Take this pot, and make good use of it"
«Ta denne potten og bruk den godt»
The Brahman was elated with joy.
Brahmanen var overlykkelig.
He made obeisance to the divine couple.
Han bøyde seg for det guddommelige paret.
And he took the pot with him.
Og han tok potten med seg.
Again he had to see if the pot worked.
Igjen måtte han se om gryta fungerte.
He turned the pot upside down.

Han snudde gryten på hodet.
And he shook the pot as before.
Og han ristet gryten som før.
And he waited for the murukku to fall out.
Og han ventet på at murukkuen skulle falle ut.
But no, horror of horrors!
Men nei, redsel av redsler!
Murukku did not fall from the pot.
Murukku falt ikke av gryten.
Instead of murukku, demons jumped out.
I stedet for murukku hoppet demoner ut.
They began to beat the astonished Brahman.
De begynte å slå den forbløffede brahmanen.
The Brahman received punches and kicks.
Brahmanen fikk slag og spark.
But he kept his presence of mind.
Men han beholdt sinnsnærværet.
He turned the pot the right way up.
Han snudde potten riktig vei opp.
And he covered the pot up again.
Og han dekket til gryten igjen.
Fortunately his quick thinking worked.
Heldigvis virket hans raske tankegang.
The demons disappeared as soon as he did this.
Demonene forsvant så snart han gjorde dette.
The Brahman tried to understand what this meant.
Brahmanen prøvde å forstå hva dette betydde.
It must be to punish the innkeeper!
Det må være for å straffe vertshusholderen!
So he went to the innkeeper again.
Så gikk han til vertshusholderen igjen.
He gave him the new pot.
Han ga ham den nye potten.
He begged of him to look after the pot.
Han ba ham om å passe på gryten.
Just like he had done before.
Akkurat som han hadde gjort før.

He went for his ablutions and prayers.
Han gikk for å vaske seg og be.
The innkeeper was delighted.
Vertshusholderen var henrykt.
He had been given a second godsend.
Han hadde fått en ny gave fra Gud.
He agreed to take the greatest care of the pot.
Han gikk med på å ta størst mulig vare på potten.
He waited for the Brahman to go.
Han ventet på at brahmanen skulle dra.
And he called his wife and children.
Og han ringte til kona og barna sine.
"This is another pot from the Brahman"
«Dette er enda en pott fra Brahman»
"This time I hope it is not murukku"
«Denne gangen håper jeg det ikke er murukku»
"I hope this pot is full of sandesa"
«Jeg håper denne gryten er full av sandesa»
"Come, be ready with the baskets"
«Kom, vær klar med kurvene»
"I will turn the pot upside down"
«Jeg skal snu gryta på hodet»
"And then I will shake the pot"
«Og så skal jeg riste gryta»
And he did what he said he would do.
Og han gjorde det han sa han skulle gjøre.
But the room did not fill with food.
Men rommet fyltes ikke med mat.
This time the room filled with demons.
Denne gangen var rommet fylt med demoner.
The demons caught hold of the innkeeper.
Demonene fikk tak i vertshusholderen.
And the demons also caught his family.
Og demonene fanget også familien hans.
And the demons beat them mercilessly.
Og demonene slo dem nådeløst.
They would have completely destroyed the shop.

De ville ha ødelagt butikken fullstendig.
But the victims ran to the Brahman.
Men ofrene løp til brahmanen.
The Brahman had returned from his ablutions.
Brahmanen hadde kommet tilbake fra vaskelsene sine.
The Brahman showed mercy to them.
Brahmanen viste dem barmhjertighet.
And he accepted their request.
Og han aksepterte forespørselen deres.
But there was one condition to his help.
Men det var én betingelse for hans hjelp.
"I will only help if I get my pot back"
«Jeg hjelper bare hvis jeg får tilbake potten min»
The innkeeper didn't have much choice.
Vertshusholderen hadde ikke mye valg.
He had to accept the Brahman's conditions.
Han måtte akseptere brahmans betingelser.
The Brahman put the pot upright again.
Brahmanen satte potten oppreist igjen.
And he put the lid on the pot.
Og han satte lokket på gryten.
He took his pot back from the innkeeper.
Han tok potten sin tilbake fra vertshusholderen.
And he returned back to his village.
Og han vendte tilbake til landsbyen sin.
Now the Brahman had two magical pots.
Nå hadde brahmanen to magiske potter.
The Brahman shut the door of his house.
Brahmanen lukket døren til huset sitt.
And he called his family again.
Og han ringte familien sin igjen.
He turned the murukku-pot upside down.
Han snudde murukku-gryten opp ned.
And he shook the murukku-pot as before.
Og han ristet murukku-gryten som før.
This time the magic pot worked.
Denne gangen virket den magiske gryten.

An endless stream of the finest murukku.
En endeløs strøm av den fineste murukku.
The family devoured the sweetmeat.
Familien slukte søtsaken.
They ate to their hearts' content.
De spiste til hjertens lyst.
All the pots and pans were filled.
Alle grytene og pannene var fylt.

The next day the Brahman became confectioner.
Neste dag ble brahmanen konditor.
He opened a shop in his house.
Han åpnet en butikk i huset sitt.
And he sold the best murukku.
Og han solgte den beste murukkuen.
The whole village came to the Brahman's house.
Hele landsbyen kom til brahmanens hus.
They all wanted to buy the wonderful murukku.
De ville alle kjøpe den fantastiske murukkuen.
They had never seen such murukku in their life.
De hadde aldri sett slik murukku i livet sitt.
It was the most delicious murukku they ever had.
Det var den deiligste murukkuen de noen gang har hatt.
No one had ever made anything like this dessert.
Ingen hadde noen gang laget noe lignende dessert.
The reputation of the Brahman's murukku spread.
Brahmans murukku ble kjent for å ha spredt seg.
Soon people from outside the city came.
Snart kom folk utenfra byen.
Cartloads of the sweetmeat were sold every day.
Vognlass med søtsaker ble solgt hver dag.
The Brahman quickly became very rich.
Brahmanen ble raskt veldig rik.
He built a large brick house.
Han bygde et stort murhus.
And he lived like a nobleman of the land.
Og han levde som en adelsmann i landet.

Once, however, his luck almost changed.
En gang var lykken imidlertid nesten snudd.
His children had taken the wrong pot.
Barna hans hadde tatt feil gryte.
A large number of demons came out.
En stor mengde demoner kom ut.
And they caught hold of the Brahman's wife.
Og de grep tak i brahmans kone.
And they also caught his children.
Og de fanget også barna hans.
They were striking them mercilessly.
De slo dem nådeløst.
Fortunately the Brahman came back into the house.
Heldigvis kom brahmanen tilbake inn i huset.
He turned the pot back to its proper position.
Han snudde gryten tilbake til riktig posisjon.
He wanted to prevent a similar catastrophe.
Han ville forhindre en lignende katastrofe.
So the Brahman had a private room built.
Så fikk brahmanen bygget et privat rom.
And he put the pot in a secret place.
Og han satte potten på et hemmelig sted.
Mortals, however, do not have the luck of Gods.
Dødelige har imidlertid ikke gudenes flaks.
Uninterrupted prosperity is not their fortune.
Uavbrutt velstand er ikke deres skjebne.
The demon-pot had been put out of the way.
Demongryten var blitt satt ut av veien.
But why might accident not befall the murukku pot?
Men hvorfor kan det hende at murukku-gryten ikke blir
rammet av en ulykke?
One day the Brahman and his wife were absent.
En dag var brahmanen og hans kone fraværende.
The children decided to shake the pot.
Barna bestemte seg for å riste gryta.
Each of them wanted to do the honors.
Hver av dem ønsket å gjøre æren.

So there was a fight to get the pot.
Så det ble en kamp om å få potten.
In the struggle the pot fell to the ground.
I kampen falt potten til bakken.
Like any other earthen pot, it broke.
Som alle andre leirkrukker, knuste den.
Eventually the Braham came back home again.
Til slutt kom Braham hjem igjen.
You can imagine how the news grieved him.
Du kan tenke deg hvor mye nyheten gjorde vondt for ham.
Of course the children were well cudgeled.
Selvfølgelig ble barna godt koset.
But anger could not replace the pot.
Men sinne kunne ikke erstatte gryten.
After some days he went to the forest again.
Etter noen dager dro han til skogen igjen.
He offered many a prayer for Durga's favor.
Han ba mange bønner om Durgas gunst.
At last Siva and Durga appeared to him.
Endelig viste Siva og Durga seg for ham.
They listened to how the pot had been broken.
De lyttet til hvordan potten hadde blitt knust.
Durga decided to give him another pot.
Durga bestemte seg for å gi ham en ny pott.
But this pot was accompanied with a caution.
Men denne potten ble ledsaget av en advarsel.
"Brahman, take care of this pot"
«Brahman, ta vare på denne potten»
"Do not break or lose this pot again"
«Ikke ødelegg eller mist denne potten igjen»
"Next time I will not give you another pot"
«Neste gang gir jeg deg ikke en pott til»
The Brahman made obeisance to the Gods.
Brahmanen bøyde seg i ærefrykt for gudene.
And he went straight back to his house.
Og han dro rett tilbake til huset sitt.
This time he did not halt at the innkeeper's.

Denne gangen stoppet han ikke hos vertshuset.
He shut the door of his house.
Han lukket døren til huset sitt.
He called his family to him.
Han kalte familien sin til seg.
And he turned the pot upside down.
Og han snudde gryten på hodet.
And then he began to shake the pot.
Og så begynte han å riste gryten.
They were only expecting murukku.
De ventet bare murukku.
But this time it was not murukku.
Men denne gangen var det ikke murukku.
A stream of beautiful sandesa poured out.
En strøm av vakker sanddesa strømmet ut.
It was the finest sandesa you can imagine.
Det var den fineste sandesen du kan tenke deg.
It truly was the food of Gods.
Det var virkelig gudenes mat.
The Brahman set up another shop.
Brahmanen opprettet en ny butikk.
Now he was selling sandesa.
Nå solgte han Sandesa.
The fame of his shop soon drew large crowds.
Berømmelsen til butikken hans trakk snart store folkemengder.
People came from all over the country.
Folk kom fra hele landet.
At all festivals and marriage feasts.
På alle høytider og bryllupsfester.
And at all funeral celebrations in the area.
Og ved alle begravelsesfeiringer i området.
No one bought any other sandesa.
Ingen kjøpte noen annen sandesa.
All day long the pot produced sandesa.
Hele dagen produserte gryten sandesa.
Gigantic jars were filled with sweet.

Gigantiske krukker var fylt med søtsaker.
And the jars were sent all over the country.
Og krukkene ble sendt over hele landet.

The Brahman's wealth made the Zemindar jealous.
Brahmans rikdom gjorde Zemindar sjalu.
In these days all villages had a Zemindar.
På disse dager hadde alle landsbyer en Zemindar.
He had heard strange things about the sandesa.
Han hadde hørt merkelige ting om sandesaen.
He heard the dessert came from a magic pot.
Han hørte at desserten kom fra en magisk krukke.
So he devised a plan to get this pot.
Så la han ut en plan for å få tak i denne potten.
His son was going to get married.
Sønnen hans skulle gifte seg.
To celebrate there was a great feast.
For å feire var det en stor fest.
Many hundreds of people were invited.
Mange hundre mennesker ble invitert.
Mountain-loads of sandesa were required.
Fjellmengder med sandesa var nødvendig.
The Zemindar made a proposal to the Brahman.
Zemindaren kom med et forslag til brahmanen.
"Bring the magical pot to my house"
«Ta med den magiske gryten til huset mitt»
At first the Brahman refused to bring the pot.
Først nektet brahmanen å bringe potten.
But the Zemindar insisted.
Men Zemindar insisterte.
"I will have hundreds of guests"
«Jeg vil ha hundrevis av gjester»
"I will need mountains of sandesa"
«Jeg trenger fjell av sandesa»
"More sandesa than you can carry"
«Mer sandesa enn du kan bære»
"Bring the vessel to my house"

«Ta med deg karet til huset mitt»
"It will be easier for you and me"
«Det blir enklere for deg og meg»
Eventually the Brahman agreed.
Til slutt gikk brahmanen med på det.
Himalayas of sandesa were shaken out.
Himalaya av sandesa ble ristet ut.
But the Zemindar got hold of the pot.
Men Zemindar fikk tak i potten.
The Zemindar insulted the Brahman.
Zemindaren fornærmet brahmanen.
And he chased him out of his house.
Og han jaget ham ut av huset hans.
The Brahman didn't give vent to anger.
Brahmanen ga ikke utløp for sinne.
Instead, he quietly went back to his house.
I stedet dro han stille tilbake til huset sitt.
He went to the private room.
Han gikk til det private rommet.
And he took out the demon-pot.
Og han tok ut demongryten.
He came back to the Zemindar's house.
Han kom tilbake til Zemindar-familiens hus.
And he went to the door of the Zemindar.
Og han gikk til døren til Zemindar.
He turned the pot upside down.
Han snudde gryten på hodet.
And then shook the magical pot.
Og så ristet den magiske krukken.
A hundred demons fell out of the pot.
Hundre demoner falt ut av gryten.
The chaos was impossible to describe.
Kaoset var umulig å beskrive.
The unearthly visitors flooded the party.
De utenomjordiske gjestene oversvømmet festen.
They caught hundreds of the guests.
De fikk tak i hundrevis av gjestene.

And the demons beat them mercilessly.
Og demonene slo dem nådeløst.
The women were dragged by their hair.
Kvinnene ble dratt etter håret.
The Zemindar was chased from room to room.
Zemindaren ble jaget fra rom til rom.
The demons' mischief was getting out of hand.
Demonenes ugagn var i ferd med å komme ut av kontroll.
Someone had to put an end to their mischief.
Noen måtte sette en stopper for ugagnet deres.
Else all the men would have been killed.
Ellers ville alle mennene blitt drept.
And the house would have been torn to the ground.
Og huset ville blitt revet ned til grunnen.
The Zemindar fell at the feet of the Brahman.
Zemindaren falt for brahmanens føtter.
And he begged to be shown mercy.
Og han ba om å bli vist nåde.
The Brahman showed him great mercy.
Brahmanen viste ham stor barmhjertighet.
And he put the demons back in the pot.
Og han satte demonene tilbake i gryten.
The Zemindar never disturbed the Brahman again.
Zemindaren forstyrret aldri brahmanen igjen.
Nor was he disturbed by anyone else.
Han ble heller ikke forstyrret av noen andre.
And he lived for many happy years.
Og han levde i mange lykkelige år.

The Story of the Rakshasas
Historien om rakshasaene

There was once a poor dimwitted Brahman.
Det var en gang en stakkars, dum brahman.
This dimwitted man had a wife, but no children.
Denne dumme mannen hadde en kone, men ingen barn.
But him not having children was probably for the best.
Men det at han ikke fikk barn var nok det beste.
Because he was barely able to meet his own needs.
Fordi han knapt klarte å dekke sine egne behov.
And he could hardly supply enough for his wife.
Og han klarte knapt å skaffe nok til kona si.
But his dimwittedness was not even his biggest problem.
Men hans tåpelighet var ikke engang hans største problem.
This dimwitted man was also a rather lazy man!
Denne dumme mannen var også en ganske lat mann!
He was averse to making any long journeys.
Han var motvillig til å foreta lange reiser.
Had he travelled further he might have had enough.
Hadde han reist lenger, kunne han kanskje fått nok.
He could have got presents from rich men.
Han kunne ha fått gaver fra rike menn.
This would have enabled them to live comfortably.
Dette ville ha gjort det mulig for dem å leve komfortabelt.
There was a great king in a neighbouring country.
Det var en stor konge i et naboland.
The mother of the great king had just died.
Moren til den store kongen var nettopp død.
So this king was celebrating the funeral obsequies.
Så denne kongen feiret begravelsesseremonien.
And the funeral was celebrated with great pomp.
Og begravelsen ble feiret med stor pomp og prakt.
Brahmans and beggars were coming from faraway lands.
Brahminer og tiggere kom fra fjerne land.
They all came expecting to receive rich presents.
De kom alle i forventning om å motta rike gaver.

The Brahman's wife requested him to also go.
Brahmans kone ba ham også om å dra.
"Seize this opportunity and get us a little money"
«Gript denne muligheten og skaff oss litt penger»
But his constitutional indolence stood in the way.
Men hans konstitusjonelle latskap sto i veien.
The woman, however, gave her husband no rest.
Kvinnen ga imidlertid ikke mannen sin hvile.
Finally she extorted from him the promise.
Til slutt presset hun løftet av ham.
He promised his wife that he would go.
Han lovet kona si at han skulle dra.
The good woman, accordingly, cut down a plantain tree.
Den gode kvinnen hogg derfor ned et plantaintre.
And she burnt the plantain tree to ashes.
Og hun brente plantaintreet til aske.
With the ashes she cleaned the clothes of her husband.
Med asken vasket hun klærne til mannen sin.
And she made his clothes as white as any cleaner could.
Og hun gjorde klærne hans så hvite som enhver
rengjøringshjelp kunne.
Her husband was going to the palace of a great king.
Mannen hennes skulle til palasset til en stor konge.
The king could not be approached by men in rags.
Kongen kunne ikke nærmes av menn i filler.
Besides, Brahman are bound to appear neat and clean.
Dessuten er Brahman nødt til å fremstå ryddige og rene.
At last, one morning the Brahman left his house.
Endelig, en morgen, forlot brahmanen huset sitt.
And he made his way to the palace of the great king.
Og han gikk til den store kongens palass.
I have already mentioned he was a dimwitted man.
Jeg har allerede nevnt at han var en uoppmerksom mann.
He did not inquire which road he should take.
Han spurte ikke hvilken vei han skulle ta.
Instead, he walked on and on without directions.
I stedet gikk han videre og videre uten veibeskrivelse.

And he followed wherever his nose pointed him.

Og han fulgte etter hvor enn nesen hans pekte.

I don't need to say he was not on the right road.

Jeg trenger ikke å si at han ikke var på rett vei.

The regions he wandered became less and less inhabited.

Regionene han vandret i ble mindre og mindre bebodde.

Soon he met no human being for many miles.

Snart møtte han ikke noe menneske på mange mil.

But there were many other things he saw there.

Men det var mye annet han så der.

Things he had never seen in all his life.

Ting han aldri hadde sett i hele sitt liv.

He saw hillocks of cowries on the roadside.

Han så hauger med kauri langs veikanten.

Cowries were shells used as money in those times.

Cowries var skjell som ble brukt som penger på den tiden.

He kept going and saw hillocks of jewels.

Han fortsatte og så hauger med juveler.

Next, he saw hillocks of four-anna pieces.

Deretter så han høyder med fireanna-stykker.

Further along were hillocks of eight-anna pieces.

Lenger borte var det åser med åtteanna-stykker.

And further yet were hillocks of rupees.

Og lenger fremme var det hauger med rupier.

But the Brahman's surprise did not end there.

Men brahmans overraskelse sluttet ikke der.

Next there was a hill of burnished gold-mohurs.

Deretter var det en ås med polerte gull-mohurer.

The burnished gold-mohurs were shining brightly.

De polerte gullmohurene skinte klart.

Because the gold-mohurs had been freshly minted.

Fordi gull-mohurene var nypreget.

Close to the hill of gold-mohurs was a large house.

Nær gullmohur-åsen lå et stort hus.

The house looked like the palace of a powerful king.

Huset så ut som palasset til en mektig konge.

At the door stood a lady of exquisite beauty.

I døren sto en dame av utsøkt skjønnhet.
The lady, seeing the Brahman, said;
Damen, da hun så brahmanen, sa:
"Come to me, my beloved husband"
«Kom til meg, min elskede ektemann»
"You married me when I was young"
«Du giftet deg med meg da jeg var ung»
"But you never came back after our marriage"
«Men du kom aldri tilbake etter at vi giftet oss»
"Though I have been daily expecting you"
«Selv om jeg har ventet på deg daglig»
"Blessed be this day," said the lady.
«Velsignet være denne dagen», sa damen.
"On this day I see the face of my husband"
«På denne dagen ser jeg ansiktet til mannen min»
"Come, my sweet, come in," she asked of him.
«Kom inn, min kjære,» spurte hun ham.
"You must be fatigued from your long journey"
«Du må være sliten etter den lange reisen»
"Wash your feet and rest, and eat and drink"
«Vask føttene deres og hvil dere, og spis og drikk»
"And after that we shall make ourselves merry"
«Og etter det skal vi gjøre oss glade»
The Brahman was astonished beyond measure.
Brahmanen var ubeskrivelig forbløffet.
He had no recollection marrying twice.
Han husket ikke å ha giftet seg to ganger.
He remembered marrying the wife he left at home.
Han husket at han giftet seg med kona han hadde etterlatt
hjemme.
But he did not remember marrying this lady.
Men han husket ikke at han giftet seg med denne damen.
But he remembered that he was a Kulin Brahman.
Men han husket at han var en Kulin-brahman.
Perhaps his father got him married as a child.
Kanskje faren hans giftet ham som barn.
But what he thought did not matter much.

Men hva han tenkte spilte ikke så stor rolle.
The woman was certain he was her husband.
Kvinnen var sikker på at han var mannen hennes.
And he had no reason to say he was not her husband.
Og han hadde ingen grunn til å si at han ikke var mannen hennes.
Because her beauty was more than he could fathom.
Fordi skjønnheten hennes var mer enn han kunne fatte.
As beautiful as the Goddesses of Indra's heaven.
Like vakker som gudinnene i Indras himmel.
And he was sure that she was wealthy too.
Og han var sikker på at hun også var rik.
These thoughts went through the Brahman's mind.
Disse tankene gikk gjennom brahmanens sinn.
But the lady interrupted his flow of thought.
Men damen avbrøt tankestrømmen hans.
"Are you doubting whether I am your wife?"
«Tviler du på om jeg er din kone?»
"Have you lost all memories of that happy event?
«Har du mistet alle minner fra den lykkelige hendelsen?»
"All the pomp and circumstance of our nuptials"
«All pomp og prakt i bryllupet vårt»
"Come in, beloved; this is your house"
«Kom inn, kjære; dette er ditt hus»
"Because whatever is mine is thine also"
«For det som er mitt, er også ditt»
The fair lady easily persuaded the Brahman.
Den vakre damen overtalte lett brahmanen.
And he succumbed to her loving entreaties.
Og han ga etter for hennes kjærlige bønner.
And he went into the house of the lady.
Og han gikk inn i damens hus.
The house was not an ordinary one.
Huset var ikke et vanlig et.
The house was in fact a magnificent palace.
Huset var faktisk et praktfullt palass.
All the apartments were large and lofty.

Alle leilighetene var store og luftige.
Every room in the palace was richly furnished.
Hvert rom i palasset var rikt møblert.
But one thing surprised the Brahman very much.
Men én ting overrasket brahmanen veldig.
There was no other person in all the house.
Det var ingen andre personer i hele huset.
The only one there was the lady herself.
Den eneste der var damen selv.
He could not account for the strange phenomenon.
Han kunne ikke forklare det merkelige fenomenet.
They meet anyone on their walks either.
De møter hvem som helst på turene sine heller.
The fact was that the lady was not a human being.
Faktum var at damen ikke var et menneske.
What the lady really was was a Rakshasi.
Det damen egentlig var, var en rakshasi.
She had eaten up the king and queen.
Hun hadde spist opp kongen og dronningen.
And she had eaten all the members of the royal family.
Og hun hadde spist alle medlemmene av kongefamilien.
And gradually she had eaten their servants too.
Og gradvis hadde hun spist tjenerne deres også.
This was why there were no humans far and wide.
Dette var grunnen til at det ikke var mennesker langt unna.
The Rakshasi and the Brahman now lived together.
Rakshasien og brahmanen levde nå sammen.
After a week the former said to the latter;
Etter en uke sa den førstnevnte til den sistnevnte;
"I am very anxious to see my sister"
«Jeg gleder meg veldig til å se søsteren min»
"As you know, my sister is your other wife"
«Som du vet, er søsteren min din andre kone »
"You must go and fetch my sister; your other wife"
«Du må gå og hente søsteren min; din andre kone»
"Then we shall all live together happily"
«Da skal vi alle leve lykkelig sammen»

"You must go to get her early tomorrow"
«Du må hente henne tidlig i morgen.»
"I will give you clothes and jewels for her"
«Jeg skal gi deg klær og smykker til henne»
Next morning the Brahman set out for his home.
Neste morgen dro brahmanen hjemover.
He was furnished with fine clothes.
Han var utstyrt med fine klær.
And he wore around his wrists costly ornaments.
Og han bar kostbare smykker rundt håndleddene.

The poor woman was in great distress.
Den stakkars kvinnen var i stor nød.
The funeral ceremony of the king's mother was over.
Begravelsesseremonien til kongens mor var over.
All the Brahmans and Pandits had returned.
Alle brahmanene og panditene hadde kommet tilbake.
And they were loaded with donations.
Og de var lastet med donasjoner.
But her husband had not returned.
Men mannen hennes hadde ikke kommet tilbake.
No one could give any news of him.
Ingen kunne gi noen nyheter om ham.
Because no one had seen him there.
Fordi ingen hadde sett ham der.
The woman therefore could only come to one conclusion.
Kvinnen kunne derfor bare komme til én konklusjon.
He must have been murdered on the road by highwaymen.
Han må ha blitt myrdet på veien av landeveisrøvere.
She was in this terrible suspense.
Hun var i denne forferdelige spenningen.
But then one day she heard some rumors.
Men så en dag hørte hun noen rykter.
People in her village were talking about her husband.
Folk i landsbyen hennes snakket om mannen hennes.
They said they saw him coming back.
De sa at de så ham komme tilbake.

And they said he was dressed in fine clothes.
Og de sa at han var kledd i fine klær.
And they said he had fine jewels for his wife.
Og de sa at han hadde fine juveler til kona si.
And sure enough the Brahman soon appeared.
Og ganske riktig, brahmanen dukket snart opp.
And he was carrying fine jewels for his wife.
Og han bar med seg fine juveler til sin kone.
On seeing his wife the Brahman thus accosted her;
Da brahmanen så sin kone, henvendte han seg til henne på
denne måten;
"Come with me, my dearest wife"
«Kom med meg, min kjæreste kone»
"I have found my first wife"
«Jeg har funnet min første kone»
"She lives in a stately palace"
«Hun bor i et staselig palass»
"Near her palace are hillocks of rupees"
«Nær palasset hennes ligger det hauger med rupier»
"And there is a large hill of gold-mohurs"
«Og der er en stor ås med gullmohurer»
"Why should you pine away in wretchedness?"
«Hvorfor skulle du visne bort i elendighet?»
"Why would you stay in this horrible place?"
«Hvorfor skulle du bli værende på dette forferdelige stedet?»
"Come with me to the house of my first wife"
«Bli med meg til huset til min første kone»
"There we shall all live together happily"
«Der skal vi alle leve lykkelig sammen»
At first, she thought her half-witted man had gone mad.
Først trodde hun at den halvt opplyste mannen hennes hadde
blitt gal.
She could not imagine the hillocks of rupees.
Hun kunne ikke forestille seg haugene av rupier.
And she could not imagine a hill of gold-mohurs.
Og hun kunne ikke forestille seg en ås med gullmohurer.
But then she saw how he was beautifully dressed.

Men så så hun hvor vakkert kledd han var.

Beautiful clothes of exquisite silks and satins.

Vakre klær av utsøkt silke og sateng.

Ornaments set with diamonds and precious stones.

Ornamenter besatt med diamanter og edelstener.

Clothes fit for the queen of the land.

Klær som passet til landets dronning.

Clothes only princesses were in the habit of putting on.

Klær bare prinsesser hadde for vane å ta på seg.

She concluded in her mind that something was amiss:

Hun konkluderte med at noe var galt:

Her stupid husband must have been tricked.

Hennes dumme ektemann må ha blitt lurt.

He must have fallen into the meshes of a Rakshasi.

Han må ha falt i maskene til en Rakshasi.

The Brahman, however, insisted his wife went with him.

Brahmanen insisterte imidlertid på at kona hans ble med ham.

"Feel free to stay here and pine away in poverty"

«Bli gjerne her og syr hen i fattigdom»

"As for me, I will return to the palace of my first wife"

«Hva meg angår, jeg vil vende tilbake til min første kones palass.»

The good woman did her best to stop her husband.

Den gode kvinnen gjorde sitt beste for å stoppe mannen sin.

But in the end she resolved to go with him.

Men til slutt bestemte hun seg for å bli med ham.

Perhaps she could judge the matter better at the palace.

Kanskje hun kunne bedømme saken bedre på slottet.

They set out accordingly the next morning.

De dro deretter neste morgen.

They went the same road the Brahman had travelled.

De gikk den samme veien som brahmanen hadde reist.

The woman was not a little surprised by what she saw.

Kvinnen ble ikke lite overrasket over det hun så.

She saw the hillocks of cowries and of jewels.

Hun så hauger med kauri og juveler.

And she saw hillocks of eight-anna pieces.

Og hun så høyder med åtte-anna-stykker.

And she saw the hillocks of rupees too.

Og hun så også haugene med rupier.

And last of all she saw a lofty hill of gold-mohurs.

Og sist av alt så hun en høy ås av gullmohurer.

She saw also an exceedingly beautiful lady.

Hun så også en usedvanlig vakker dame.

The lady of the palace was hastening towards her.

Slottsfruen skyndte seg mot henne.

The lady fell on the neck of the Brahman woman.

Damen falt brahman-kvinnen om halsen.

And she wept tears of joy, and said:

Og hun gråt gledestårer og sa:

"Welcome, beloved sister!"

«Velkommen, kjære søster!»

"This is the happiest day of my life!"

«Dette er den lykkeligste dagen i mitt liv!»

"I see the face of my dearest sister again!"

«Jeg ser ansiktet til min kjæreste søster igjen!»

The husband and his two wives entered the palace.

Mannen og hans to koner gikk inn i palasset.

Now he was lodged in a stately mansion.

Nå var han innlosjert i et herskapelig herskapshus.

The most delectable food appeared, as if by enchantment.

Den mest lekre maten dukket opp, som ved fortryllelse.

He was caressed and endeared by his two wives.

Han ble kjærtegnet og elsket av sine to koner.

Both wives did their best to make him happy.

Begge konene gjorde sitt beste for å gjøre ham lykkelig.

Both wives did their best to make him comfortable.

Begge konene gjorde sitt beste for at han skulle føle seg
komfortabel.

His two wives were competing for his love.

Hans to koner konkurrerte om kjærligheten hans.

The Brahman had a jolly time of it.

Brahmanen hadde det kjempegøy.

He was steeped in an ocean of enjoyment.
Han var gjennomsyret av et hav av nytelse.
The Brahman lived in this state of Elysian pleasure.
Brahmanen levde i denne tilstanden av elysisk nytelse.
Some fifteen or sixteen years he spent this way.
Han tilbrakte omtrent femten eller seksten år på denne måten.
During this time his two wives presented him with two
sons.
I løpet av denne tiden fødte hans to koner ham to sønner.
The Rakshasi's son was the elder.
Rakshasis sønn var den eldste.
He looked more like a god than a human being.
Han lignet mer på en gud enn et menneske.
He was named Sahasra-Dal.
Han ble kalt Sahasra-Dal.
His name meant the thousand-branched.
Navnet hans betydde den tusengrenede.
The son of the Brahman woman was a year younger.
Brahman-kvinnens sønn var et år yngre.
He was named Champa-Dal
Han ble kalt Champa-Dal
His name meant the branch of a champaka tree.
Navnet hans betydde grenen på et champaka-tre.
The two brothers loved each other dearly.
De to brødrene elsket hverandre høyt.
They were both sent to the same school.
De ble begge sendt til samme skole.
The school was several miles distant from the palace.
Skolen lå flere kilometer fra palasset.
Every day they rode their two little ponies to school.
Hver dag red de på sine to små ponnier til skolen.
The Brahman woman had always been suspicious.
Brahman-kvinnen hadde alltid vært mistenksom.
A thousand little circumstances gave her clues.
Tusen små omstendigheter ga henne ledetråder.
She knew her sister-in-law was not a human being.
Hun visste at svigerinnen hennes ikke var et menneske.

She was sure her sister-in-law was a Rakshasi.
Hun var sikker på at svigerinnen hennes var en rakshasi.
But her suspicion had not yet ripened into certainty.
Men mistanken hennes hadde ennå ikke modnet til visshet.
Because the Rakshasi exercised great self-restraint.
Fordi rakshasi utviste stor selvbeherskelse.
She never did anything which human beings did not do.
Hun gjorde aldri noe som mennesker ikke gjorde.
But she couldn't hide her demonic nature forever.
Men hun kunne ikke skjule sin demoniske natur for alltid.
Her demonic nature was eventually going to reveal itself.
Hennes demoniske natur skulle til slutt avsløre seg.

The Brahman had little to keep him busy.
Brahmanen hadde lite å holde seg opptatt med.
In order to pass his time he went hunting.
For å få tiden til å gå, dro han på jakt.
The first day he returned with an antelope.
Den første dagen kom han tilbake med en antilope.
The antelope was laid in the courtyard of the palace.
Antilopen ble lagt på palassets gårdsplass.
The Rakshasi saw the antelope with great interest.
Rakshasien så antilopen med stor interesse.
At the sight of the raw meat her mouth began to water.
Ved synet av det råe kjøttet begynte hun å få vann i munnen.
The antelope was never taken to the kitchen.
Antilopen ble aldri tatt med på kjøkkenet.
Instead, the Rakshasi took the antelope to another room.
I stedet tok Rakshasien antilopen til et annet rom.
In this room she began devouring the antelope.
I dette rommet begynte hun å fortære antilopen.
The Brahman woman saw everything from a secret room.
Brahman-kvinnen så alt fra et hemmelig rom.
Her Rakshasi sister tore a leg off the antelope.
Rakshasi-søsteren hennes rev av et bein på antilopen.
She saw how she opened her tremendous jaw.
Hun så hvordan hun åpnet den enorme kjeven sin.

And in one mouthful she swallowed up the leg.
Og i én munnfull svelget hun opp beinet.
The other limbs were devoured in the same manner.
De andre lemmene ble fortært på samme måte.
And opening her jaw even further, she swallowed the body.
Og hun åpnet kjeven enda mer og svelget kroppen.
Only a little bit of the meat was kept for the kitchen.
Bare litt av kjøttet ble beholdt til kjøkkenet.
On the second day the Brahman caught another antelope.
På den andre dagen fanget brahmanen nok en antilope.
On the third day the Brahman caught another antelope.
På den tredje dagen fanget brahmanen nok en antilope.
The Rakshasi was unable to restrain her appetite.
Rakshasien klarte ikke å holde appetitten tilbake.
The raw flesh brought out her demonic nature.
Det rå kjøttet brakte frem hennes demoniske natur.
And she devoured each antelope like the last.
Og hun slukte hver antilope som den forrige.
On the third day the Brahman woman expressed her surprise.
På den tredje dagen uttrykte brahmin-kvinnen sin overraskelse.
"Nearly three whole antelopes have disappeared"
«Nesten tre hele antiloper har forsvunnet»
"All that is left is a little bit of meat"
«Alt som er igjen er litt kjøtt»
The Rakshasi did not appreciate the accusation.
Rakshasien satte ikke pris på anklagen.
"Do I eat raw flesh?" she asked fiercely.
«Spiser jeg rått kjøtt?» spurte hun hissig.
"Perhaps you do eat raw flesh," replied the Brahman woman.
«Kanskje du spiser rått kjøtt», svarte brahmin-kvinnen.
"I have nothing to prove the contrary"
«Jeg har ingenting som beviser det motsatte»
The Rakshasi knew she had been discovered.
Rakshasien visste at hun var blitt oppdaget.

Her eyes became even fiercer than before.

Øynene hennes ble enda heftigere enn før.

And she vowed to get her revenge.

Og hun sverget hevn.

The Brahman woman concluded her fate was sealed.

Brahman-kvinnen konkluderte med at skjebnen hennes var beseglet.

She thought her husband would meet the same fate.

Hun trodde mannen hennes ville møte samme skjebne.

She did not expect her son to be spared either.

Hun forventet heller ikke at sønnen hennes skulle bli spart.

That night she hardly slept at all.

Den natten sov hun nesten ikke i det hele tatt.

The Rakshasi had prevented her from seeing her husband.

Rakshasien hadde hindret henne i å se mannen sin.

Early next morning Champa-Dal went to school.

Tidlig neste morgen dro Champa-Dal på skolen.

Before he went to school she gave her son a golden bottle.

Før han dro på skolen ga hun sønnen sin en gullflaske.

In the golden bottle was her own breast milk.

I den gylne flasken var hennes egen morsmelk.

"Carefully watch the colour of the milk"

"Vær nøye med på fargen på melken"

"If the milk turns red, your father has been killed"

«Hvis melken blir rød, er faren din drept»

"If the milk turns redder, then I have been killed"

«Hvis melken blir rødere, er jeg blitt drept»

"If the milk turns red you must gallop away"

«Hvis melken blir rød, må du galoppere av gårde»

"Gallop as fast as your horse can carry you"

«Galopper så fort hesten din kan bære deg»

"If you do not run away, you will be devoured"

«Hvis du ikke stikker av, vil du bli fortært»

That morning the Rakshasi made a suggestion to her husband.

Den morgenen kom rakshasi med et forslag til mannen sin.

"Let us bathe in the river this morning"

«La oss bade i elven i morgen tidlig»
She would not take no for an answer.
Hun ville ikke ta nei for et svar.
The river was some distance from the palace.
Elven lå et stykke fra palasset.
The Brahman followed her as meekly as a lamb.
Brahmanen fulgte henne ydmykt som et lam.
The Brahman woman saw that her doom was near.
Brahman-kvinnen så at hennes undergang var nær.
But it was beyond her power to avert the catastrophe.
Men det var utenfor hennes makt å avverge katastrofen.
The Brahman and the Rakshasi did indeed reach the river.
Brahmanen og Rakshasien nådde faktisk elven.
Soon after the Rakshasi changed into her real dimensions.
Kort tid etter forandret Rakshasi seg til sine virkelige
dimensjoner.
She tore the Brahman limb from limb.
Hun rev brahman-lemmet fra hverandre.
She devoured him like she had devoured the antelope.
Hun slukte ham som hun hadde slukt antilopen.
Then she ran back to her palace.
Så løp hun tilbake til palasset sitt.
The wife's fate was the same as the Brahman's.
Konas skjebne var den samme som brahmanens.

Young Champ Dal had done as his mother instructed.
Unge Mester Dal hadde gjort som moren hans befalte.
He was diligently observing the golden bottle.
Han observerte nøye den gylne flasken.
He paid special attention to the colour of the milk.
Han la spesielt merke til fargen på melken.
He was horror-struck to find the milk redden a little.
Han ble skrekkslagen da han oppdaget at melken var litt rød.
"My father has been killed," he cried.
«Faren min er blitt drept», ropte han.
Soon after the milk completely reddened.
Kort tid etter ble melken helt rød.

"Now my mother has been killed too," he cried.
«Nå er moren min også drept», ropte han.
Quickly he rushed to mount his pony.
Raskt skyndte han seg for å bestige ponnien sin.
His half-brother, Sahasra-Dal, was surprised.
Halvbroren hans, Sahasra-Dal, ble overrasket.
"Where are you going, Champa?"
«Hvor skal du, Champa?»
"Why are you crying, brother?"
«Hvorfor gråter du, bror?»
"Let me accompany you to wherever you are going"
«La meg bli med deg dit du enn skal»
But Champa-Dal now feared his brother.
Men Champa-Dal fryktet nå broren sin.
"Oh! do not come to me," he objected.
«Å! ikke kom til meg!» protesterte han.
"Your mother has devoured my father and mother"
«Deres mor har fortært min far og mor»
"Don't you come and devour me"
"Ikke kom og sluk meg"
"I will not devour you," he promised his brother.
«Jeg skal ikke fortære deg», lovet han broren sin.
"I'll save you," he promised his brother.
«Jeg skal redde deg», lovet han broren sin.
And he galloped after his brother, Champa-Dal.
Og han galopperte etter broren sin, Champa-Dal.
Soon his mother, the Rakshasi, appeared at a distance.
Snart dukket moren hans, Rakshasi, opp i det fjerne.
She demanded Champa-Dal to come to her.
Hun krevde at Champa-Dal skulle komme til henne.
But Champa-Dal knew better than to go to the Rakshasi.
Men Champa-Dal visste bedre enn å dra til Rakshasi.
"Champa-Dal will not come to you, but I will"
«Champa-Dal kommer ikke til deg, men jeg kommer.»
And instead, Sahasra-Dal went to his mother.
Og i stedet dro Sahasra-Dal til moren sin.
The young prince always carried a sword with him.

Den unge prinsen bar alltid med seg et sverd.
With his sword he cut off his mother's head.
Med sverdet sitt hogg han av morens hode.
Champa-Dal had not stayed to witness this.
Champa-Dal hadde ikke blitt værende for å være vitne til dette.
He had galloped off as far as his pony could carry him.
Han hadde galoppert av gårde så langt ponnien hans kunne bære ham.
Because he was running for his life.
Fordi han løp for livet.
But Sahasra-Dal soon caught up with his brother.
Men Sahasra-Dal tok snart igjen broren sin.
And he told him that his mother was no more.
Og han fortalte ham at moren hans ikke var mer.
This was small consolation to Champa-Dal.
Dette var en liten trøst for Champa-Dal.
The Rakshasi had already devoured both his parents.
Rakshasien hadde allerede fortært begge foreldrene hans.
But he could still not trust Sahasra-Dal's friendship.
Men han kunne fortsatt ikke stole på Sahasra-Dals vennskap.
They both rode as fast as their horses could carry them.
De red begge så fort hestene deres kunne bære dem.
And their horses could carry them very far.
Og hestene deres kunne frakte dem veldig langt.
Because their horses were Pakshirajes horses.
Fordi hestene deres var Pakshirajes-hester.
Pakshirajes horses are the kings of birds.
Pakshirajes hester er fuglenes konger.
On their horses they travelled over hundreds of miles.
På hestene sine reiste de over hundrevis av kilometer.
An hour or two before sundown they reached a village.
En time eller to før solnedgang nådde de en landsby.
Here they became the guests of a respectable family.
Her ble de gjester hos en respektabel familie.
But the two brothers saw the family was in gloom.
Men de to brødrene så at familien var i dysterhet.

Something was agitating the family very much.

Noe opprørte familien veldig.

Some of the family held private consultations.

Noen av familien holdt private konsultasjoner.

And others in the family were weeping.

Og andre i familien gråt.

The mother was the eldest lady in the house.

Moren var den eldste damen i huset.

"I will go, as I am the eldest," she said.

«Jeg går, siden jeg er eldst», sa hun.

"I have lived long enough"

«Jeg har levd lenge nok»

"At most my life would be cut short by a year or two"

«På det meste ville livet mitt blitt forkortet med et år eller to»

The youngest member of the house was a little girl.

Det yngste medlemmet av huset var en liten jente.

"I will go, as I am young," she said.

«Jeg skal gå, siden jeg er ung,» sa hun.

"I am useless to the family"

«Jeg er ubrukelig for familien»

"If I die, I shall not be missed"

«Hvis jeg dør, vil jeg ikke bli savnet»

The head of the house was the son of the old lady.

Husets overhode var sønnen til den gamle damen.

"I am the representative of the family," he said.

«Jeg er familiens representant», sa han.

"It is but reasonable that I should give up my life"

«Det er bare rimelig at jeg skulle gi opp livet mitt»

He also had a younger brother.

Han hadde også en yngre bror.

"You are the pillar of the family," he said.

«Du er familiens støttespiller», sa han.

"If you go the whole family is ruined"

«Hvis du drar, blir hele familien ødelagt»

"It is not reasonable that you should go"

«Det er ikke rimelig at du skal dra»

"I will go, as I shall not be much missed"

«Jeg skal dra, for jeg vil ikke bli savnet så mye»
The two strangers listened to all this conversation.
De to fremmede lyttet til hele denne samtalen.
You can imagine their curiosity was not little.
Du kan tenke deg at nysgjerrigheten deres ikke var liten.
They wondered what the discussion could be about.
De lurte på hva diskusjonen kunne handle om.
Sahasra-Dal took the risk of being thought meddlesome.
Sahasra-Dal tok risikoen med å bli ansett som
innblandingsfull.
"What is the subject of your consultations?"
«Hva er temaet for konsultasjonene deres?»
"What is the reason for your deep miserable?"
«Hva er grunnen til din dype elendighet?»
"Why are your words full of countenances?"
«Hvorfor er dine ord fulle av ansikter?»
The head of the house gave the following answer.
Husets overhode ga følgende svar.
"There is something you must know, me worthy guests"
«Det er noe dere må vite, meg verdige gjester»
"These lands are infested by a terrible Rakshasi"
«Disse landene er infisert av en forferdelig Rakshasi»
"This Rakshasi has depopulated all the regions here"
«Denne Rakshasien har avfolket alle regionene her»
"This town, too, would have been depopulated"
«Denne byen ville også ha blitt avfolket»
"But that our king became suppliant to the Rakshasi"
«Men at kongen vår bønnfalt Rakshasi»
"He begged her to show mercy to us his people"
«Han ba henne om å vise oss, hans folk, barmhjertighet»
The Rakshasi replied to the king.
Rakshasien svarte kongen.
"I will consent to show mercy to your subjects"
«Jeg vil samtykke i å vise dine undersåtter barmhjertighet»
"But there is one condition for my mercy"
«Men det er én betingelse for min nåde»
"Every night I demand one human being"

«Hver natt krever jeg ett menneske»
"I don't mind if it is a male or a female"
«Jeg bryr meg ikke om det er en mann eller en kvinne»
"Put the human being in a temple for me to feast"
«Sett mennesket i et tempel for at jeg skal ha festmåltid»
"If I get a human being every night, I will rest satisfied"
«Hvis jeg får et menneske hver natt, vil jeg være fornøyd.»
**"Promise me this and I will commit no further
depredations"**
«Lov meg dette, så skal jeg ikke begå flere herjinger»
"Your subjects will be spared from my ravenous hunger"
«Dine undersåtter vil bli spart for min glupske sult»
"Our king had no other alternative than to agree"
«Kongen vår hadde ikke noe annet alternativ enn å gå med på
det»
"What human can ever hope to contend against a Rakshasi?"
«Hvilket menneske kan noen gang håpe å kjempe mot en
Rakshasi?»
"From that day the king made a new law"
«Fra den dagen laget kongen en ny lov»
"Every family has to send one member to the temple"
«Hver familie må sende ett medlem til tempelet»
"To appease the wrath of the terrible Rakshasi"
«For å blidgjøre den forferdelige Rakshasis vrede»
"To satisfy the endless hunger of the Rakshasi"
«For å tilfredsstille Rakshasis endeløse sult»
"All the families in this neighbourhood have had their turn"
«Alle familiene i dette nabolaget har fått sin tur»
"This night it is the turn of our family"
«I kveld er det familiens tur»
"One of us is to devote ourself to destruction"
«En av oss skal vie seg til ødeleggelse»
**"We are therefore discussing who should go to the
Rakshasi"**
«Vi diskuterer derfor hvem som skal gå til Rakshasi»
"You can now perceive the cause of our distress"
«Dere kan nå forstå årsaken til vår nød»

The two friends consulted together for a few minutes.
De to vennene rådførte seg i noen minutter.
After this time they concluded their consultation.
Etter denne tiden avsluttet de konsultasjonen.
Sahasra-Dal was the spokesman for the brothers.
Sahasra-Dal var brødrenes talsmann.
"Most worthy host, do not any longer be sad"
«Mest verdige vert, vær ikke lenger trist»
"You have been very kind to us"
«Dere har vært veldig snille mot oss»
"We have resolved to requite your hospitality"
«Vi har bestemt oss for å gjengjelde gjestfriheten deres»
"We will go to the temple instead of you"
«Vi skal gå til tempelet i stedet for deg»
"We shall go as your representatives"
«Vi skal dra som deres representanter»
"We will become the food of the Rakshasi"
«Vi skal bli maten til rakshasiene»
The whole family protested against the proposal.
Hele familien protesterte mot forslaget.
They declared that guests were like gods.
De erklærte at gjestene var som guder.
"The host must ensure the comfort of the guests"
«Verten må sørge for gjestenes komfort»
"The guests must not suffer for the host"
«Gjestene må ikke lide for verten»
But the two strangers could not be persuaded.
Men de to fremmede lot seg ikke overtale.
"We will stand as proxies for your family"
«Vi vil stå som stedfortredere for familien din»
There was a great deal of objection to the proposal.
Det var store motstander mot forslaget.
But eventually the guests persuaded their hosts.
Men til slutt overtalte gjestene vertene sine.
Finally the hosts consented to the arrangement.
Til slutt samtykket vertene til avtalen.

Sahasra-Dal and Champa-Dal rode off on their horses.

Sahasra-Dal og Champa-Dal red av gårde på hestene sine.

Immediately after candle light they reached the temple.

Rett etter stearinlysets tenning nådde de tempelet.

They went into the temple, and shut the door.

De gikk inn i tempelet og lukket døren.

Sahasra told his brother to go to sleep.

Sahasra ba broren sin om å legge seg.

"I will guard over your sleep"

«Jeg vil vokte over din søvn»

"I will watch out for the terrible Rakshasi"

«Jeg skal passe meg for den forferdelige Rakshasi»

Champa was soon in a fine sleep.

Champa sovnet snart godt.

Sahasra lay awake, waiting for the Rakshasi.

Sahasra lå våken og ventet på Rakshasi.

Nothing happened during the early hours of the night.

Ingenting skjedde i løpet av de tidlige nattetimer.

But then the gong of the king's bell sounded.

Men så lød gongen fra kongens klokke.

It was midnight, the dead hour of the night.

Det var midnatt, nattens døde time.

Sahasra heard the sound as of a rushing tempest.

Sahasra hørte lyden som av et farende uvær.

He used the knowledge he had of Rakshasas.

Han brukte kunnskapen han hadde om Rakshasas.

He concluded the Rakshasi was nigh.

Han konkluderte med at Rakshasi var nær.

A thundering knock was heard at the door.

En tordnende banking ble hørt på døren.

The following words accompanied the knock at the door:

Følgende ord ble fulgt av bankingen på døren:

"How, mow, khow! A human being I smell"

«Hvordan, klipp, khau! Jeg lukter et menneske.»

"Who keeps guard inside this temple?"

«Hvem holder vakt inne i dette tempelet?»

To this question Sahasra-Dal made the following reply:

På dette spørsmålet svarte Sahasra-Dal følgende:
"Sahasra-Dal keeps guard inside this temple"
«Sahasra-Dal holder vakt inne i dette tempelet»
"Champa-Dal keeps guard inside this temple"
«Champa-Dal holder vakt inne i dette tempelet»
"Two winged horses keep guard inside this temple"
«To bevingede hester holder vakt inne i dette tempelet»
Rakshasa blood flowed through Sahasra-Dal's veins.
Rakshasa-blod strømmet gjennom Sahasra-Dals årer.
The Rakshasi knew Sahasra-Dal was not human.
Rakshasi visste at Sahasra-Dal ikke var et menneske.
And so the Rakshasi turned away with a groan.
Og så snudde rakshasi seg bort med et stønn.
After an hour the Rakshasi returned to the temple.
Etter en time vendte Rakshasi tilbake til tempelet.
The Rakshasi thundered at the door again.
Rakshasien dundret mot døren igjen.
"How, mow, khow! A human being I smell"
«Hvordan, klipp, khau! Jeg lukter et menneske.»
"Who keeps guard inside this temple?"
«Hvem holder vakt inne i dette tempelet?»
To this question Sahasra-Dal again replied:
På dette spørsmålet svarte Sahasra-Dal igjen:
"Sahasra-Dal keeps guard inside this temple"
«Sahasra-Dal holder vakt inne i dette tempelet»
"Champa-Dal keeps guard inside this temple"
«Champa-Dal holder vakt inne i dette tempelet»
"Two winged horses keep guard inside this temple"
«To bevingede hester holder vakt inne i dette tempelet »
The Rakshasi again groaned and went away.
Rakshasien stønnet igjen og gikk sin vei.
At two o'clock the Rakshasi appeared once more.
Klokken to dukket Rakshasi opp igjen.
And at three o'clock the Rakshasi came again.
Og klokken tre kom Rakshasi igjen.
Each time the Rakshasi made the same inquiry.
Hver gang stilte Rakshasi den samme forespørselen.

And each time the Rakshasi left with a groan.
Og hver gang dro Rakshasien med et stønn.
After three o'clock, however, Sahasra-Dal felt very sleepy.
Etter klokken tre følte Sahasra-Dal seg imidlertid veldig søvnig.
He could not any longer keep awake.
Han klarte ikke å holde seg våken lenger.
He therefore roused Champa.
Derfor vekket han Champa.
And he told him to keep guard over the temple.
Og han ba ham holde vakt over tempelet.
"The Rakshasi will come again in an hour"
«Rakshasi kommer igjen om en time»
"The Rakshasi will ask who keeps guard here"
«Rakshasien vil spørre hvem som holder vakt her»
"You must mention Sahasra's name first"
«Du må nevne Sahasras navn først»
Having given these instructions he went to sleep.
Etter å ha gitt disse instruksjonene, sovnet han.
At four o'clock the Rakshasi again made her appearance.
Klokken fire dukket Rakshasi opp igjen.
The Rakshasi thundered at the door, and said:
Rakshasien tordnet mot døren og sa:
"How, mow, khow! A human being I smell"
«Hvordan, klipp, khau! Jeg lukter et menneske.»
"Who keeps guard inside this temple?"
«Hvem holder vakt inne i dette tempelet?»
Champa-Dal was in a terrible fright.
Champa-Dal var i en forferdelig skrekk.
He had forgotten the instructions of his brother.
Han hadde glemt instruksjonene fra broren sin.
"Champa-Dal keeps guard inside this temple"
«Champa-Dal holder vakt inne i dette tempelet»
"Sahasra-Dal keeps guard inside this temple"
«Sahasra-Dal holder vakt inne i dette tempelet»
"Two winged horses keep guard inside this temple"
«To bevingede hester holder vakt inne i dette tempelet»

The Rakshasi uttered a shout of exultation.
Rakshasien utsto et jubelrop.
And the Rakshasi laughed how only demons can laugh.
Og rakshasi lo slik bare demoner kan le.
With a dreadful noise the door broke open.
Med en forferdelig lyd brøt døren opp.
The noise roused Sahasra from his sleep.
Lyden vekket Sahasra fra søvnen.
Within a moment he sprung to his feet.
I løpet av et øyeblikk sprang han opp.
He had his sword with him not only by day.
Han hadde sverdet sitt med seg ikke bare om dagen.
He had his sword with him by night too.
Han hadde sverdet sitt med seg om natten også.
His sword was as supple as a palm-leaf.
Sverdet hans var like smidig som et palmeblad.
And he cut off the head of the Rakshasi.
Og han hogg av hodet til Rakshasi.
The huge mountain of a body fell to the ground.
Det enorme fjellet av en kropp falt til bakken.
The body made a great noise when it fell.
Kroppen lagde en høy lyd da den falt.
And the body covered many surrounding acres.
Og kroppen dekket mange omkringliggende mål.
Sahasra-Dal kept the severed head of the Rakshasi.
Sahasra-Dal beholdt det avkuttede hodet til Rakshasi.
And he slept again with the head near him.
Og han sov igjen med hodet inntil seg.

Early in the morning some wood-cutters came.
Tidlig om morgenen kom noen vedhoggere.
The wood-cutters were passing near the temple.
Vedhoggerne gikk forbi tempelet.
The wood-cutters saw the huge body on the ground.
Vedhoggerne så det enorme liket på bakken.
So they walked towards the temple.
Så gikk de mot tempelet.

Soon they saw that it was a carcass.
Snart så de at det var et kadaver.
The carcass of the terrible Rakshasi.
Kadaveret til den forferdelige Rakshasi.
The Rakshasi that had nearly depopulated the land.
Rakshasiene som nesten hadde avfolket landet.
There had been a bounty for this Rakshasi.
Det hadde vært en dusør for denne Rakshasi.
The king offered the hand of his daughter.
Kongen rakte frem datteren sin.
And the king had offered half the kingdom.
Og kongen hadde tilbudt halve riket.
He would trade it all for the head of the Rakshasi.
Han ville bytte alt mot Rakshasi-hodet.
The wood-cutters saw no claimant at hand.
Vedhoggerne så ingen kravshaver for hånden.
So they went to get the reward.
Så dro de for å hente belønningen.
Each wood-cutter cut off a limb from the Rakshasi.
Hver vedhogger hogg av en gren fra Rakshasi.
And each wood-cutter went to the king.
Og hver vedhogger gikk til kongen.
And each wood-cutter tried to claim the reward.
Og hver vedhogger prøvde å gjøre krav på belønningen.
"I am the destroyer of the great man eater"
«Jeg er ødeleggeren av den store menneskeeteren»
"I have come to claim my reward"
«Jeg har kommet for å kreve belønningen min»
The king knew there could only be one hero.
Kongen visste at det bare kunne være én helt.
So he made an inquiry with his minister.
Så han forhørte seg med ministeren sin.
"What family's turn was it last night?"
«Hvilken families tur var det i går kveld?»
"And who is the head of that family?"
«Og hvem er familiens overhode?»
The king's minister set out to find the family.

Kongens minister dro ut for å finne familien.
He brought the head of the family to the king.
Han brakte familiens overhode til kongen.
And the head of the family told of his guests.
Og familiens overhode fortalte om gjestene sine.
"Last night two youthful travelers came to me"
«I går kveld kom to unge reisende til meg»
"We offered to be their hosts for the night"
«Vi tilbød oss å være vertene deres for natten»
"Soon they discovered the problem we had"
«Snart oppdaget de problemet vi hadde»
"And they volunteered to take our place"
«Og de meldte seg frivillig til å ta plassen vår»
"They went to the temple, instead of one of us"
«De dro til tempelet, i stedet for en av oss»
The king took his men to the temple.
Kongen tok mennene sine med til tempelet.
The door of the temple was broken open.
Tempeldøren ble brutt opp.
They found the two brothers sleeping.
De fant de to brødrene sovende.
And the horses were safe in the temple too.
Og hestene var også trygge i tempelet.
And the head of the Rakshasi was there too.
Og lederen av Rakshasi var også der.
There was no doubt about who had killed the monster.
Det var ingen tvil om hvem som hadde drept monsteret.
The real hero had been discovered.
Den virkelige helten var blitt oppdaget.
And the king kept true to his word.
Og kongen holdt sitt ord.
He gave the hand of his daughter to Sahasra-Dal.
Han ga datterens hånd til Sahasra-Dal.
And he gave him half his kingdom too.
Og han ga ham også halve kongeriket sitt.
Champa-Dal remained with his friend.
Champa-Dal ble igjen hos vennen sin.

And he rejoiced in Sahasra-Dal's prosperity.
Og han gledet seg over Sahasra-Dals velstand.
And they lived together happily for some time.
Og de levde lykkelig sammen en stund.

But one day a misunderstanding arose between them.
Men en dag oppsto det en misforståelse mellom dem.
The queen-mother had a certain maid-servant.
Dronningmoren hadde en viss tjenestepike.
This maid-servant was the most useful domestic.
Denne tjenestepiken var den mest nyttige hushjelpen.
She could turn her hand to any task.
Hun kunne vende hånden til enhver oppgave.
And she had uncommon strength for a woman.
Og hun hadde uvanlig styrke til å være kvinne.
Her intelligence was not lacking either.
Hennes intelligens manglet heller ikke.
And she had a remarkable amount of energy.
Og hun hadde en bemerkelsesverdig mengde energi.
She would have been quickly missed in the palace.
Hun ville raskt blitt savnet i slottet.
The zenana was completely dependent on her.
Zenanaen var fullstendig avhengig av henne.
Hence her services were highly valued.
Derfor ble tjenestene hennes høyt verdsatt.
The queen-mother appreciated her very much.
Dronningmoren satte stor pris på henne.
And the ladies of the palace valued her too.
Og damene i slottet satte også pris på henne.
But this valuable woman was not a woman.
Men denne verdifulle kvinnen var ikke en kvinne.
What this woman was was a Rakshasi.
Det denne kvinnen var var en rakshasi.
She had put on the appearance of a woman.
Hun hadde tatt på seg et kvinnelig utseende.
She had her own nefarious reasons for doing this.
Hun hadde sine egne ondsinnede grunner for å gjøre dette.

And then she took service in the royal household.
Og så tok hun tjeneste i kongehuset.
At night she used to assume her own real form.
Om natten pleide hun å anta sin egen virkelige form.
When everyone in the palace was asleep.
Da alle i palasset sov.
And then she went about in search of food.
Og så dro hun rundt på jakt etter mat.
Because her hunger was not satisfied at the palace.
Fordi sulten hennes ikke ble mettet i slottet.
A Rakshasi needs much more food than a man or woman.
En rakshasi trenger mye mer mat enn en mann eller kvinne.
At this time Champa-Dal had no wife.
På dette tidspunktet hadde Champa-Dal ingen kone.
So he often slept outside the zenana.
Så sov han ofte utenfor zenanaen.
He was not far from the outer gate of the palace.
Han var ikke langt fra palassets ytterport.
And from there he could observe her.
Og derfra kunne han observere henne.
He saw her devouring sundry goats and sheep.
Han så henne fortære diverse geiter og sauer.
And he saw her devouring horses and elephants.
Og han så henne fortære hester og elefanter.
This of course was not good for the maid-servant.
Dette var selvfølgelig ikke bra for tjenestepiken.
Champa-Dal was in the way of her supper.
Champa-Dal var i veien for kveldsmaten hennes.
So she was determined to get rid of him.
Så hun var fast bestemt på å bli kvitt ham.
One day she went to the queen-mother.
En dag dro hun til dronningmoren.
"Queen-mother," she said to her.
«Dronningmor», sa hun til henne.
"I can no longer work in the palace"
«Jeg kan ikke lenger jobbe i palasset»
"Why?" asked the queen-mother.

«Hvorfor?» spurte dronningmoren.
"What is the matter, Dasi" she wanted to know.
«Hva er i veien, Dasi?» ville hun vite.
"How can I go on without you?"
«Hvordan kan jeg fortsette uten deg?»
"Tell me your reasons for leaving"
«Fortell meg grunnene dine for å dra»
The maid-servant explained her situation.
Tjenestepiken forklarte situasjonen sin.
"I am but a poor woman in this palace"
«Jeg er bare en fattig kvinne i dette palasset»
"A woman like me can't preserve her honor here"
«En kvinne som meg kan ikke bevare æren sin her»
"Your son-in-law has a friend, Champa-Dal"
«Svigersønnen din har en venn, Champa-Dal»
"He always cracks indecent jokes with me"
«Han forteller alltid uanstendige vitser med meg»
"I would rather beg for my rice than to lose my honor"
«Jeg vil heller tigge om risen min enn å miste æren min»
"If Champa-Dal remains in the palace I must go away"
«Hvis Champa-Dal blir værende i palasset, må jeg dra.»
The maid-servant was irreplicable in the palace.
Tjenestepiken var uerstattelig i palasset.
The queen-mother knew what sacrifice to make.
Dronningmoren visste hvilket offer hun skulle bringe.
Champa-Dal was going to have to leave the palace.
Champa-Dal måtte forlate palasset.
And she told Sahasra-Dal all her reasons.
Og hun fortalte Sahasra-Dal alle grunnene sine.
"Champa-Dal is a bad man"
«Champa-Dal er en ond mann»
"His character and morals are loose"
«Hans karakter og moral er løs»
"He must leave this palace at once"
«Han må forlate dette palasset med en gang»
Sahasra-Dal did his best to persuade her otherwise.
Sahasra-Dal gjorde sitt beste for å overtale henne til noe annet.

He earnestly pleaded on behalf of his friend.
Han tryglet inderlig på vegne av vennen sin.
But his efforts were in vain.
Men hans anstrengelser var forgjeves.
The queen-mother had made up her mind.
Dronningmoren hadde bestemt seg.
He had to be driven out of the palace.
Han måtte jages ut av palasset.
Sahasra-Dal had not the courage to tell his friend.
Sahasra-Dal hadde ikke mot til å fortelle det til vennen sin.
He therefore wrote a letter to him.
Derfor skrev han et brev til ham.
In the letter he was vague about the reason.
I brevet var han vag om årsaken.
But either way, he was going to have to leave.
Men uansett måtte han dra.
Champa-Dal went to have a bath.
Champa-Dal gikk for å ta et bad.
And the letter was put in his room.
Og brevet ble lagt på rommet hans.
Champa-Dal was grieved upon reading the letter.
Champa-Dal ble bedrøvet da han leste brevet.
He mounted his fleet of horses.
Han steg opp på hesteflåten sin.
And on his horses, he left the palace.
Og på hestene sine forlot han palasset.

Champa's horses were uncommonly fleet.
Champas hester var uvanlig flåte.
Soon he had traversed thousands of miles.
Snart hadde han tilbakelagt tusenvis av kilometer.
And eventually he reached a new city.
Og til slutt kom han til en ny by.
He stood at the gateway of a magnificent palace.
Han sto ved porten til et praktfullt palass.
He dismounted from his horse.
Han steg av hesten sin.

And he entered the palace.

Og han gikk inn i palasset.

But in the palace he met not a single creature.

Men i palasset møtte han ikke en eneste skapning.

He went from apartment to apartment.

Han gikk fra leilighet til leilighet.

All the rooms were richly furnished.

Alle rommene var rikt møblert.

But none of the rooms were lived in.

Men ingen av rommene var bebodd.

But in the end he came to a different room.

Men til slutt kom han til et annet rom.

In this room there was a young lady.

I dette rommet var det en ung dame.

The young lady was of heavenly beauty.

Den unge damen var av himmelsk skjønnhet.

And she was lying down on a splendid bedstead.

Og hun lå på en praktfull seng.

The beautiful young lady was asleep.

Den vakre unge damen sov.

Champa-Dal looked upon the sleeping beauty.

Champa-Dal så på Tornerose.

He was captivated by what he was seeing.

Han var trollbundet av det han så.

He had not seen any woman so beautiful.

Han hadde ikke sett noen så vakker kvinne.

Upon the bed there were two sticks.

På sengen lå det to pinner.

The two sticks were near the woman's head.

De to pinnene var nær kvinnens hode.

One of the sticks was made of silver.

En av pinnene var laget av sølv.

And the other stick was made of gold.

Og den andre staven var laget av gull.

Champa took the silver stick into his hand.

Champa tok sølvstaven i hånden sin.

And with the stick he touched the body of the lady.

Og med stokken berørte han damens kropp.

But no change was perceptible to her sleep.

Men ingen forandring var merkbar i søvnen hennes.

He then took up the gold stick.

Så tok han opp gullstaven.

And with the stick he touched the body of the lady.

Og med stokken berørte han damens kropp.

This time the young lady did awake.

Denne gangen våknet den unge damen.

Eyeing the stranger, she inquired who he was.

Hun så på den fremmede og spurte hvem han var.

"I am Champa-Dal," he told her.

«Jeg er Champa-Dal», sa han til henne.

"There was once a poor dimwitted Brahman"

«Det var en gang en stakkars, dum brahman»

"This dimwitted man had a wife, but no children"

«Denne dumme mannen hadde en kone, men ingen barn»

"But him not having children was probably for the best"

«Men det var nok best at han ikke fikk barn»

"Because he was barely able to meet his own needs"

«Fordi han knapt klarte å dekke sine egne behov»

"And he could hardly supply enough for his wife"

«Og han kunne knapt sørge for nok til sin kone»

"But his dimwittedness was not even his biggest problem"

«Men hans tåpelighet var ikke engang hans største problem»

And he continued the story as we have followed it.

Og han fortsatte historien slik vi har fulgt den.

"My mother concluded her fate was sealed"

«Moren min konkluderte med at skjebnen hennes var beseglet»

"And she thought my father would meet the same fate"

«Og hun trodde faren min ville møte samme skjebne»

"And she did not expect me to be spared either"

«Og hun forventet heller ikke at jeg skulle bli spart.»

"That night she hardly slept at all"

«Den natten sov hun nesten ikke i det hele tatt»

"The Rakshasi had prevented her from seeing my father"

«Rakshasien hadde hindret henne i å se faren min»
"Early next morning I went to school"
«Tidlig neste morgen dro jeg på skolen»
"Before I went to school she gave me a golden bottle"
«Før jeg begynte på skolen ga hun meg en gullflaske»
"In the golden bottle was her own breast milk"
«I den gylne flasken var hennes egen morsmelk»
"I was told to carefully watch the colour of the milk"
«Jeg ble bedt om å være nøye med fargen på melken»
And he continued the story as we have followed it.
Og han fortsatte historien slik vi har fulgt den.
"We will stand as proxies for your family"
«Vi vil stå som stedfortredere for familien din»
"There was a great deal of objection to our proposal"
«Det var mye motstand mot forslaget vårt»
"But eventually we persuaded our hosts"
«Men til slutt overtalte vi vertene våre»
"Finally the hosts consented to the arrangement"
«Endelig samtykket vertene til avtalen»
And he continued the story as we have followed it.
Og han fortsatte historien slik vi har fulgt den.
"So I often slept outside the zenana"
«Så jeg sov ofte utenfor zenanaen»
"I was not far from the outer gate of the palace"
«Jeg var ikke langt fra palassets ytre port.»
"And from there I could observe her"
«Og derfra kunne jeg observere henne»
"I saw her devouring sundry goats and sheep"
«Jeg så henne fortære diverse geiter og sauer »
"And I saw her devouring horses and elephants"
«Og jeg så henne fortære hester og elefanter»
And he continued the story as we have followed it.
Og han fortsatte historien slik vi har fulgt den.
"One day a letter was put in my room"
«En dag ble det lagt et brev på rommet mitt»
"I was grieved upon reading the letter"
«Jeg ble lei meg da jeg leste brevet»

"I mounted my fleet of horses"
«Jeg steg opp på hesteflåten min»
"And on my horses he left the palace"
«Og på hestene mine forlot han palasset»
"My horse are uncommonly fleet"
«Hesten min er usedvanlig rask»
"Soon I had traversed thousands of miles"
«Snart hadde jeg tilbakelagt tusenvis av kilometer»
"And eventually I reached a new city"
«Og til slutt kom jeg til en ny by»
And he continued the story as we have followed it.
Og han fortsatte historien slik vi har fulgt den.
"I took the silver stick into his hand"
«Jeg tok sølvstaven i hånden hans»
"And with the stick I touched your body"
«Og med pinnen berørte jeg kroppen din»
"But no change was perceptible to your sleep"
«Men ingen forandring var merkbar i søvnen din»
"I then took up the gold stick"
«Så tok jeg opp gullstaven»
And with the stick he touched your body.
Og med stokken berørte han kroppen din.
"This time you did awake from your sleep"
«Denne gangen våknet du fra søvnen din»
The young lady had listened to Champa-Dal's story.
Den unge damen hadde lyttet til Champa-Dals historie.
The young lady was in fact a princess.
Den unge damen var faktisk en prinsesse.
"Unhappy man! why have you come here?"
«Ulykkelig mann! hvorfor har du kommet hit?»
"This is the country of Rakshasas"
«Dette er rakshasas land»
"No less than seven hundred Rakshasas live here"
«Ikke mindre enn syv hundre rakshasaer bor her»
"Every morning the Rakshasas leave"
«Hver morgen drar rakshasaene»
"They go to the other side of the ocean"

«De drar til den andre siden av havet»
"And they search for provisions there"
«Og de leter etter proviant der»
"And before dusk they return again"
«Og før skumringen kommer de tilbake igjen»
"My father was king in these regions"
«Min far var konge i disse regionene»
"His kingdom had millions of subjects"
«Hans rike hadde millioner av undersåtter»
"They lived in flourishing towns and cities"
«De bodde i blomstrende byer og tettsteder»
"But some years ago the Rakshasas invaded"
«Men for noen år siden invaderte rakshasaene»
"And they devoured all the subjects of the kingdom"
«Og de fortærte alle rikets undersåtter»
"The Rakshasas devoured my father and my mother"
«Rakshasaene fortærte min far og min mor»
"The Rakshasas devoured my brothers and sisters"
«Rakshasaene fortærte mine brødre og søstre»
"And they devoured all the cattle of the country"
«Og de fortærte alt landets kveg»
"There is no living human being in these regions"
«Det finnes ikke noe levende menneske i disse områdene»
"I am the last human living left"
«Jeg er det siste levende mennesket igjen»
"I too would have been devoured long ago"
«Jeg ville også blitt fortært for lenge siden»
"But an old Rakshasi took a liking to me"
«Men en gammel rakshasi ble glad i meg»
"She prevents the other Rakshasas from eating me"
«Hun hindrer de andre rakshasaene i å spise meg»
"Do you see those sticks of silver and gold?"
«Ser du de sølv- og gullstavene?»
"Every morning she kills me with the silver stick"
«Hver morgen dreper hun meg med sølvstaven»
"Every evening she re-animates me with the gold stick"
«Hver kveld gir hun meg ny liv med gullstaven»

"I do not know how to advise you"
«Jeg vet ikke hvordan jeg skal gi deg råd»
"If the Rakshasas see you, you are a dead man"
«Hvis rakshasene ser deg, er du en død mann»
Then they talked in a very affectionate manner.
Så snakket de sammen på en veldig hengiven måte.
And they laid their heads together.
Og de la hodene sammen.
And they thought to devise a means of escape.
Og de tenkte å finne en måte å flykte på.
Some way to get out of the hands of the Rakshasas.
En måte å komme seg ut av hendene på rakshasene.

The hour of the return of the Rakshasas was coming.
Timen for rakshasaenes tilbakekomst var nær.
The seven hundred flesh-eaters were soon returning.
De syv hundre kjøtteterne kom snart tilbake.
Keshavati called out to Champa-Dal.
Keshavati ropte til Champa-Dal.
(Because that was the name of the princess)
(Fordi det var prinsessens navn)
"Hide yourself in the heaps of the sacred trefoil"
«Gjem deg i haugene av den hellige trekløveren»
But first Champ Dal picked up the silver stick.
Men først plukket Champ Dal opp sølvpinnen.
He touched Keshavati with the silver stick.
Han berørte Keshavati med sølvstaven.
And as soon as he touched her, she died.
Og så snart han rørte ved henne, døde hun.
Then he went to the center of the temple of Siva.
Så gikk han til sentrum av Siva-tempelet.
And he hid beneath the heaps of sacred trefoil.
Og han gjemte seg under haugene med hellig trekløver.
From his hiding place he heard the sound of wind rushing.
Fra gjemmestedet sitt hørte han lyden av vinden som suste.
Then he heard terrible noises in the palace.
Så hørte han forferdelige lyder i palasset.

The Rakshasas had come home from their hunt.
Rakshasene hadde kommet hjem fra jakten sin.
They had filled their stomachs with meat.
De hadde fylt magene sine med kjøtt.
Sundry goats, sheep, cows, horses, buffaloes.
Diverse geiter, sauer, kyr, hester, bøfler.
And they had devoured elephants too.
Og de hadde også fortært elefanter.
The old Rakshasi returned to the palace too.
Den gamle Rakshasi vendte også tilbake til palasset.
She went to the room of the sleeping princess.
Hun gikk til rommet til den sovende prinsessen.
And she woke her with the stick made of gold.
Og hun vekket henne med stokken laget av gull.
"Hye, mye, khye! A human being I smell"
«Hye, mye, khye! Jeg lukter et menneske.»
"I am the only human being here," said the princess.
«Jeg er det eneste mennesket her», sa prinsessen.
"Eat me if you like," added Keshavati.
«Spis meg hvis du vil», la Keshavati til.
To this the Rakshasi replied:
Til dette svarte Rakshasien:
"Let me eat up your enemies"
«La meg spise opp fiendene dine»
"Why should I eat you?" she asked the princess.
«Hvorfor skulle jeg spise deg?» spurte hun prinsessen.
She laid herself down on the ground.
Hun la seg ned på bakken.
She was as long and high as the Vindhya Hills.
Hun var like lang og høy som Vindhya-åsene.
And in this position she fell asleep.
Og i denne stillingen sovnet hun.
The other Rakshasas and Rakshasis soon fell asleep too.
De andre rakshasaene og rakshasiene sovnet også snart.
Because they were tired from their gigantic labor.
Fordi de var slitne etter sitt enorme arbeid.
Keshavati also composed herself to sleep.

Keshavati samlet seg også for å sove.

But Champa did not dare to come out from under the leaves.

Men Champa turte ikke å komme ut under bladene.

And he tried his best to pray to the god of repose.

Og han prøvde sitt beste å be til hvilens gud.

At daybreak all seven hundred Rakshasas got up again.

Ved daggry sto alle syv hundre rakshasaene opp igjen.

They went on their usual predatory excursion.

De dro på sin vanlige rovdyrutflukt.

And along with them went the old Rakshasi.

Og sammen med dem gikk den gamle Rakshasi.

But first the old Rakshasi picked up the silver stick.

Men først plukket den gamle Rakshasi opp sølvstokken.

And she touched Keshavati with the silver stick.

Og hun berørte Keshavati med sølvstaven.

Soon the coast was clear for Champa-Dal.

Snart var kysten klar for Champa-Dal.

And he dared to come out from under the pile of leaves.

Og han turte å komme ut fra under løvhaugen.

He walked back into the room of the princess.

Han gikk tilbake inn i prinsessens rom.

And he touched her with the golden stick.

Og han berørte henne med den gylne stokken.

And the princess revived from her death again.

Og prinsessen våknet til liv igjen fra sin død.

They sauntered about in the gardens.

De ruslet rundt i hagene.

They enjoyed the cool breeze of the morning.

De nøt den kjølige morgenbrisen.

They bathed in a lucid pool of water.

De badet i et klart vannbasseng.

And they ate and drank food in the palace.

Og de spiste og drakk mat i palasset.

And they spent the day in sweet converse.

Og de tilbrakte dagen i hyggelig samtale.

And they concocted a plan for their deliverance.

Og de la en plan for sin utfrielse.
Keshavaity was going to speak to the old Rakshasi.
Keshavaity skulle snakke med den gamle Rakshasi.
She was going to ask on what a Rakshasa's life depended.
Hun skulle til å spørre hva en Rakshasas liv avhengte av.
And with that secret they were going to act accordingly.
Og med den hemmeligheten skulle de handle deretter.

The hour of the return of the Rakshasas was coming again.
Timen for rakshasaenes tilbakekomst var på vei igjen.
And events unfolded as they had the evening before.
Og hendelsene utspilte seg slik de hadde gjort kvelden før.
The seven hundred flesh-eaters were returning to the palace.
De syv hundre kjøtteterne var på vei tilbake til palasset.
Champ Dal touched Keshavati with the silver stick.
Mester Dal berørte Keshavati med sølvstokken.
She died like the had died the night before.
Hun døde som om hun hadde dødd natten før.
Champa-Dal went to the center of the temple of Siva.
Champa-Dal gikk til sentrum av Siva-tempelet.
He hid beneath the heaps of sacred trefoil again.
Han gjemte seg under haugene med hellig trekløver igjen.
He heard the sound of wind rushing.
Han hørte lyden av vinden som suste.
And he heard terrible noises in the palace.
Og han hørte forferdelige lyder i palasset.
The Rakshasas had come home from their hunt.
Rakshasene hadde kommet hjem fra jakten sin.
They had filled their stomachs with meat.
De hadde fylt magene sine med kjøtt.
Sundry goats, sheep, cows, horses, buffaloes.
Diverse geiter, sauer, kyr, hester, bøfler.
And they had devoured elephants too.
Og de hadde også fortært elefanter.
The old Rakshasi returned to the palace too.
Den gamle Rakshasi vendte også tilbake til palasset.
She went to the room of the sleeping princess.

Hun gikk til rommet til den sovende prinsessen.
And she woke her with the stick made of gold.
Og hun vekket henne med stokken laget av gull.
"Hye, mye, khye! A human being I smell"
«Hye, mye, khye! Jeg lukter et menneske.»
"I am the only human being here," said the princess.
«Jeg er det eneste mennesket her», sa prinsessen.
"Eat me if you like," added Keshavati.
«Spis meg hvis du vil», la Keshavati til.
To this the Rakshasi replied:
Til dette svarte Rakshasien:
"Let me eat up your enemies"
«La meg spise opp fiendene dine»
"Why should I eat you?" she asked the princess.
«Hvorfor skulle jeg spise deg?» spurte hun prinsessen.
She laid herself down on the ground.
Hun la seg ned på bakken.
And she looked like a part of the Himalaya mountains.
Og hun så ut som en del av Himalaya-fjellene.
Keshavati had a phial of heated mustard oil.
Keshavati hadde en ampulle med varm sennepsolje.
And she approached the foot of the Rakshasi.
Og hun nærmet seg foten av Rakshasi.
"Mother, your feet are sore from walking"
«Mor, føttene dine er såre av å gå.»
"Let me rub your sore feet with oil"
«La meg gni inn dine såre føtter med olje»
And she began to rub with oil the Rakshasi's feet.
Og hun begynte å gni Rakshasis føtter med olje.
Then a few tear-drops fell from the eyes of the princess.
Så falt noen tårer fra prinsessens øyne.
And the tear-drops landed on the monster's legs.
Og tåredråpene landet på monsterets ben.
The Rakshasi tasted the tear-drops with her lips.
Rakshasien smakte på tåredråpene med leppene.
And she found the tear-drops tasted briny.
Og hun syntes tåredråpene smakte salt.

"Why are you weeping, darling?" asked the Rakshasi.
«Hvorfor gråter du, kjære?» spurte rakshasi.
"What aileth thee?" she wanted to know.
«Hva feiler deg?» ville hun vite.
The princess tried to stop herself from crying.
Prinsessen prøvde å holde seg unna gråten.
"Mother, I am weeping because you are old"
«Mor, jeg gråter fordi du er gammel»
"When you die one of the Rakshasas will devour me"
«Når du dør, vil en av rakshasaene fortære meg»
"When I die?! Don't be foolish, girl"
«Når jeg dør?! Ikke vær dum, jente!»
"Don't you know that Rakshasas never die?"
«Vet du ikke at rakshasaer aldri dør?»
"We are not naturally immortal"
«Vi er ikke naturlig udødelige»
"There is a secret to our strength"
«Det er en hemmelighet bak vår styrke»
"But no human can unravel this secret"
«Men intet menneske kan avsløre denne hemmeligheten»
"But let me tell you the secret"
«Men la meg fortelle deg hemmeligheten»
"So that you are comforted a little"
«Slik at du blir litt trøstet»
"Do you see the pool of water in the palace?"
«Ser du vanndammen i palasset?»
"In that pool of water is a Sphatikasthamba"
«I den vannpølen er det en Sphatikasthamba»
"The Sphatikasthamba is deep in the water"
«Sphatikasthamba ligger dypt i vannet»
"And on the Sphatikasthamba are two bees"
«Og på Sphatikasthamba er det to bier»
"A human being would have to dive into the water"
«Et menneske måtte dykke ned i vannet»
"The human being would have to bring the bees onto dry land"
«Mennesket måtte bringe biene opp på tørt land »

"Then the human being would have to kill the two bees"
«Da måtte mennesket drepe de to biene»
"But not a drop of their blood must touch the ground"
«Men ikke en dråpe av blodet deres må berøre bakken»
"Only then can a human kill a Rakshasa"
«Bare da kan et menneske drepe en rakshasa»
"But if the blood touches the ground, a thousand Rakshasas will rise"
«Men hvis blodet berører bakken, vil tusen rakshasaer reise seg»
"But what human will find out this secret?"
«Men hvilket menneske vil oppdage denne hemmeligheten?»
"And what human can achieve this feat?"
«Og hvilket menneske kan oppnå denne bragden?»
"No human knows the secret to the life of a Rakshasa"
«Ingen mennesker kjenner hemmeligheten bak en rakshasas liv»
"And no human can achieve such a feat"
«Og intet menneske kan oppnå en slik bragd»
"So there is no reason to be sad, my darling"
«Så det er ingen grunn til å være trist, min kjære.»
"I am practically immortal," she confirmed.
«Jeg er praktisk talt udødelig», bekreftet hun.
Keshavati treasured the secret in her memory.
Keshavati verdsatte hemmeligheten i minnet sitt.
And then she went back to sleep.
Og så sovnet hun igjen.

Next morning the Rakshasas, as usual, went away.
Neste morgen dro rakshasaene av gårde som vanlig.
Champa came out of his hiding-place.
Champa kom ut av gjemmestedet sitt.
And he roused Keshavati from her sleep.
Og han vekket Keshavati fra søvnen hennes.
The princess told him the secret she had learnt.
Prinsessen fortalte ham hemmeligheten hun hadde lært.
Champa-Dal immediately started to prepare himself.

Champa-Dal begynte umiddelbart å forberede seg.
He brought to the pool a knife.
Han tok med seg en kniv til bassenget.
And he brought a quantity of ashes.
Og han brakte en mengde aske.
He took off his heavy clothes.
Han tok av seg de tunge klærne sine.
He put a drop or two of mustard oil into each ear.
Han puttet en dråpe eller to sennepsolje i hvert øre.
To prevent water from entering into his ears.
For å hindre at vann kommer inn i ørene hans.
He swam out into the middle of the water.
Han svømte ut midt i vannet.
And from there he dove down into the pool.
Og derfra stupte han ned i dammen.
Soon he reached the top of the crystal pillar.
Snart nådde han toppen av krystallsøylen.
And on Sphatikasthamba were the two bees.
Og på Sphatikasthamba var de to biene.
He caught hold of the two bees he found there.
Han grep tak i de to biene han fant der.
And he swam up again in a singular breath.
Og han svømte opp igjen i et enkelt åndedrag.
He took the knife he had left at the edge of the water.
Han tok kniven han hadde lagt igjen ved vannkanten.
And over the ashes he cut up the bees.
Og over asken hogg han opp biene.
A drop or two of the blood fell from the bees.
En dråpe eller to av blodet falt fra biene.
But their blood did not touch the ground.
Men blodet deres nådde ikke bakken.
Instead, their blood landed on the ashes.
I stedet landet blodet deres på asken.
A terrible scream was heard at a distance.
Et forferdelig skrik ble hørt i det fjerne.
The scream was the wailing of the Rakshasas.
Skriket var rakshasaenes klage.

They were all running home as fast as they could.
De løp alle hjem så fort de kunne.
They wanted to prevent the bees from being killed.
De ville forhindre at biene ble drept.
But they could not reach the palace in time.
Men de klarte ikke å nå frem til palasset i tide.
Because the bees had already perished.
Fordi biene allerede hadde omkommet.
The moment the bees were killed, all the Rakshasas died.
I det øyeblikket biene ble drept, døde alle rakshasaene.
Their carcasses fell on the very spot they were standing.
Likene deres falt på akkurat der de sto.
Their carcasses now blocked the gateway of the palace.
Kadaverne deres blokkerte nå porten til palasset.
In this manner the seven hundred Rakshasas were
destroyed.
På denne måten ble de syv hundre rakshasaene ødelagt.

Afterwards Champa-Dal and Keshavati got married.
Etterpå giftet Champa-Dal og Keshavati seg.
They made the traditional exchange of garlands of flowers.
De foretok den tradisjonelle utvekslingen av blomsterkranser.
The princess had never been out of the house.
Prinsessen hadde aldri vært ute av huset.
So she naturally expressed a desire to see the outer world.
Så uttrykte hun naturlig nok et ønske om å se den ytre verden.
Every morning and evening they went on long walks.
Hver morgen og kveld gikk de lange turer.
There was a large river Keshavati wished to bathe in.
Det var en stor elv Keshavati ønsket å bade i.
As she bathed one of Keshavati's hairs came off.
Mens hun badet, falt et av Keshavatis hår av.
There was a special custom in those times.
Det var en spesiell skikk på den tiden.
A woman never threw away a hair away by itself.
En kvinne kastet aldri bort et hårstrå av seg selv.
A sea-shell was floating in the water.

Et skjell fløt i vannet.
So Keshavati tied the strand of hair to the sea-shell.
Så bandt Keshavati hårstrået til skjellet.
And then the couple returned to the palace.
Og så dro paret tilbake til slottet.
Meanwhile the sea-shell floated down the stream.
I mellomtiden fløt skjellet nedover bekken.
And in due time the sea-shell reached another bathing spot.
Og med tiden nådde skjellet et annet badested.
This was the bathing spot Sahasra-Dal went to.
Dette var badestedet Sahasra-Dal dro til.
Here Champa-Dal's brother performed his ablutions.
Her utførte Champa-Dals bror sine vaskelser.
On this day Sahasra-Dal was in the water.
Denne dagen var Sahasra-Dal i vannet.
He was bathing and swimming with his friends.
Han badet og svømte med vennene sine.
And so the sea-shell floated past the men.
Og slik fløt skjellet forbi mennene.
The men were in a playful mood that day.
Mennene var i et lekent humør den dagen.
"Whoever gets to the sea-shell first wins"
«Den som kommer først til skjellet, vinner»
And so they all swam towards the sea-shell.
Og slik svømte de alle mot skjellet.
Sahasra-Dal was the strongest swimmer among his friends.
Sahasra-Dal var den sterkeste svømmeren blant vennene sine.
And so he was the first the reach the sea-shell.
Og dermed var han den første som nådde skjellet.
Examining the seashell, he found a hair tied to it.
Da han undersøkte skjellet, fant han et hårstrå knyttet til det.
But it was a hair of extraordinary length.
Men det var et hårstrå av usedvanlig lengde.
He had never seen such a long hair.
Han hadde aldri sett så langt hår.
The strand of hair was exactly seven cubits long.
Hårlokken var nøyaktig sju alen lang.

"This strand of hair must belong to a woman"
«Denne hårlokken må tilhøre en kvinne»
"And this woman must be very remarkable"
«Og denne kvinnen må være svært bemerkelsesverdig»
"I must see who this remarkable woman is"
«Jeg må se hvem denne bemerkelsesverdige kvinnen er»
Sahasra-Dal was determined to find the remarkable woman.
Sahasra-Dal var fast bestemt på å finne den bemerkelsesverdige kvinnen.
He went home from the river in a pensive mood.
Han dro hjem fra elven i et tankefullt humør.
And he did not proceed to the zenana for breakfast.
Og han gikk ikke videre til zenanaen for å spise frokost.
Instead he remained in the outer part of the palace.
I stedet ble han værende i den ytre delen av palasset.
The queen-mother heard about Sahasra-Dal's melancholy.
Dronningmoren hørte om Sahasra-Dals melankoli.
And she heard he had not come to breakfast.
Og hun hørte at han ikke hadde kommet til frokost.
So she went to him and asked the reason.
Så gikk hun til ham og spurte om grunnen.
He showed her the strand of hair he had found.
Han viste henne hårlokken han hadde funnet.
"I must see the woman who's head this strand of hair adorned"
«Jeg må se kvinnen som har dette hårlokket på hodet»
The queen-mother was happy to help her son-in-law.
Dronningmoren var glad for å kunne hjelpe svigersønnen sin.
"Very well," she said to him.
«Greit,» sa hun til ham.
"You shall soon have that lady in the palace"
«Du skal snart ha den damen i palasset.»
"I promise you to bring her here"
«Jeg lover deg å ta henne med hit»
The queen mother already had a plan.
Dronningmoren hadde allerede en plan.
Her favourite maid-servant would be good at the job.

Hennes favorittpike ville være god i jobben.

Because this maid-servant was very resourceful.

Fordi denne tjenestepiken var svært oppfinnsom.

Of course the queen-mother did not really know her maid.

Selvfølgelig kjente ikke dronningmoren egentlig tjenestepiken sin.

She did not know her favourite maid was a Rakshasi.

Hun visste ikke at favorittpikehushjelpen hennes var en rakshasi.

"Please find the owner of this strand of hair," she asked.

«Vær så snill å finn eieren av denne hårlokken», spurte hun.

And her maid-servant more than politely agreed.

Og tjenestepiken hennes var mer enn høflig enig.

"It would my pleasure to find this woman"

«Det ville være en glede å finne denne kvinnen»

"I will soon bring her to the palace"

«Jeg skal snart ta henne med til palasset»

"I will need a boat build from Hajol wood"

«Jeg trenger å bygge en båt av Hajol-tre.»

"The oars of the boat must be made from Mon-Paban wood"

«Årene til båten må være laget av Mon-Paban-tre.»

The boat makers soon made the boat.

Båtmakerne laget snart båten.

And the boat was launched on the stream.

Og båten ble sjøsatt på bekken.

The maid-servant went on board of the boat.

Tjenestepiken gikk om bord i båten.

With her she took some baskets of wicker.

Med seg tok hun noen kurver med flettet rotting.

The baskets of wicker were of curious workmanship.

Kurvene av flettet var av merkelig håndverk.

She also took with her some sweetmeats.

Hun tok også med seg litt søtsaker.

Into the sweetmeats some poison had been mixed.

Det var blandet noe gift inn i søtsakene.

She snapped her fingers thrice.

Hun knipset med fingrene tre ganger.

And then she uttered the following charm:
Og så ytret hun følgende trylleformular:
"Boat of Hajol! Oars of Mon Paban!"
"Båt av Hajol! Årer av Mon Paban!"
"Take me to the Ghat,"
«Ta meg med til Ghat»
"The Ghat in which Keshavati bathes"
«Ghaten der Keshavati bader»
The boat heeded to her command.
Båten lyttet til hennes kommando.
And the boat flew like lightning over the waters.
Og båten fløy som lyn over vannet.
And the boat left many towns and cities behind.
Og båten forlot mange byer og tettsteder.
At last the boat stopped at a bathing-place.
Endelig stoppet båten ved en badeplass.
The Rakshasi maid-servant had reached her goal.
Rakshasi-tjenestepiken hadde nådd målet sitt.
She concluded it was the bathing ghat of Keshavati.
Hun konkluderte med at det var badeghaten til Keshavati.
She landed with the sweetmeats in her hand.
Hun landet med søtsakene i hånden.
She went to the gate of the palace, and cried aloud:
Hun gikk til palassets port og ropte høyt:
"Oh Keshavati! Keshavati! I am your aunt"
«Å, Keshavati! Keshavati! Jeg er tanten din!»
"Oh Keshavati, I am your mother's sister"
«Å, Keshavati, jeg er din mors søster»
"I have come to see you, my darling"
«Jeg har kommet for å se deg, min kjære»
"I have come after so many years"
«Jeg har kommet etter så mange år»
"Are you home, Keshavati?" she asked.
«Er du hjemme, Keshavati?» spurte hun.
The princess heard the words of the false-aunt.
Prinsessen hørte den falske tantens ord.
She came out of her room and to the entrance of the palace.

Hun kom ut av rommet sitt og til inngangen til palasset.
She had no doubt that it was really her aunt.
Hun var ikke i tvil om at det virkelig var tanten hennes.
And she embraced and kissed her aunt.
Og hun omfavnet og kysset tanten sin.
They both wept rivers of joy.
De gråt begge elver av glede.
Although you should know the Rakshasi wept first.
Selv om du burde vite at Rakshasi gråt først.
Keshavati wept with her out of empathy.
Keshavati gråt med henne av empati.
Champa-Dal also believed the Rakshasi to be her aunt.
Champa-Dal trodde også at Rakshasi var tanten hennes.
They all ate and drank and enjoyed the happy occasion.
De spiste og drakk alle og nøt den gledelige anledningen.
And then they took rest in the middle of the day.
Og så hvilte de midt på dagen.
And they celebrated again in the evening.
Og de feiret igjen om kvelden.

The next day the celebrations continued at breakfast.
Neste dag fortsatte feiringen med frokost.
Champa-Dal had a habit of sleeping after breakfast.
Champa-Dal hadde for vane å sove etter frokost.
Towards afternoon, the supposed aunt said to Keshavati:
Mot ettermiddagen sa den angivelige tanten til Keshavati:
"Let us both go to the river and wash ourselves:
«La oss begge gå til elven og vaske oss:
Keshavati replied, "How can we go now?"
Keshavati svarte: «Hvordan kan vi gå nå?»
"My husband is sleeping," she explained.
«Mannen min sover», forklarte hun.
"Do not worry about your husband's sleep," said the aunt.
«Ikke bekymre deg for mannens søvn», sa tanten.
"Let him sleep as much as he likes"
«La ham sove så mye han vil»
"Let me put these sweetmeats near his bedside"

«La meg legge disse søtsakene ved sengen hans»
"That way, when he awakes, he has something to eat"
«På den måten har han noe å spise når han våkner»
Then they then went to the river-side.
Så dro de til elvebredden.
They went close to the spot where the boat was.
De gikk nær stedet der båten lå.
From a distance Keshavati saw the baskets of wicker-work.
På avstand så Keshavati kurvene med flettet arbeid.
"Aunt, what beautiful things are those!"
«Tante, for noen vakre ting det er!»
"I wish I could get some of those wicker baskets"
«Jeg skulle ønske jeg kunne få tak i noen av de flettede kurvene»
Her aunt happily obliged her.
Tanten hennes gjorde det med glede.
"Come, my child, and look at the wicker baskets"
«Kom, mitt barn, og se på flettekurvene»
"You can have as many baskets as you like"
«Du kan ha så mange kurver du vil»
Keshavati at first refused to go into the boat.
Keshavati nektet først å gå om bord i båten.
But her aunt was very persuasive.
Men tanten hennes var veldig overbevisende.
And finally she went onto the boat.
Og til slutt gikk hun om bord i båten.
But once on the boat her aunt did a strange thing.
Men da de var om bord i båten, gjorde tanten hennes noe merkelig.
The aunt snapped her fingers thrice and said:
Tanten knipset med fingrene tre ganger og sa:
"Boat of Hajol! Oars of Mon-Paban!"
"Båt av Hajol! Årer av Mon-Paban!"
"Take me to the Ghat,"
«Ta meg med til Ghat»
"The Ghat in which Sahasra-Dal bathes"
«Ghaten der Sahasra-Dal bader»

And the boat heeded to her command.
Og båten lyttet til hennes kommando.
And the boat flew like an arrow over the waters.
Og båten fløy som en pil over vannet.
Keshavati was frightened and began to cry.
Keshavati ble redd og begynte å gråte.
But the boat went on despite her crying.
Men båten fortsatte til tross for at hun gråt.
And the boat left behind many towns and cities.
Og båten forlot mange byer og tettsteder.
In a trice the boat reached its destination.
På et blunk nådde båten bestemmelsesstedet sitt.
The ghat where Sahasra-Dal was in the habit of bathing.
Ghaten der Sahasra-Dal pleide å bade.
Keshavati was taken to the palace.
Keshavati ble ført til palasset.
Sahasra-Dal admired her beauty and the length of her hair.
Sahasra-Dal beundret skjønnheten hennes og hårets lengde.
And the ladies of the palace tried their best to comfort her.
Og damene i slottet prøvde sitt beste å trøste henne.
But she set up a loud cry of protest.
Men hun satte opp et høyt protestrop.
And she wanted to be taken back to her husband.
Og hun ville bli tatt med tilbake til mannen sin.
Finally she saw that she had been taken captive.
Til slutt så hun at hun var blitt tatt til fange.
So she spoke to the ladies of the palace.
Så snakket hun med damene i slottet.
"Upon marriage I made a vow to my husband"
«Da jeg giftet meg, avla jeg et løfte til mannen min»
"I promised not to look upon the face of any other man"
«Jeg lovet å ikke se på ansiktet til noen annen mann»
"I promised to uphold this vow for six months"
«Jeg lovet å holde dette løftet i seks måneder»
She was then lodged away from the others in the palace.
Hun ble deretter innlosjert atskilt fra de andre i palasset.
And she was given a small house to live in.

Og hun fikk et lite hus å bo i.
The window of the house overlooked the road.
Husets vindu vendte ut mot veien.
There she spent the livelong day.
Der tilbrakte hun den lange dagen.
And there she spent the livelong night.
Og der tilbrakte hun den lange natten.
Because she had very little sleep.
Fordi hun hadde sovet veldig lite.
Because her time was spent in sighing and weeping.
Fordi tiden hennes gikk med til å sukke og gråte.

In the meantime Champa-Dal awoke from his sleep.
I mellomtiden våknet Champa-Dal fra søvnen.
He was distracted with the grief of not finding his wife.
Han var distrahert av sorgen over ikke å finne kona si.
His suspicions turned to the aunt of Keshavati.
Mistanken hans vendte seg mot tanten til Keshavati.
He knew she was a cheat and an impostor.
Han visste at hun var en svindler og en bedrager.
It must have been her who carried away Keshavati.
Det må ha vært hun som bar bort Keshavati.
He did not eat the sweetmeats left for him.
Han spiste ikke opp søtsakene som var igjen til ham.
Because he suspected the sweets to have been poisoned.
Fordi han mistenkte at godteriet var forgiftet.
He threw one of the sweets to a crow.
Han kastet et av godteriet til en kråke.
The moment the crow ate the sweet, it dropped down dead.
I det øyeblikket kråka spiste søtsaken, falt den død om.
This confirmed his suspicion of the pretend aunt.
Dette bekreftet mistanken hans om den falske tanten.
Maddened with grief, he rushed out of the house.
Rasende av sorg løp han ut av huset.
He was determined to go wherever his feet took him.
Han var fast bestemt på å gå dit føttene hans førte ham.

Like a madman he blubbered, "Oh Keshavati! Oh Keshavati!"

Som en galning brummet han: «Å, Keshavati! Å, Keshavati!»

He travelled on foot day after day.

Han reiste til fots dag etter dag.

And he followed whatever way his feet took him.

Og han fulgte den veien føttene hans førte ham.

Six months he spent travelling in this wearisome manner.

Seks måneder tilbrakte han med å reise på denne slitsomme måten.

After six month he reached the capital of Sahasra-Dal.

Etter seks måneder nådde han hovedstaden i Sahasra-Dal.

He passed by the gate of the palace.

Han gikk forbi palassets port.

And from the road he could see a small house.

Og fra veien kunne han se et lite hus.

And from in the house he could hear sighs.

Og innenfra huset kunne han høre sukk.

Champa-Dal instantly recognized his wife.

Champa-Dal kjente umiddelbart igjen kona si.

And Keshavita instantly recognized her husband.

Og Keshavita kjente igjen mannen sin umiddelbart.

Keshavita told her husband everything that had happened.

Keshavita fortalte mannen sin alt som hadde skjedd.

"The woman asked to go bathing after breakfast"

«Kvinnen ba om å få bade etter frokost»

"At the river there was a boat"

«Ved elven lå det en båt»

"The woman persuaded me onto the boat"

«Kvinnen overtalte meg om bord i båten»

"And then the boat took us to this place"

«Og så tok båten oss til dette stedet»

"I realized that I had been made captive"

«Jeg innså at jeg var blitt tatt til fange»

"So I told them of my vows to you"

«Så fortalte jeg dem om løftene mine til deg»

"But tomorrow will be the end of six month"

«Men i morgen er det slutten på seks måneder»
There was a custom in those days.
Det var en skikk på den tiden.
The fulfilments of vows were publicly recited.
Oppfyllelsene av løfter ble offentlig resitert.
This was normally fulfilled by a learned Brahman.
Dette ble vanligvis oppfylt av en lærd brahman.
They planned for Champa-Dal to take on this role.
De planla at Champa-Dal skulle ta på seg denne rollen.
And so that evening the palace drum was beat.
Og slik ble palasstrommen slått den kvelden.
The king wanted a learned Brahman to make a recitation.
Kongen ville at en lærd brahman skulle holde en resitasjon.
The story of Keshavati on the fulfilment of her vow.
Historien om Keshavati om oppfyllelsen av løftet sitt.
Champa-Dal touched the drum and volunteered.
Champa-Dal rørte ved trommen og meldte seg frivillig.
"I will make the recitation of Keshavita's vows"
«Jeg vil resitere Keshavitas løfter»
The next morning all assembled in the courtyard.
Neste morgen samlet alle seg på gårdsplassen.
The old king and the queen mother.
Den gamle kongen og dronningmoren.
Sahasra-Dal and his wife were there.
Sahasra-Dal og kona hans var der.
All the courtiers and the learned Brahmans of the country.
Alle hoffmennene og de lærde brahmanene i landet.
All royalty was under a huge canopy of silk.
Alle kongelige var under et enormt silketak.
Keshavati was also there, but behind a veil.
Keshavati var også der, men bak et slør.
So that she wouldn't be exposed to the rude gaze of people.
Slik at hun ikke skulle bli utsatt for folks frekke blikk.
Champa-Dal, the reciter, sat on a dais.
Champa-Dal, resitatoren, satt på en podiet.
And he began to tell the story of Keshavati.
Og han begynte å fortelle historien om Keshavati.

"There was once a poor dimwitted Brahman"
«Det var en gang en stakkars, dum brahman»
"This dimwitted man had a wife, but no children"
«Denne dumme mannen hadde en kone, men ingen barn»
"But him not having children was probably for the best"
«Men det var nok best at han ikke fikk barn»
"Because he was barely able to meet his own needs"
«Fordi han knapt klarte å dekke sine egne behov»
"And he could hardly supply enough for his wife"
«Og han kunne knapt sørge for nok til sin kone»
"But his dimwittedness was not even his biggest problem"
«Men hans tåpelighet var ikke engang hans største problem»
And he continued the story as we have followed it.
Og han fortsatte historien slik vi har fulgt den.
And sometimes he turned around to Keshavati.
Og noen ganger snudde han seg mot Keshavati.
And he asked her if he was telling the story correctly.
Og han spurte henne om han fortalte historien riktig.
And she told him he was telling the story correctly.
Og hun fortalte ham at han fortalte historien riktig.
"The Brahman woman concluded her fate was sealed"
«Brahman-kvinnen konkluderte med at hennes skjebne var beseglet»
"And she thought her husband would meet the same fate"
«Og hun trodde mannen hennes ville møte samme skjebne»
"And she did not expect her son to be spared either"
«Og hun forventet heller ikke at sønnen hennes skulle bli spart»
"That night she hardly slept at all"
«Den natten sov hun nesten ikke i det hele tatt»
"The Rakshasi had prevented her from seeing her husband"
«Rakshasien hadde hindret henne i å se mannen sin»
"Early next morning Champa-Dal went to school"
«Tidlig neste morgen dro Champa-Dal på skolen»
"Before he went to school, she gave her son a golden bottle"
«Før han begynte på skolen, ga hun sønnen sin en gullflaske»
"In the golden bottle was her own breast milk"

«I den gylne flasken var hennes egen morsmelk»
"Carefully watch the colour of the milk"
"Vær nøye med på fargen på melken "
During the recitation the Rakshasi maid-servant grew pale.
Under resitasjonen ble Rakshasi-tjenestepiken blek.
She perceived that her real character was going to be discovered.
Hun forsto at hennes sanne karakter ville bli avslørt.
And Sahasra-Dal was astonished at the knowledge of the reciter.
Og Sahasra-Dal var forbløffet over resitatorens kunnskap.
The reciter clearly told the history of the prince's life.
Resitatøren fortalte tydelig historien om prinsens liv.
"A drop or two of the blood fell from the bees"
«En dråpe eller to av blodet falt fra biene»
"But their blood did not touch the ground"
«Men blodet deres rørte ikke bakken»
"Instead, their blood landed on the ashes"
«I stedet landet blodet deres på asken»
"A terrible scream was heard at a distance"
«Et forferdelig skrik ble hørt i det fjerne»
"The scream was the wailing of the Rakshasas"
«Skriket var rakshasas gråt»
"They were all running home as fast as they could"
«De løp alle hjem så fort de kunne»
"They wanted to prevent the bees from being killed"
«De ville forhindre at biene ble drept»
"But they could not reach the palace in time"
«Men de klarte ikke å nå frem til palasset i tide»
"Because the bees had already been killed"
«Fordi biene allerede var drept»
"The moment the bees were killed, all the Rakshasas died"
«I det øyeblikket biene ble drept, døde alle rakshasaene»
"Their carcasses fell on the very spot they were standing"
«Kadaverne deres falt på akkurat det stedet de sto der»
"Their carcasses now blocked the gateway of the palace"
«Kadaverne deres blokkerte nå porten til palasset»

"In this manner the seven hundred Rakshasas were destroyed"

«På denne måten ble de syv hundre rakshasaene ødelagt»

All where enthralled by the story of the Rakshasas.

Alle var trollbundet av historien om Rakshasaene.

Because the story was being told by a true storyteller.

Fordi historien ble fortalt av en sann historieforteller.

All enjoyed the story except for the maid-servant.

Alle likte historien bortsett fra tjenestepiken.

Because her real character was bound to be discovered.

Fordi hennes sanne karakter var nødt til å bli avslørt.

"Champa-Dal touched the drum and volunteered.

«Champa-Dal rørte ved trommen og meldte seg frivillig.»

"I will make the recitation of Keshavita's vows"

«Jeg vil resitere Keshavitas løfter»

"The next morning all assembled in the courtyard"

«Neste morgen samlet alle seg på gårdsplassen»

"The old king and the queen mother"

«Den gamle kongen og dronningmoren»

"Sahasra-Dal and his wife were there"

«Sahasra-Dal og kona hans var der»

"All the courtiers and the learned Brahmans of the country"

«Alle hoffmennene og de lærde brahmanene i landet»

"All royalty was under a huge canopy of silk"

«Alle kongelige var under et enormt silketak»

"Keshavati was also there, but behind a veil"

«Keshavati var også der, men bak et slør»

"So that she wouldn't be exposed to the rude gaze of people"

«Slik at hun ikke skulle bli utsatt for folks frekke blikk»

"Champa-Dal, the reciter, sat on a dais"

«Champa-Dal, resitatøren, satt på en podiet»

"And he began to tell the story of Keshavati"

«Og han begynte å fortelle historien om Keshavati»

Sahasra-Dal jumped up from his seat.

Sahasra-Dal hoppet opp fra setet sitt.

And he embraced the reciter of the story.

Og han omfavnet den som fortalte historien.

"You can be none other than my brother Champa-Dal"

«Du kan ikke være noen annen enn broren min, Champa-Dal»

Then the prince was inflamed with rage.

Så ble prinsen opptent av raseri.

He ordered the maid-servant to come into his presence.

Han beordret tjenestepiken å komme inn for ham.

A hole the height of a man was dug in the ground.

Et hull på høyde med en mann ble gravd i bakken.

And the maid-servant was put into the hole, standing.

Og tjenestepiken ble kastet stående ned i hullet.

Prickly thorns were heaped around her.

Stikkende torner var stablet rundt henne.

Up to the crown of her head she was covered in thorns.

Helt opp til kronen av hodet var hun dekket av torner.

In this way the maid-servant was buried alive.

På denne måten ble tjenestepiken levende begravet.

After this all lived happily together for many years.

Etter dette levde alle lykkelig sammen i mange år.

Sahasra-Dal and his princess, and Champa-Dal and Keshavati.

Sahasra-Dal og prinsessen hans, og Champa-Dal og Keshavati.

The Story of Swet and Bachanta
Historien om Swet og Bachanta

There was once upon a time a rich merchant.
Det var en gang en rik kjøpmann.
This rich merchant had only one son.
Denne rike kjøpmannen hadde bare én sønn.
And he loved his only son very much.
Og han elsket sin eneste sønn høyt.
He gave to his son whatever he wanted.
Han ga sønnen sin hva enn han ville.
Of course his son wanted a beautiful house.
Selvfølgelig ønsket sønnen hans seg et vakkert hus.
And he also wanted to have a large garden.
Og han ønsket seg også en stor hage.
So a beautiful house was built for him.
Så ble det bygget et vakkert hus for ham.
And a fine garden was made for him too.
Og en fin hage ble også anlagt for ham.
The merchant's son was pleased with the garden.
Kjøpmannens sønn var fornøyd med hagen.
And he enjoyed walking in the garden.
Og han likte å gå tur i hagen.
One day a bird's nest caught his attention.
En dag fanget et fuglerede oppmerksomheten hans.
This bird happens to be called Toontooni.
Denne fuglen heter tilfeldigvis Toontooni.
He put his hand into the small bird's nest.
Han stakk hånden sin inn i det lille fugleredet.
And in the nest he found an egg.
Og i reiret fant han et egg.
He took the egg out of its nest.
Han tok egget ut av redet.
There was an almirah in the wall of his house.
Det var en almirah i veggen til huset hans.
So he put the egg in the almirah.
Så la han egget i almirahen.

He closed the door of the almirah.
Han lukket døren til almirahen.
And then he thought no more of the egg.
Og så tenkte han ikke mer på egget.
The merchant's son had a house of his own.
Kjøpmannens sønn hadde sitt eget hus.
But he had a house without a household.
Men han hadde et hus uten husholdning.
So in his house there was no cook.
Så i huset hans var det ingen kokk.
But he had no need for his own cook.
Men han trengte ikke sin egen kokk.
Because his mother regularly sent him food.
Fordi moren hans jevnlig sendte ham mat.
In the morning she sent him breakfast.
Om morgenen sendte hun ham frokost.
And every day she had dinner sent to him.
Og hver dag fikk hun tilsendt middag til ham.
One day the egg in the almirah burst.
En dag sprakk egget i almirahen.
But it was not a bird that came out of the egg.
Men det var ikke en fugl som kom ut av egget.
Out of the egg came a beautiful infant.
Ut av egget kom et vakkert spedbarn.
The infant was not a bird, but a human girl.
Spedbarnet var ikke en fugl, men en menneskepike.
But the merchant's son knew nothing of the event.
Men kjøpmannens sønn visste ingenting om hendelsen.
He had forgotten everything about the egg.
Han hadde glemt alt om egget.
The door of the wall-almirah had been kept closed.
Døren til mur-almirahen hadde blitt holdt lukket.
However, the merchant's son did not lock the door.
Kjøpmannens sønn låste imidlertid ikke døren.
The child grew up within the wall-almirah.
Barnet vokste opp innenfor muren-almirah.
She had no knowledge of the merchant's son.

Hun kjente ikke til kjøpmannens sønn.
Nor did she know of anyone else.
Hun kjente heller ikke til noen andre.
When the child could walk it grew curious.
Da barnet kunne gå, ble det nysgjerrig.
And out of curiosity she opened the door.
Og av nysgjerrighet åpnet hun døren.
That day, too, the mother had sent breakfast.
Også den dagen hadde moren sendt frokost.
And the breakfast had been put on the floor.
Og frokosten var blitt satt på gulvet.
The child saw the food that was on the floor.
Barnet så maten som lå på gulvet.
Of course the child ate from the food.
Selvfølgelig spiste barnet av maten.
And then the child returned into the wall.
Og så kom barnet tilbake inn i veggen.
The merchant's mother always made a lot of food.
Kjøpmannens mor lagde alltid mye mat.
It was more food than he could possibly eat.
Det var mer mat enn han muligens kunne spise.
So he didn't notice that any food was missing.
Så han la ikke merke til at det manglet noe mat.
The girl of the wall-almirah came out every day.
Jenta fra mur-almirah kom ut hver dag.
And every day she ate a part of the food.
Og hver dag spiste hun en del av maten.
After eating the food she returned to the almirah.
Etter å ha spist maten returnerte hun til almirahen.
But with time the girl got older and older.
Men med tiden ble jenta eldre og eldre.
And with age she got bigger and bigger.
Og med alderen ble hun større og større.
And the bigger she got the hungrier she got.
Og jo større hun ble, desto mer sulten ble hun.
And she began to eat more of the food each day.
Og hun begynte å spise mer av maten hver dag.

Eventually the merchant's son noticed the missing food.
Til slutt la kjøpmannens sønn merke til den manglende maten.
But he had no way of knowing where the food went.
Men han hadde ingen måte å vite hvor maten ble av.
The last thing he suspected was a girl from inside the almirah.
Det siste han mistenkte var en jente fra innsiden av almirahen.
And so he came to a very different conclusion.
Og dermed kom han til en helt annen konklusjon.
"Why is mother sending such a small quantity of food?".
«Hvorfor sender mor så liten mengde mat?»
And he had a message sent to his mother.
Og han fikk sendt en melding til moren sin.
"Why am I being sent insufficient food?".
«Hvorfor får jeg tilsendt utilstrekkelig mat?»
"And why is the dish served so slovenly?".
«Og hvorfor serveres retten så sjusket?»
Of course we know why the food was insufficient.
Selvfølgelig vet vi hvorfor maten var utilstrekkelig.
And we know why the food was presented slovenly.
Og vi vet hvorfor maten ble presentert sjusket.
The girl from in the wall ate from his food.
Jenta fra i veggen spiste av maten hans.
And as she ate she fingered the rice and curry.
Og mens hun spiste, kjente hun på risen og karrien.
And she always hurried back into her cell in the wall.
Og hun skyndte seg alltid tilbake til cellen sin i veggen.
So that she would not be seen by anyone.
Slik at hun ikke skulle bli sett av noen.
She had no time to put the rice in proper order.
Hun hadde ikke tid til å sette risen i riktig orden.
The mother was astonished at her son's complaint.
Moren var forbauset over sønnens klage.
She gave him more than he could eat.
Hun ga ham mer enn han kunne spise.
The food was served up on a silver plate.
Maten ble servert på et sølvfat.

And she neatly arranged the food herself.
Og hun ordnet maten pent selv.
But her son repeated the same complaint again.
Men sønnen hennes gjentok den samme klagen igjen.
Day after day he complained of the small portions.
Dag etter dag klaget han over de små porsjonene.
Day after day he complained of the messy food.
Dag etter dag klaget han over den rotete maten.
And so his mother began to suspect foul play.
Og dermed begynte moren hans å mistenke ugjerninger.
She told her son to watch over the food.
Hun ba sønnen sin om å passe på maten.
"See if anyone is eating your food".
«Se om noen spiser maten din».
The next day a servant brought the food.
Neste dag kom en tjener med maten.
The servant laid the food in a clean place.
Tjeneren la maten på et rent sted.
Normally the merchant's son took a bath.
Vanligvis badet kjøpmannens sønn.
But this day he did not go for a bath.
Men denne dagen badet han ikke.
Instead, on this day he hid himself nearby.
I stedet gjemte han seg i nærheten denne dagen.
From his hiding place he could see the food.
Fra gjemmestedet sitt kunne han se maten.
The merchant's son did not have to wait for long.
Kjøpmannens sønn trengte ikke å vente lenge.
Soon he saw the wall-almirah open.
Snart så han veggen-almirah åpen.
And he saw a beautiful damsel step out.
Og han så en vakker jomfru komme ut.
She could not have been more than sixteen.
Hun kan ikke ha vært mer enn seksten.
She sat on the carpet by the breakfast.
Hun satt på teppet ved frokostbordet.
And she began to eat from the food left on the floor.

Og hun begynte å spise av maten som var igjen på gulvet.

The merchant's son came out of his hiding-place.

Kjøpmannens sønn kom ut av gjemmestedet sitt.

And the damsel could not escape from him.

Og jomfruen kunne ikke flykte fra ham.

"Who are you, beautiful creature?".

«Hvem er du, vakre skapning?»

"You do not seem to be earth-born".

«Du ser ikke ut til å være jordfødt.»

"Are you one of the daughters of the gods?".

«Er du en av gudenes døtre?»

The girl replied, "I do not know who I am".

Jenta svarte: «Jeg vet ikke hvem jeg er».

"But there is one thing I do know," the girl continued.

«Men det er én ting jeg vet», fortsatte jenta.

"One day I found myself in the almirah in the wall".

«En dag befant jeg meg i almirahen i muren.»

"And since then I have been living in the wall".

«Og siden den gang har jeg bodd i veggen.»

The merchant's son thought her story was strange.

Kjøpmannens sønn syntes historien hennes var merkelig.

But then he thought a bit more about the story.

Men så tenkte han litt mer over historien.

And he remembered what happened sixteen years ago.

Og han husket hva som skjedde for seksten år siden.

He remembered the nest of the toontoori bird.

Han husket reiret til toonoori-fuglen.

And he remembered finding an egg in the nest.

Og han husket at han fant et egg i reiret.

And he remembered putting the egg in the almirah.

Og han husket at han la egget i almirahen.

The wall-almirah girl was of uncommon beauty.

Vegg-almirah-jenta var av usedvanlig skjønnhet.

And the merchant's son was struck by her beauty.

Og kjøpmannens sønn ble slått av hennes skjønnhet.

Her beauty made a deep impression on his mind.

Hennes skjønnhet gjorde et dypt inntrykk på ham.

And he resolved in his mind to marry her.
Og han bestemte seg for å gifte seg med henne.
From then on the girl didn't stay in the almirah.
Fra da av ble ikke jenta i almirahen.
She was given a room in the merchant's son's house.
Hun fikk et rom i kjøpmannens sønns hus.
The next day the merchant's son wrote a message.
Neste dag skrev kjøpmannens sønn en beskjed.
And he had the message sent to his mother.
Og han sendte beskjeden til moren sin.
You can guess the general theme of the message.
Du kan gjette det generelle temaet i meldingen.
The merchant's son said he would like to get married.
Kjøpmannens sønn sa at han gjerne ville gifte seg.
The mother of the merchant's son reproached herself.
Moren til kjøpmannssønnen bebreidet seg selv.
She had not tried to find a wife for his son.
Hun hadde ikke prøvd å finne en kone til sønnen hans.
She felt she should have thought of his marriage.
Hun følte at hun burde ha tenkt på ekteskapet hans.
And so she promptly replied to her son's message.
Og derfor svarte hun raskt på sønnens melding.
She and her father were going to send out ghataks.
Hun og faren hennes skulle sende ut ghataker.
The ghataks were going to go to different countries.
Ghatakene skulle reise til forskjellige land.
There they were going to look for suitable brides.
Der skulle de lete etter passende bruder.
But the merchant's son said there would be no need.
Men kjøpmannens sønn sa at det ikke ville være nødvendig.
He had secured himself a lovely young lady.
Han hadde sikret seg en vakker ung dame.
If they had no objection, he would introduce her to them.
Hvis de ikke hadde noen innvendinger, ville han introdusere
henne for dem.
And so the young lady was taken to the merchant's house.
Og slik ble den unge damen ført til kjøpmannens hus.

The merchant and his wife welcomed the stranger.
Kjøpmannen og hans kone ønsket den fremmede velkommen.
And they were also struck by her unmatched beauty.
Og de ble også slått av hennes uovertrufne skjønnhet.
The girl was of perfect loveliness and grace.
Jenta var av fullkommen skjønnhet og ynde.
The parents made no questions to her birth.
Foreldrene stilte ingen spørsmål ved fødselen hennes.
And the nuptials were celebrated there and then.
Og bryllupet ble feiret der og da.

In the course of time the merchant's son had two sons.
Med tiden fikk kjøpmannens sønn to sønner.
The elder of the sons he named Swet.
Den eldste av sønnene kalte han Swet.
And the younger son he named Basanta.
Og den yngste sønnen kalte han Basanta.
After the passing of more time the old merchant died.
Etter at det gikk mer tid, døde den gamle kjøpmannen.
So the merchant's son now became the merchant.
Så ble kjøpmannens sønn nå kjøpmannen.
And after some time his mother died too.
Og etter en tid døde moren hans også.
Swet and Basanta grew up to be fine lads.
Swet og Basanta vokste opp og ble fine gutter.
And the elder son was in due time married.
Og den eldste sønnen ble gift med tiden.
Sometime after Swet's marriage his mother also died.
En tid etter Swets ekteskap døde også moren hans.
The girl from in the wall was no more.
Jenta fra i veggen var ikke mer.
The widower lost no time in marrying again.
Enkemannen nølte ikke med å gifte seg på nytt.
And he had a new young and beautiful wife.
Og han hadde en ny ung og vakker kone.
Swet's wife was older than his stepmother.
Swets kone var eldre enn stemoren hans.

So his wife became the mistress of the house.
Så ble kona hans husets herskerinne.
The stepmother was like all stepmothers are.
Stemoren var som alle stemødre er.
She hated Swet and Basanta with a perfect hatred.
Hun hatet Swet og Basanta med et fullkomment hat.
And the two ladies also couldn't stand each other.
Og de to damene klarte heller ikke å fordra hverandre.
It so happened one day that a fisherman came.
Det skjedde en dag at en fisker kom.
The fisherman brought to the merchant a fish.
Fiskeren brakte en fisk til kjøpmannen.
This fish was of singular and remarkable beauty.
Denne fisken var av enestående og bemerkelsesverdig
skjønnhet.
It was unlike any other fish that had been seen.
Den var ulik alle andre fisker som hadde blitt sett.
And the fish had other qualities too.
Og fisken hadde også andre egenskaper.
The fisherman explained the wonders of the fish.
Fiskeren forklarte fiskens underverker.
"Two things will happen if you eat this fish".
«To ting vil skje hvis du spiser denne fisken.»
"When you laugh maniks will drop from your mouth".
«Når du ler, vil det falle manikyr fra munnen din.»
"And when you weep pearls will drop from your eyes".
«Og når dere gråter, vil perler falle fra øynene deres.»
The merchant was astounded by what he had heard.
Kjøpmannen ble forbløffet over det han hadde hørt.
And he wanted the wonderful properties of the fish.
Og han ville ha fiskens fantastiske egenskaper.
And so he bought the fish at one thousand rupees.
Og så kjøpte han fisken for tusen rupi.
And he put the fish into the hands of Swet's wife.
Og han la fisken i hendene på Swets kone.
Because Swet's wife was the mistress of the house.
Fordi Swets kone var husets herskerinne.

He strictly instructed her to cook the fish well.
Han instruerte henne strengt til å steke fisken godt.
And he told her to give the fish to him alone to eat.
Og han ba henne gi fisken til ham alene å spise.
The house-mother however knew the fish's secret.
Husmoren visste imidlertid fiskens hemmelighet.
She had overheard what the fisherman had said.
Hun hadde overhørt hva fiskeren hadde sagt.
Secretly she made a different plan in her mind.
I hemmelighet la hun en annen plan i tankene sine.
She was going to cook the fish for her husband.
Hun skulle lage fisk til mannen sin.
And she was going to share the fish with his brother.
Og hun skulle dele fisken med broren hans.
For her father-in-law she was going to prepare a frog.
Til svigerfaren sin skulle hun lage en frosk.
Soon she had finished cooking the marvelous fish.
Snart var hun ferdig med å tilberede den fantastiske fisken.
And she had finished cooking a frog too.
Og hun hadde også ferdiglaget en frosk.
But from the kitchen she could hear a squabble.
Men fra kjøkkenet kunne hun høre en krangel.
She could hear who it was that was arguing.
Hun kunne høre hvem det var som kranglet.
Her stepmother-in-law and her husband's brother.
Stemoren hennes og mannens bror.
And she understood the cause of the argument.
Og hun forsto årsaken til krangelen.
Basanta was still but a young lad.
Basanta var fortsatt bare en ung gutt.
But he was passionately fond of his pigeons.
Men han var lidenskapelig glad i duene sine.
And he tamed his pigeons very well.
Og han temmet duene sine veldig bra.
Nonetheless, one of his pigeons had escaped.
Likevel hadde en av duene hans rømt.
And the pigeon flew into his stepmother's room.

Og duen fløy inn på stemorens rom.
His stepmother hid the pigeon in her clothes.
Stemoren hans gjemte duen i klærne sine.
Basanta rushed after the pigeon into the room.
Basanta løp etter duen inn i rommet.
And he loudly demanded to have the pigeon back.
Og han krevde høylytt å få duen tilbake.
His stepmother denied having the pigeon.
Stemoren hans nektet for å ha duen.
Swet, however, did know she had the pigeon.
Swet visste imidlertid at hun hadde duen.
And the older brother forcibly took the bird.
Og den eldre broren tok fuglen med makt.
And he freed the pigeon from her clothes.
Og han befridde duen fra klærne hennes.
And he gave the pigeon back to his brother.
Og han ga duen tilbake til broren sin.
The stepmother cursed and swore, and added;
Stemoren bannet og sverget, og la til;
"Wait until the head of the house comes home".
«Vent til husets overhode kommer hjem».
"He will get no water till he sheds your blood".
«Han skal ikke få vann før han har utøst ditt blod.»
Swet's wife called her husband and said to him;
Swets kone ringte mannen sin og sa til ham;
"My dearest lord, that woman is a most wicked woman".
«Min kjæreste herre, den kvinnen er en ytterst ond kvinne.»
"And she has boundless influence over my father-in-law".
«Og hun har ubegrenset innflytelse over min svigerfar.»
"She will make him do what she has threatened".
«Hun vil få ham til å gjøre det hun har truet med.»
"All our lives are in imminent danger".
«Alles liv er i overhengende fare».
"But let us first eat a little," she added.
«Men la oss først spise litt», la hun til.
"And then let us all three run away from this place".
«Og så la oss alle tre stikke av herfra.»

Swet forthwith called Basanta to him.
Swet kalte straks Basanta til seg.
And he told him what he had heard from his wife.
Og han fortalte ham hva han hadde hørt fra kona si.
They resolved to run away before nightfall.
De bestemte seg for å stikke av før natten falt på.
The woman placed before her husband the fish.
Kvinnen satte fisken foran mannen sin.
And her brother-in-law ate of the fish too.
Og svogeren hennes spiste også av fisken.
And they ate of the fish heartily.
Og de spiste med glede av fisken.
The woman packed up all her jewels in a box.
Kvinnen pakket alle juvelene sine i en eske.
There was only one horse in the stables.
Det var bare én hest i stallen.
But the horse was of uncommon fleetness.
Men hesten var usedvanlig hurtig.
They could all sit on the horse together.
De kunne alle sitte på hesten sammen.
Swet held the reins of the horse.
Swet holdt i tøylene på hesten.
The woman sat in the middle of the horse.
Kvinnen satt midt på hesten.
And she had the jewel-box in her lap.
Og hun hadde juvelskrinet i fanget.
And Basanta sat on the rear of the horse.
Og Basanta satt på baksiden av hesten.
The horse galloped with the utmost swiftness.
Hesten galopperte med den største hurtighet.
They passed through many a plain and noted town.
De passerte gjennom mang en enkel og kjent by.
After midnight they found themselves in a forest.
Etter midnatt befant de seg i en skog.
And they were not far from the banks of a river.
Og de var ikke langt fra elvebredden.
Here the most untoward event took place.

Her fant den mest uventede hendelsen sted.

Swet's wife began to feel the pains of child-birth.

Swets kone begynte å føle smertene ved fødselen.

They dismounted from the horse without delay.

De steg av hesten uten forsinkelse.

And within an hour Swet's wife gave birth to a son.

Og innen en time fødte Swets kone en sønn.

What were the two brothers to do in this forest?

Hva skulle de to brødrene gjøre i denne skogen?

They knew that a fire had to be kindled.

De visste at det måtte tennes et bål.

The mother and the new-born baby needed warmth.

Moren og den nyfødte babyen trengte varme.

But from where was there fire to be gotten?

Men hvor skulle ilden komme fra?

There were no human habitations visible.

Det var ingen synlige menneskelige bosetninger.

Nonetheless, a fire had to be procured.

Likevel måtte det skaffes et bål.

And it was the winter month of December.

Og det var vintermåneden desember.

The mother and the baby would certainly perish.

Moren og babyen ville helt sikkert omkomme.

Swet told Basanta to sit beside his wife.

Swet ba Basanta om å sette seg ved siden av kona si.

And he set out in the darkness of the night.

Og han dro av sted i nattens mørke.

And he went in search of wood to make a fire.

Og han gikk for å lete etter ved til å lage bål.

Swet walked many a mile through the darkness.

Swet gikk mange mil gjennom mørket.

But despite the distance he saw no human habitations.

Men til tross for avstanden så han ingen menneskelige bosteder.

But eventually his eyes were given some help.

Men etter hvert fikk øynene hans litt hjelp.

The genial light of Sukra somewhat illumined his path.

Sukras vennlige lys opplyste på en måte stien hans.
And he saw at a distance what seemed a large city.
Og han så i det fjerne noe som så ut som en stor by.
He was congratulating himself on his journey's end.
Han gratulerte seg selv med reisens slutt.
And he congratulated himself for finding fire.
Og han gratulerte seg selv for å ha funnet ild.
The fire that was going to benefit his poor wife.
Ilden som skulle komme hans stakkars kone til gode.
His wife that was lying cold in the forest.
Hans kone som lå iskald i skogen.
The fire that was going to save his new-born child.
Ilden som skulle redde hans nyfødte barn.
The new-born baby born into the coldness.
Det nyfødte barnet født i kulden.
Suddenly an elephant shot across his path.
Plutselig skjøt en elefant over stien hans.
The elephant was gorgeously caparisoned.
Elefanten var nydelig oppført.
And the elephant gently picked him with his trunk.
Og elefanten plukket ham forsiktig opp med snabelen.
He placed him on the rich howdah on its back.
Han plasserte ham på den rike howdahen på ryggen.
The elephant then walked rapidly towards the city.
Elefanten gikk deretter raskt mot byen.
Swet was quite taken aback by the events.
Swet ble ganske overrasket over hendelsene.
He did not understand the elephant's actions.
Han forsto ikke elefantens handlinger.
And he wondered what was in store for him.
Og han lurte på hva som ventet ham.
A crown is that which was in store for him.
En krone er det som var ventet ham.
He was being taken to the chief city of a kingdom.
Han ble ført til den viktigste byen i et rike.
In this kingdom every morning a king was elected.
I dette riket ble det valgt en konge hver morgen.

Because the kings of this city lasted but a day.
Fordi kongene i denne byen bare varte én dag.
Every night the new king joined the queen in her room.
Hver kveld kom den nye kongen til dronningen på rommet hennes.
And every morning the previous king was found dead.
Og hver morgen ble den forrige kongen funnet død.
No one knew what caused the deaths of the kings.
Ingen visste hva som forårsaket kongenes død.
Not even the queen knew what caused their death.
Ikke engang dronningen visste hva som forårsaket deres død.
So this kingdom had its own king-maker.
Så dette riket hadde sin egen kongemaker.
The elephant who suddenly took hold of Swet.
Elefanten som plutselig tok tak i Swet.
Early in the morning the elephant roamed about.
Tidlig om morgenen streifet elefanten omkring.
Sometimes the elephant went to distant places.
Noen ganger dro elefanten til fjerne steder.
And every evening the elephant returned with a man.
Og hver kveld kom elefanten tilbake med en mann.
The man on the elephant's became their king.
Mannen på elefanten ble kongen deres.
The elephant majestically marched through the streets.
Elefanten marsjerte majestetisk gjennom gatene.
A crowd of people welcomed their new king.
En folkemengde ønsket sin nye konge velkommen.
But Swet did not yet understand their cheers.
Men Swet forsto ikke jubelropene deres ennå.
The elephant entered the kingdom's palace.
Elefanten gikk inn i kongerikets palass.
And the elephant placed Swet on the throne.
Og elefanten plasserte Swet på tronen.
Amid much rejoicing he was proclaimed king.
Under stor glede ble han utropt til konge.
But there were lamentations in the crowd too.
Men det var også klagesang i mengden.

In the course of the day he heard of the curse.
I løpet av dagen hørte han om forbannelsen.
The nightly death of every newly elected king.
Den nattlige døden til hver nyvalgte konge.
But Swet was possessed of great discretion.
Men Swet var i besittelse av stor diskresjon.
And he had the courage not to try an escape.
Og han hadde motet til ikke å prøve å flykte.
He took every precaution that he could take.
Han tok alle forholdsregler han kunne ta.
But he did not know how to avert the catastrophe.
Men han visste ikke hvordan han skulle avverge katastrofen.
And he knew not what expedients to adopt.
Og han visste ikke hvilke hjelpemidler han skulle ta i bruk.
Because he didn't know the nature of the danger.
Fordi han ikke kjente til farens natur.
He resolved, however, upon two things;
Han bestemte seg imidlertid for to ting;
He was going to go armed into the bedchamber.
Han skulle gå bevæpnet inn på soverommet.
And he was going to stay awake the whole night.
Og han kom til å være våken hele natten.
The queen was young and of exquisite beauty.
Dronningen var ung og av utsøkt skjønnhet.
Guileless and benevolent was the expression of her face.
Troløs og velvillig var uttrykket i ansiktet hennes.
It was impossible to attribute her any malice.
Det var umulig å tilskrive henne noen ondskap.
No one believed she caused all the kings' deaths.
Ingen trodde at hun forårsaket alle kongenes død.
In the queen's chamber Swet spent an agreeable evening.
I dronningens kammer tilbrakte Swet en hyggelig kveld.
As the night advanced the queen fell asleep.
Etter hvert som natten led, sovnet dronningen.
But Swet kept awake, and was on the alert.
Men Swet holdt seg våken og var på vakt.
He looked at every creek and corner of the room.

Han så på hver bekk og hvert hjørne av rommet.
And he expected every minute to be murdered.
Og han forventet hvert minutt å bli myrdet.
But the queen did not rise to murder him.
Men dronningen reiste seg ikke for å myrde ham.
And no one entered the room to murder him either.
Og ingen gikk inn i rommet for å myrde ham heller.
Nor did he feel anything other than sleepiness.
Han kjente heller ikke noe annet enn søvnighet.
But in the dead of night he perceived something.
Men midt på natten oppfattet han noe.
A thread was coming out the queen's nostril.
En tråd kom ut av dronningens nesebor.
The thread was so thin that it was almost invisible.
Tråden var så tynn at den nesten var usynlig.
Slowly the thread reached several yards in length.
Sakte men sikkert ble tråden flere meter lang.
And eventually all the thread came out.
Og til slutt kom hele tråden ut.
Only then did the thread begin to grow thicker.
Først da begynte tråden å bli tykkere.
Soon the thread took on its real shape.
Snart tok tråden sin virkelige form.
The thread was in fact a huge serpent.
Tråden var faktisk en enorm slange.
Immediately Swet cut off the head of the serpent.
Straks hogg Swet av slangens hode.
The body of the serpent wriggled violently.
Slangens kropp vred seg voldsomt.
He sat quiet in the room, expecting other adventures.
Han satt stille i rommet og ventet på andre eventyr.
But nothing else happened the rest of the night.
Men ingenting annet skjedde resten av kvelden.
The queen slept longer than usual.
Dronningen sov lenger enn vanlig.
Because she had been relieved of the huge snake.
Fordi hun hadde blitt befridd fra den enorme slangen.

Early next morning the ministers came.
Tidlig neste morgen kom ministrene.
They were expecting to hear of the king's death.
De ventet på å høre om kongens død.
The ladies of the bedchamber knocked at the door.
Damene på soverommet banket på døren.
But to their astonishment Swet come out.
Men til deres forbauselse kom Swet ut.
The folk learned the mystery of all the kings' deaths.
Folket lærte mysteriet bak alle kongenes død.
And now the country rejoiced their permanent king.
Og nå jublet landet over sin evige konge.
There is a strange thing you probably noticed.
Det er en merkelig ting du sikkert har lagt merke til.
Swet did not remember his wife he left behind.
Swet husket ikke kona han hadde etterlatt seg.
It is a strange thing, nevertheless it is true.
Det er en merkelig ting, men det er likevel sant.
Nor did he remember the defenseless new-born babe.
Han husket heller ikke den forsvarsløse nyfødte babyen.
And he did not remember his brother either.
Og han husket heller ikke broren sin.
He had no time to remember when the elephant came.
Han hadde ikke tid til å huske når elefanten kom.
On the first night he had to worry for his own life.
Den første natten måtte han bekymre seg for sitt eget liv.
And now the crown brought on his forgetfulness.
Og nå førte kronen til glemselen hans.
But he had entrusted his wife and child to Basanta.
Men han hadde betrodd Basanta sin kone og sitt barn.
And his brother sat waiting for many weary hours.
Og broren hans satt og ventet i mange slitsomme timer.
Every moment he expected to see Swet return with fire.
Hvert øyeblikk forventet han å se Swet komme tilbake med ild.
But the whole night passed away without his return.
Men hele natten gikk uten at han kom tilbake.

At sunrise he went to the bank of the river.
Ved soloppgang gikk han til elvebredden.
There he anxiously looked about for his brother.
Der så han seg engstelig om etter broren sin.
But his waiting and searching were all in vain.
Men alt hans venting og leting var forgjeves.
Distressed beyond measure, he wept at the riverside.
Uendelig fortvilet gråt han ved elvebredden.
As he was weeping a boat was passing by.
Mens han gråt, passerte en båt forbi.
In the boat a merchant was returning from business.
I båten var en kjøpmann på vei tilbake fra forretninger.
The boat was not far from the shore.
Båten var ikke langt fra land.
So the merchant could see Basanta weeping.
Så kunne kjøpmannen se Basanta gråte.
Something struck the attention of the merchant.
Noe fanget kjøpmannens oppmerksomhet.
By the weeping man appeared to be a pile of pearls.
Ved den gråtende mannen så det ut til å være en haug med perler.
The merchant requested the boatman to halt.
Kjøpmannen ba båtmannen om å stoppe.
And the merchant went to the weeping man.
Og kjøpmannen gikk bort til den gråtende mannen.
By the weeping man was in fact a pile of pearls.
Ved den gråtende mannen lå det faktisk en haug med perler.
And the pearls were of the highest quality.
Og perlene var av ypperste kvalitet.
And another thing astonished the merchant.
Og en annen ting forbauset kjøpmannen.
The pile of pearls grew larger every second.
Perlehaugen ble større for hvert sekund.
Because the man was crying, but not tears.
Fordi mannen gråt, men ikke tårer.
Because his tears turned to pearls on the ground.
Fordi tårene hans ble til perler på bakken.

The merchant stowed away the pearls into his boat.
Kjøpmannen stuet perlene bort i båten sin.
Then the merchant got his servants to help him.
Så fikk kjøpmannen tjenerne sine til å hjelpe ham.
And together they captured the crying man.
Og sammen fanget de den gråtende mannen.
They put him on board of the vessel.
De satte ham om bord på fartøyet.
And he tied him to one of the ship's masts.
Og han bandt ham fast til en av skipets master.
Basanta, of course, tried his best to resist.
Basanta prøvde selvfølgelig sitt beste å motstå.
But what could he do against so many sailors?
Men hva kunne han gjøre mot så mange sjømenn?
He thought of his brother who never returned.
Han tenkte på broren sin som aldri kom tilbake.
He thought of his sister-in-law in the forest.
Han tenkte på svigerinnen sin i skogen.
And he thought of his newly born niece.
Og han tenkte på sin nyfødte niese.
And he cried even more bitterly than before.
Og han gråt enda bitterere enn før.
His weeping mightily pleased the merchant.
Gråten hans gledet kjøpmannen voldsomt.
Because even more pearls were falling to the ground.
Fordi enda flere perler falt til bakken.
And the merchant became richer and richer.
Og kjøpmannen ble rikere og rikere.
Eventually the merchant reached his native town.
Til slutt nådde kjøpmannen hjembyen sin.
When they got there he confined Basanta in a room.
Da de kom dit, sperret han Basanta inne på et rom.
At stated hours every day he had him whipped.
Til angitte tider hver dag lot han ham piske.
In order to make him shed yet more tears.
For å få ham til å felle enda flere tårer.
And every tear converted into a bright pearl.

Og hver tåre ble til en lysende perle.
The merchant one day said to his servants;
En dag sa kjøpmannen til tjenerne sine:
"The fellow is making me rich by his weeping".
«Fyren gjør meg rik med gråten sin.»
"Let us see what he gives me by laughing".
«La oss se hva han gir meg av å le.»
Accordingly, he began to tickle his captive.
Følgelig begynte han å kile fangen sin.
Upon being tickled Basanta began to laugh.
Da Basanta ble kilt, begynte han å le.
Of course he was not laughing out of happiness.
Selvfølgelig lo han ikke av glede.
But none the less maniks dropped from his mouth.
Men likevel rant det manik fra munnen hans.
After this Basanta was not just whipped anymore.
Etter dette ble ikke Basanta bare pisket lenger.
Now he was alternately whipped and tickled.
Nå ble han vekselvis pisket og kilt.
All day and far into the night he was exploited.
Hele dagen og langt utover natten ble han utnyttet.
The merchant's wealth increased day and night.
Kjøpmannens rikdom økte dag og natt.
Soon he became the wealthiest man in the land.
Snart ble han den rikeste mannen i landet.
But let us return to Basanta's subjugation later.
Men la oss komme tilbake til Basantas undertrykkelse senere.
Now let us turn our attention to Swet's wife.
La oss nå vende oppmerksomheten mot Swets kone.

Swet's abandoned wife was still in the forest.
Swets forlatte kone var fortsatt i skogen.
She had just given birth to her child.
Hun hadde nettopp født barnet sitt.
But now she was alone in the forest.
Men nå var hun alene i skogen.
First her husband had abandoned her.

Først hadde mannen hennes forlatt henne.

And now her brother-in-law abandoned her too.

Og nå har svogeren hennes også forlatt henne.

Imagine how overwhelmed with grief she felt.

Tenk deg hvor overveldet av sorg hun følte seg.

Alone, and in a forest, far from civilization.

Alene, og i en skog, langt fra sivilisasjonen.

Her case was indeed deserving of sympathy.

Hennes sak fortjente virkelig sympati.

She wept rivers of sad and lonely tears.

Hun gråt elver av triste og ensomme tårer.

Excessive grief, however, brought her relief.

Overdreven sorg brakte henne imidlertid lettelse.

She fell asleep with the new-born in her arms.

Hun sovnet med den nyfødte i armene.

While she was deep in sleep another tragedy took place.

Mens hun sov dypt, skjedde det en annen tragedie.

It so happened that the Kotwal was passing by.

Det viste seg slik at Kotwal gikk forbi.

He had recently suffered his own misfortune.

Han hadde nylig lidd sin egen ulykke.

But his misfortune was of a different nature.

Men ulykken hans var av en annen art.

The children his wife bore died shortly after birth.

Barna hans kone fødte døde kort tid etter fødselen.

And he was now going to bury the last infant.

Og nå skulle han begrave det siste spedbarnet.

He was heading to the banks of the river.

Han var på vei mot elvebredden.

The place where the other infants were buried.

Stedet der de andre spedbarnene ble gravlagt.

But then he saw the woman sleeping in the forest.

Men så så han kvinnen som sov i skogen.

And in her arms he saw her holding a baby.

Og i armene hennes så han henne holde et spedbarn.

The infant was a lively and beautiful boy.

Spedbarnet var en livlig og vakker gutt.

His liveliness did not disturb his mother's sleep.
Hans livlighet forstyrret ikke morens søvn.
The Kotwal wanted the lovely infant very much.
Kotwal ønsket seg det vakre spedbarnet veldig mye.
He quietly took the child from his mother.
Han tok barnet stille fra moren sin.
And in her arms he placed his own dead child.
Og i armene hennes la han sitt eget døde barn.
Of course this is not what he could tell his wife.
Dette var selvsagt ikke noe han kunne si til kona si.
"We both thought that our son had died".
«Vi trodde begge at sønnen vår var død.»
"And I carried his body to the river bank".
«Og jeg bar kroppen hans til elvebredden.»
"And that was when a miracle occurred".
«Og det var da et mirakel skjedde.»
"Once more our son opened his young eyes".
«Nok en gang åpnet sønnen vår sine unge øyne.»
"And now we have a beautiful and lively boy".
«Og nå har vi en vakker og livlig gutt.»
But Swet's wife did not know the true events.
Men Swets kone kjente ikke til de sanne hendelsene.
When she woke she held the dead child in her arms.
Da hun våknet, holdt hun det døde barnet i armene sine.
And she thought it was her child that had died.
Og hun trodde det var barnet hennes som hadde dødd.
The distress of her mind may easily be imagined.
Hennes sinns fortvilelse kan lett forestilles.
The whole world became dark to her.
Hele verden ble mørk for henne.
She was distracted by the loss of her child.
Hun ble distrahert av tapet av barnet sitt.
And in her distraction she formed a resolution.
Og i sin distraksjon dannet hun seg en beslutning.
She had resolved to take her own life.
Hun hadde bestemt seg for å ta sitt eget liv.
The river was not far from where she had slept.

Elven var ikke langt fra der hun hadde sovet.
And she determined to drown herself in the river.
Og hun bestemte seg for å drukne seg i elven.
She took in her hand the bundle of jewels.
Hun tok juvelbunken i hånden.
And then she proceeded to the river-side.
Og så fortsatte hun til elvebredden.
An old Brahman was at no great distance.
En gammel brahman var ikke langt unna.
The Brahman was performing his morning ablutions.
Brahmanen utførte sin morgenvasking.
He noticed the woman going into the water.
Han la merke til kvinnen som gikk ut i vannet.
Naturally he thought that she was going to bathe.
Naturligvis trodde han at hun skulle bade.
But then he saw her going into the deep waters.
Men så så han henne fare ut i det dype vannet.
Something akin to suspicion arose in his mind.
Noe som lignet mistanke oppsto i tankene hans.
The Brahman discontinued his devotions.
Brahmanen avbrøt sin hengivenhet.
He too waded out towards the river's depth.
Han vasset også ut mot elvens dyp.
And he ordered the woman to come to him.
Og han befalte kvinnen å komme til ham.
Swet's wife heard the old man calling her.
Swets kone hørte den gamle mannen rope på henne.
So she retraced her steps to the old man.
Så gikk hun tilbake til den gamle mannen.
"What were your intentions?" asked the Braham.
«Hva var dine intensjoner?» spurte Braham.
And the woman confirmed his suspicions.
Og kvinnen bekreftet mistankene hans.
"I was going to put an end to my life".
«Jeg skulle gjøre slutt på livet mitt».
And she thanked the Brahman for saving her.
Og hun takket brahmanen for at han reddet henne.

"Accept these jewels as a sign of appreciation".
«Ta imot disse juvelene som et tegn på takknemlighet».
The Brahman accepted the sign of appreciation.
Brahmanen aksepterte tegnet på takknemlighet.
But he was more interested in her story.
Men han var mer interessert i historien hennes.
And at his request she related her story.
Og på hans anmodning fortalte hun historien sin.
She had escaped from her stepmother in law.
Hun hadde rømt fra stemoren sin.
In the forest she gave birth to a child.
I skogen fødte hun et barn.
First her husband went looking for fire.
Først dro mannen hennes og lette etter ild.
But her husband never came back to her.
Men mannen hennes kom aldri tilbake til henne.
Then her brother-in-law looked for her husband.
Så lette svogeren hennes etter mannen hennes.
But her brother-in-law did not return either.
Men svogeren hennes kom heller ikke tilbake.
Eventually she fell asleep with her child.
Til slutt sovnet hun med barnet sitt.
But when she woke her child was dead.
Men da hun våknet, var barnet hennes dødt.
And that's when she decided to drown herself.
Og det var da hun bestemte seg for å drukne seg selv.
She felt the relieve of telling her fate.
Hun følte lettelsen over å få fortelle sin skjebne.
The Brahman invited the woman to his house.
Brahmanen inviterte kvinnen hjem til seg.
And the woman was accepted into his family.
Og kvinnen ble tatt opp i familien hans.
The Brahman's wife treated her like a daughter.
Brahmans kone behandlet henne som en datter.
And she spent years with her new family.
Og hun tilbrakte år med sin nye familie.
Swet spend those years in his kingdom.

Swet tilbrakte disse årene i sitt rike.
Basanta spent those years being tortured.
Basanta tilbrakte disse årene med tortur.
And the adopted son of the Kotwal grew up.
Og Kotwals adopterte sønn vokste opp.
The Brahman's house was not far from the Kotwal's.
Brahmanens hus var ikke langt fra Kotwals.
So the Kotwal's son met the Brahman's adopted daughter.
Så møtte Kotwals sønn brahmins adopterte datter.
And the lad thought he fell in love with her.
Og gutten trodde han ble forelsket i henne.
He spoke to his father about the woman.
Han snakket med faren sin om kvinnen.
And the father spoke to the Brahman about the woman.
Og faren snakket med brahmanen om kvinnen.
The Brahman's rage knew no bounds.
Brahmanens raseri kjente ingen grenser.
"What is this insolence!" the Brahman protested.
«Hva er denne frekkheten!» protesterte brahmanen.
"Your son is the son of an infidel".
«Din sønn er sønn av en vantro».
"How can he aspire to the hand of a Brahman's daughter!?".
«Hvordan kan han aspirere til hånden til en brahmansk
datter!?»
"A dwarf may as well aspire to catch hold of the moon!".
«En dverg kan like gjerne strebe etter å få tak i månen!»
But the Kotwal's son determined to have her by force.
Men Kotwals sønn bestemte seg for å få henne med makt.
One day he scaled the wall of the Brahman's house.
En dag klatret han opp veggen til brahminens hus.
He got upon the thatched roof of the cow-house.
Han kom opp på stråtaket på fjøset.
And from that lofty position he reconnoitered.
Og fra den høye posisjonen rekognoserte han.
And he saw two young calves below him.
Og han så to unge kalver nedenfor seg.
And he overheard the conversation of two young calves.

Og han overhørte samtalen til to unge kalver.

"Men accuse us of brutish ignorance and immorality".

«Menn anklager oss for brutal uvitenhet og umoral.»

"But in my opinion men are fifty times worse".

«Men etter min mening er menn femti ganger verre.»

"What makes you say so, brother?" the calf asked.

«Hva får deg til å si det, bror?» spurte kalven.

"Have you witnessed instances of human depravity?".

«Har du vært vitne til eksempler på menneskelig fordervelse?»

"Who is a greater monster than the Kotwal's son?".

«Hvem er et større monster enn Kotwals sønn?»

"The same lad standing on the thatched roof".

«Den samme gutten som står på stråtaket».

"The roof of this hut above our heads".

«Taket på denne hytta over hodene våre».

"I thought he was just the son of our Kotwal".

«Jeg trodde han bare var sønnen til vår Kotwal.»

"I never heard that he was exceptionally vicious".

«Jeg har aldri hørt at han var usedvanlig ondskapsfull.»

"You may have never heard of his wickedness".

«Du har kanskje aldri hørt om ondskapen hans.»

"But now you will hear of his wickedness from me".

«Men nå skal du høre om hans ondskap fra meg.»

"This wicked lad is now making immoral plans".

«Denne onde gutten legger nå umoralske planer.»

"He is trying get married to his own mother!".

«Han prøver å gifte seg med sin egen mor!»

The First Calf then related the whole story.

Den første kalven fortalte så hele historien.

And the inquisitive Second Calf listened.

Og den nysgjerrige andre kalven lyttet.

And the calf told Swet's and Basanta's story.

Og kalven fortalte Swets og Basantas historie.

"A merchant built a house for his son"

«En kjøpmann bygde et hus for sønnen sin»

"In the garden of the house was a Toontooni bird"

«I husets hage var det en Toontooni-fugl»
"In the nest of the Toontooni bird was an egg"
«I reiret til Toontooni-fuglen lå et egg»
"The merchant's son put the egg in an almirah"
«Kjøpmannens sønn la egget i en almirah»
"Out of the egg came a beautiful girl"
«Ut av egget kom en vakker jente»
"Eventually the merchant's son married this beautiful girl"
«Til slutt giftet kjøpmannens sønn seg med denne vakre jenta»
"Together they had two children; Swet and Basanta"
«Sammen fikk de to barn; Swet og Basanta»
"Some time later the grandfather of the children died"
«En tid senere døde barnas bestefar»
"Some time later again their grandmother died too"
«En stund senere døde bestemoren deres også.»
"At the right time, the oldest son, Swet, got married"
«Til rett tid giftet den eldste sønnen, Swet, seg»
"His mother, the Toontooni woman, died sometime later"
«Moren hans, Toontooni-kvinnen, døde en stund senere»
"Soon after their father married a younger woman"
«Kort tid etter giftet faren seg med en yngre kvinne»
"But their new stepmother hated her stepsons"
«Men deres nye stemor hatet stesønnene sine»
"And she also hated her new stepdaughter-in-law"
«Og hun hatet også sin nye stedatter»
"One day a fisherman happened to visit the merchant"
«En dag kom en fisker tilfeldigvis på besøk hos kjøpmannen»
"The Fisherman had sold the merchant a magical fish"
«Fiskeren hadde solgt kjøpmannen en magisk fisk»
"Whoever ate the fish would laugh maniks"
«Den som spiste fisken ville le seg i hjel.»
"And whoever ate the fish would weep pearls"
«Og den som spiste fisken, gråt perler»
"The same day there was an argument over some pigeons"
«Samme dag var det en krangel om noen duer»
"The stepmother was terribly vengeful to her stepsons"
«Stemoren var fryktelig hevngjerrig mot stesønnene sine»

"And she swore revenge on her stepsons"
«Og hun sverget hevn over stesønnene sine »
"That day Swet, his wife, and Basanta escaped"
«Den dagen rømte Swet, kona hans og Basanta»
"But before leaving they ate the magical fish"
«Men før de dro spiste de den magiske fisken»
"On their journey Swet's wife gave birth to a baby boy"
«På reisen deres fødte Swets kone en liten gutt»
"Swet went to look for wood to make a fire"
«Sweet gikk for å lete etter ved til å lage bål»
"But he was carried away by an elephant"
«Men han ble båret bort av en elefant»
"He was taken to a Queen haunted by a snake"
«Han ble tatt med til en dronning som var hjemsøkt av en
slange »
"But he succeeded in killing the serpent"
«Men han lyktes i å drepe slangen»
"And so he became king of the land"
«Og slik ble han konge i landet»
"Basanta went looking for his brother"
«Basanta lette etter broren sin»
"But he was captured by a merchant"
«Men han ble tatt til fange av en kjøpmann»
"And now he's flogged and tickled daily"
«Og nå blir han pisket og kilt daglig»
"And he cries pearls and laughs maniks"
«Og han gråter perler og ler manisk»
"The Kotwal's son had died that night"
«Kotwals sønn døde den natten»
"So the Kotwal exchanged the two babies"
«Så Kotwal-familien byttet de to babyene»
"The mother couldn't bear the loss of her child"
«Moren klarte ikke å bære tapet av barnet sitt»
"So she made the decision to drown herself"
«Så hun tok avgjørelsen om å drukne seg selv»
"But there was a Brahman that saved her life"
«Men det var en brahman som reddet livet hennes»

"And this Brahman took her into his home"
«Og denne brahmanen tok henne inn i hjemmet sitt»
"The Kotwal's son grew up a hardy boy"
«Kotwal-familiens sønn vokste opp som en hardfør gutt»
"And he fell in love with the woman"
«Og han ble forelsket i kvinnen»
"And now he stands on the roof"
«Og nå står han på taket»
"And he's intent on having the woman"
«Og han er fast bestemt på å få kvinnen»
All this the Kotwal's son heard.
Alt dette hørte Kotwals sønn.
And he was struck with horror.
Og han ble slått av redsel.
He forthwith got down from the thatch.
Han steg straks ned fra taket.
And he went home to his father.
Og han dro hjem til faren sin.
And he said he must speak with the king.
Og han sa at han måtte snakke med kongen.
The father protested against the request.
Faren protesterte mot forespørselen.
But he got an interview with the king.
Men han fikk et intervju med kongen.
He told the king about the two calves.
Han fortalte kongen om de to kalvene.
And he repeated the whole story.
Og han gjentok hele historien.
The king now remembered his poor wife.
Kongen husket nå sin stakkars kone.
So a servant was sent to the Brahman.
Så ble en tjener sendt til brahmanen.
And the Brahman was richly rewarded.
Og brahmanen ble rikelig belønnet.
And his wife was brought back to the palace.
Og kona hans ble brakt tilbake til palasset.
His wife was put in her proper position.

Hans kone ble satt i sin rette posisjon.

And she became queen of the kingdom.

Og hun ble dronning av riket.

The reputed son of the Kotwal was readopted.

Den påståtte sønnen til Kotwal ble gjenopptatt.

And he was proclaimed heir to the throne.

Og han ble utropt til tronarving.

Basanta was brought out of the dungeon.

Basanta ble brakt ut av fangehullet.

And the wicked merchant was buried alive.

Og den onde kjøpmannen ble levende begravet.

And thorns were put in his burying-place.

Og torner ble lagt i graven hans.

And all lived together happily for many years.

Og alle levde lykkelig sammen i mange år.

Swet, his wife and son, and Basantas.

Swet, hans kone og sønn, og Basantas.

The Evil Eye of Sani
Sanis onde øye

Once upon a time Sani and Lakshmi fell out with each other.
Det var en gang at Sani og Lakshmi kranglet med hverandre.
Sani, also known as Saturn, is the God of bad luck.
Sani, også kjent som Saturn, er uflaksens gud.
And Lakshmi is the Goddess of good luck.
Og Lakshmi er lykkens gudinne.
And these two Gods fell out with each other in heaven.
Og disse to gudene ble uenige med hverandre i himmelen.
Sani said he was higher in rank than Lakshmi.
Sani sa at han var høyere i rang enn Lakshmi.
And Lakshmi said she was higher in rank than Sani.
Og Lakshmi sa at hun var høyere i rang enn Sani.
But there were just as many Gods as there were Goddesses.
Men det var like mange guder som det var gudinner.
Therefore the dispute could not be settled in heaven.
Derfor kunne ikke tvisten avgjøres i himmelen.
The contending deities agreed to refer the matter to humans.
De stridende guddommene ble enige om å henvise saken til menneskene.
The humans had a name for wisdom and justice.
Menneskene hadde et navn for visdom og rettferdighet.
There lived at that time upon earth a man named Sribatsa.
På den tiden levde det en mann på jorden som het Sribatsa.
(Sri is another name of Lakshmi).
(Sri er et annet navn for Lakshmi).
(And "batsa" is another word for child).
(Og «batsa» er et annet ord for barn).
(so Sribatsa literally means "the child of fortune").
(så Sribatsa betyr bokstavelig talt «lykkens barn»).
Sribatsa had as much wisdom as he had wealth.
Sribatsa hadde like mye visdom som han hadde rikdom.
And he was as fair as he was rich, too.
Og han var like rettferdig som han var rik også.
He was therefore a good judge for the dispute.

Han var derfor en god dommer i tvisten.

And the God and Goddess agreed he could judge their case.

Og Guden og Gudinnen ble enige om at han kunne dømme saken deres.

One day, accordingly, Sribatsa was contacted.

En dag ble derfor Sribatsa kontaktet.

He was told that Sani and Lakshmi would come to him.

Han ble fortalt at Sani og Lakshmi ville komme til ham.

And he was told they wished for him to settle their dispute.

Og han fikk beskjed om at de ønsket at han skulle avgjøre tvisten.

This put Sribatsa in a delicate situation.

Dette satte Sribatsa i en vanskelig situasjon.

He could say Sani was higher in rank than Lakshmi.

Han kunne si at Sani var høyere i rang enn Lakshmi.

But then she would be angry with him and forsake him.

Men så ville hun bli sint på ham og forlate ham.

He could say Lakshmi was higher in rank than Sani.

Han kunne si at Lakshmi var høyere i rang enn Sani.

But then Sani would cast his evil eye upon him.

Men så ville Sani kaste sitt onde øye på ham.

He made up his mind not to say anything directly.

Han bestemte seg for å ikke si noe direkte.

The god and the goddess had to observe his actions.

Guden og gudinnen måtte observere handlingene hans.

And from his actions they could gather their opinions.

Og ut fra handlingene hans kunne de samle inn sine meninger.

Sribatsa ordered two chairs to be made.

Sribatsa bestilte at det skulle lages to stoler.

One of the chairs was made from gold.

En av stolene var laget av gull.

And the other chair was made from silver.

Og den andre stolen var laget av sølv.

And he placed the two chairs beside himself.

Og han satte de to stolene ved siden av seg selv.

The day came when Sani and Lakshmi visited Sribatsa.

Dagen kom da Sani og Lakshmi besøkte Sribatsa.
He told Sani to sit upon the silver chair.
Han ba Sani sette seg på den sølvfargede stolen.
And he told Lakshmi to sit upon the gold chair.
Og han ba Lakshmi sette seg på gullstolen.
Sani became mad with rage, and spoke angrily;
Sani ble rasende og snakket sint;
"You consider me lower in rank than Lakshmi"
«Du anser meg for å være lavere i rang enn Lakshmi»
"I will cast my eye on you for three years"
«Jeg skal kaste mitt blikk på deg i tre år»
"We shall see how you fare at the end of that period"
«Vi får se hvordan det går med deg på slutten av den
perioden»
The god then went away in great anger.
Guden gikk så sin vei i stor vrede.
Lakshmi, before she went away, said to Sribatsa;
Før Lakshmi gikk, sa hun til Sribatsa:
"My child, do not fear. I'll befriend you"
«Mitt barn, frykt ikke. Jeg skal bli venn med deg.»
The god and the goddess then went away.
Guden og gudinnen gikk så sin vei.
Sribatsa spoke to his wife, Chantamani;
Sribatsa snakket med sin kone, Chantamani;
"Dearest, the evil eye of Sani will be upon me"
«Kjæreste, Sanis onde øye vil være over meg»
"I had better go away from the house"
«Jeg burde nok dra meg vekk fra huset»
"If I stay evil will befall you and me"
«Hvis jeg blir værende, vil ondskap ramme deg og meg»
"But if I go, evil will overtake me only"
«Men hvis jeg går, skal bare ondskapen ramme meg»
Chintamani said, "it cannot be that way"
Chintamani sa: «Det kan ikke være slik»
"Wherever you go, I will go with you"
«Hvor enn du går, vil jeg gå med deg»
"Your good luck shall be my good luck"

«Din lykke skal bli min lykke»

"And your bad luck shall be my bad luck"

«Og din uflaks skal bli min uflaks»

The husband tried hard to persuade his wife to stay.

Mannen prøvde hardt å overtale kona til å bli.

But all his efforts were of no use.

Men alle hans anstrengelser var forgjeves.

She refused to abandon her husband.

Hun nektet å forlate mannen sin.

Sribatsa told his wife to make an opening in their mattress.

Sribatsa ba kona si om å lage en åpning i madrassen deres.

And he told her to stow away all their money and jewels.

Og han ba henne om å gjemme bort alle pengene og juvelene deres.

On the eve of leaving their house, Sribatsa invoked Lakshmi.

På kvelden før de forlot huset sitt, påkalte Sribatsa Lakshmi.

Upon being invoked, Lakshmi forthwith appeared.

Da Lakshmi ble påkalt, dukket han umiddelbart opp.

"Mother Lakshmi, the evil eye of Sani is upon us"

«Moder Lakshmi, Sanis onde øye er over oss»

"We are going away into exile"

«Vi drar i eksil»

"Please befriend us, and take care of our property"

«Vær så snill å bli venn med oss, og ta vare på eiendommen vår»

The goddess of good luck answered.

Lykkens gudinne svarte.

"Do not fear; I'll befriend you"

«Frykt ikke, jeg skal bli din venn»

"In the end all will be right"

«Til slutt vil alt bli bra»

They then set out on their journey.

Så la de ut på reisen sin.

Sribatsa rolled up the mattress and put it on his head.

Sribatsa rullet sammen madrassen og la den over hodet.

They had not gone many miles when they saw a river.

De hadde ikke gått mange mil før de så en elv.
There was a canoe with a man sitting in it.
Det var en kano med en mann som satt i den.
The travelers requested the ferryman to take them across.
De reisende ba fergemannen om å ta dem over.
The ferryman said he could only take one at a time.
Fergemannen sa at han bare kunne ta én om gangen.
"Tere are three of you," he objected.
«Dere er tre», protesterte han.
"There is you, your wife, and your mattress"
«Der er du, din kone og din madrass»
Sribatsa proposed in what order they should ferry over the river.
Sribatsa foreslo i hvilken rekkefølge de skulle ferge over elven.
"First my wife should be taken across the river"
«Først burde min kone bli tatt over elven»
"After my wife, take the mattress across the river"
«Ta madrassen over elven etter kona mi.»
"And then you can take me across the river"
«Og så kan du ta meg med over elven»
But the ferryman would not hear of it.
Men fergemannen ville ikke høre på det.
"Only one at a time," he repeated.
«Bare én om gangen», gjentok han.
"First let me take across the mattress"
«La meg først ta madrassen over»
Sribatsa saw no reason to object to the proposal.
Sribatsa så ingen grunn til å protestere mot forslaget.
The ferryman started taking the mattress across the river.
Fergemannen begynte å ta madrassen over elven.
He had reached halfway across the river.
Han hadde nådd halvveis over elven.
But then, from nowhere, a fierce gale arose.
Men så, fra ingensteds, oppsto en voldsom storm.
The ferryman lost control of his canoe.
Fergemannen mistet kontrollen over kanoen sin.
The mattress was blown into the river.

Madrassen ble blåst ut i elven.

The river carried everything away with it.

Elven tok alt med seg.

And the ferrymen, canoe, and mattress were never seen again.

Og fergemennene, kanoen og madrassen ble aldri sett igjen.

But that was not even the strangest events.

Men det var ikke engang de merkeligste hendelsene.

Because the river also disappeared into thin air.

Fordi elven også forsvant i løse luften.

Where there was water there was now dry ground.

Der det var vann, var det nå tørt land.

Sribatsa knew the evil eye of Sani had been watching.

Sribatsa visste at Sanis onde øye hadde holdt øye med ham.

Sribatsa and his wife had not a pice in their pockets.

Sribatsa og kona hans hadde ikke en eneste mynt i lommene.

Together, impoverished, they went to a nearby village.

Sammen, fattige, dro de til en landsby i nærheten.

The village was dwelt in mostly by wood-cutters.

Landsbyen var for det meste bebodd av vedhoggere.

At sunrise the woodcutters went to cut wood.

Ved soloppgang gikk vedhoggerne for å hogge ved.

And the wood they cut they sold in a faraway town.

Og veden de hogg, solgte de i en fjern by.

Sribatsa asked to work with the wood-cutters.

Sribatsa ba om å få samarbeide med vedhoggerne.

And the wood-cutters agreed to let him cut wood.

Og vedhoggerne gikk med på å la ham hogge ved.

He could fell trees as well as the best of them.

Han kunne felle trær like godt som de beste av dem.

But Sribatsa was different from the wood-cutters.

Men Sribatsa var annerledes enn vedhoggerne.

The wood-cutters cut any and every sort of wood.

Vedhoggerne kapper alle slags treslag.

But Sribatsa cut only the precious types of wood.

Men Sribatsa kuttet bare de dyrebare tresortene.

His efforts were focused on cutting down sandal-wood.
Innsatsen hans var fokusert på å hogge ned sandeltre.
The wood-cutters brought to market large loads of common wood.
Vedhoggerne brakte store mengder vanlig trevirke til markedet.
Sribatsa brought only a few pieces of sandal-wood to the market.
Sribatsa brakte bare noen få biter av sandeltre til markedet.
He was paid a great deal more money than the others.
Han fikk betalt mye mer penger enn de andre.
Things went on this way for some days.
Ting fortsatte slik i noen dager.
And the wood-cutters became jealous of Sribatsa.
Og vedhoggerne ble sjalu på Sribatsa.
In their jealousy they plotted against Sribatsa.
I sin sjalusi konspirerte de mot Sribatsa.
And finally they drove Sribatsa and his wife from the village.
Og til slutt kjørte de Sribatsa og kona hans ut av landsbyen.

Sribatsa and his wife made their way to another village.
Sribatsa og kona tok seg til en annen landsby.
In this village there were many women that weaved.
I denne landsbyen var det mange kvinner som vevet.
Here Chintamani made herself useful by spinning cotton.
Her gjorde Chintamani seg nyttig ved å spinne bomull.
Chintamani was an intelligent and skillful woman.
Chintamani var en intelligent og dyktig kvinne.
So she spun finer thread than the other women.
Så spant hun finere tråd enn de andre kvinnene.
And she got paid more money than the other women.
Og hun fikk betalt mer penger enn de andre kvinnene.
This roused the envy of the native women of the village.
Dette vekket misunnelse blant de innfødte kvinnene i landsbyen.
But the envy of the other women was not all.

Men misunnelsen fra de andre kvinnene var ikke alt.
Sribatsa wanted to gain the good grace of the weavers.
Sribatsa ønsket å vinne vevernes velvilje.
So he invited the women that spun cotton to a feast.
Så inviterte han kvinnene som spant bomull til en fest.
The dishes of the feat were all cooked by his wife.
Rettene til bragden ble alle laget av kona hans.
Chintamani was a good weaver, and an excellent in cook.
Chintamani var en god vever og en utmerket kokk.
She placed the delicacies before the women.
Hun satte delikatessene foran kvinnene.
And the barbarous weavers were quite charmed.
Og de barbariske veverne var ganske sjarmert.
The men went to their homes with their bellies full.
Mennene dro hjem til seg mette.
But when they got home, they reproached their wives.
Men da de kom hjem, bebreidet de konene sine.
"Why do you not cook like the wife of Sribatsa"
«Hvorfor lager du ikke mat som Sribatsas kone?»
And the men called their wives good-for-nothing women.
Og mennene kalte konene sine uduglige kvinner.
This made the women hate Chintamani the more.
Dette gjorde at kvinnene hatet Chintamani enda mer.

One day Chintamani went to the river-side.
En dag dro Chintamani til elvebredden.
She wanted to bathe along with the other women of the village.
Hun ville bade sammen med de andre kvinnene i landsbyen.
A boat had been lying on the bank, stranded on the sand.
En båt hadde ligget på bredden, strandet på sanden.
The boat had been stranded there for many days.
Båten hadde ligget strandet der i mange dager.
They had tried to move the boat, but in vain.
De hadde forsøkt å flytte båten, men forgjeves.
It so happened that Chintamani touched the boat.
Det viste seg at Chintamani berørte båten.

It was an accident, for she did not mean to touch the boat.
Det var en ulykke, for hun mente ikke å røre båten.
But whether she meant to or not, the boat moved.
Men enten hun mente det eller ikke, så beveget båten seg.
And soon the boat was heading off to the river.
Og snart satte båten av gårde mot elven.
The boatmen were astonished by what they had seen.
Båtmennene var forbløffet over det de hadde sett.
They thought that the woman had uncommon power.
De mente at kvinnen hadde uvanlig makt.
And so they thought she might be useful in future.
Og derfor tenkte de at hun kunne være nyttig i fremtiden.
They therefore caught hold of her, against her will.
De grep henne derfor, mot hennes vilje.
And they put her in the boat, and rowed off.
Og de satte henne i båten og rodde av gårde.
The women of the village were present for this kidnapping.
Kvinnene i landsbyen var til stede under denne kidnappingen.
But they did not offer Chintamani any assistance.
Men de tilbød ikke Chintamani noen hjelp.
Because Chintamani had put them in a bad light.
Fordi Chintamani hadde satt dem i et dårlig lys.

Sribatsa heard how his wife had been carried away by boatmen.
Sribatsa hørte hvordan kona hans hadde blitt ført bort av båtmenn.
I will let you imagine how he became mad with grief.
Jeg skal la deg forestille deg hvordan han ble sint av sorg.
He left the village and went to the river-side.
Han forlot landsbyen og gikk til elvebredden.
And he resolved to follow the course of the stream.
Og han bestemte seg for å følge bekkens gang.
Along the stream he was sure to meet the kidnappers' boat.
Langs bekken ville han garantert møte kidnappernes båt.
He travelled on and on, along the side of the river.
Han reiste videre og videre, langs elvebredden.

And he travelled till it eventually became dark.
Og han reiste til det til slutt ble mørkt.
Where he was there were no huts to be seen.
Der han var, var det ingen hytter å se.
So he climbed into a tree to sleep for the night.
Så klatret han opp i et tre for å sove om natten.
In the next morning he got down from the tree.
Neste morgen kom han ned fra treet.
At the foot of the tree he saw a Kapila-cow.
Ved foten av treet så han en Kapila-ku.
A Kapila-cow never has any calves of her own.
En Kapila-ku får aldri egne kalver.
But she can be milked at all hours of the day.
Men hun kan melkes til alle døgnets tider.
Sribatsa milked the cow without her objecting.
Sribatsa melket kua uten at hun protesterte.
And he drank the milk to his heart's content.
Og han drakk melken til sitt hjertens lyst.
And then he noticed something else about the cow.
Og så la han merke til noe annet ved kua.
The dung of the cow was of a bright yellow color.
Kumøkk hadde en lys gul farge.
In fact, the dung of the cow was made of pure gold.
Faktisk var kuamøkk laget av rent gull.
The golden cow dung was still in a soft state.
Den gyldne kumøkk var fortsatt i myk tilstand.
So he was able to write his name in the golden dung.
Så han kunne skrive navnet sitt i den gylne møkka.
During the course of the day the dung hardened.
I løpet av dagen stivnet møkka.
And finally the dung looked like a brick of gold.
Og til slutt så møkka ut som en gullstein.
The tree he had slept in grew on the river-side.
Treet han hadde sovet i vokste ved elvebredden.
And the Kapila-cow supplied him with milk all day.
Og Kapila-kua forsynte ham med melk hele dagen.
So Sribatsa decided to wait there for the boat.

Så bestemte Sribatsa seg for å vente der på båten.
In the morning the cow deposited the precious article.
Om morgenen satte kua den verdifulle gjenstanden derfra.
And at night the cow deposited the precious article.
Og om natten slapp kua den verdifulle gjenstanden ned.
So the gold bricks increased every day.
Så gullsteinene økte for hver dag.
And on each golden brick he had engraved his name.
Og på hver gullstein hadde han gravert navnet sitt.
He stacked the bricks on top of each other.
Han stablet mursteinene oppå hverandre.
From a distance it looked like a hillock of gold.
På avstand så det ut som en gullhaug.

But now we must leave Sribatsa to stack his gold.
Men nå må vi la Sribatsa stable gullet hans.
And we must turn our attention to Chintamani.
Og vi må rette oppmerksomheten mot Chintamani.
Chintamani was a graceful woman of great beauty.
Chintamani var en grasiøs kvinne med stor skjønnhet.
She had worried her beauty might be her ruin.
Hun hadde vært bekymret for at skjønnheten hennes kunne
bli hennes undergang.
So she offered a prayer as she was being kidnapped.
Så hun holdt en bønn mens hun ble kidnappet.
"Lakshmi, O Mother Lakshmi! have pity upon me"
«Lakshmi, å mor Lakshmi! ha medlidenhet med meg»
"Thou hast made me beautiful, you have"
«Du har gjort meg vakker, det har du»
"But now my beauty will undoubtedly be my ruin"
«Men nå vil min skjønnhet utvilsomt bli min ruin»
"I am bound to loss my honor and my chastity"
«Jeg er dømt til å miste min ære og min kyskhet»
"I therefore beseech thee, gracious Mother;"
«Jeg ber deg derfor, nådige mor;»
"Take my beauty from me, and make me ugly"
«Ta min skjønnhet fra meg, og gjør meg stygg»

"Cover my body with some loathsome disease"
«Dekk kroppen min med en avskyelig sykdom»
"That way the boatmen might not touch me"
«På den måten kan det hende at båtmennene ikke rører meg»
Chintamani was in the arms of the boatmen.
Chintamani var i armene til båtmennene.
But the Goddess of good fortune heard her prayer.
Men lykkens gudinne hørte bønnen hennes.
In the twinkling of an eye her form changed.
På et øyeblikk forandret formen hennes seg.
Her naturally beautiful form faded away.
Hennes naturlig vakre form forsvant.
And she was turned into a vile carcass.
Og hun ble forvandlet til et avskyelig kadaver.
The boatmen were putting her down in the boat.
Båtmennene satte henne ned i båten.
They found her body was covered with loathsome sores.
De fant at kroppen hennes var dekket av motbydelige sår.
And the sores were giving out a disgusting stench.
Og sårene ga fra seg en ekkel stank.
They therefore threw her into the hold of the boat.
Derfor kastet de henne inn i lasterommet på båten.
And they left her amongst the cargo of the ship.
Og de lot henne ligge igjen blant skipets last.
Morning and evening they sent her some food.
Morgen og kveld sendte de henne litt mat.
A little boiled rice, and some water to drink.
Litt kokt ris og litt vann å drikke.
Chintamani was miserable in the hull of the ship.
Chintamani var ulykkelig i skipets skrog.
But she greatly preferred misery to the alternative.
Men hun foretrakk elendighet fremfor alternativet.
She would rather be miserable than loss her chastity.
Hun vil heller være ulykkelig enn å miste kyskheten sin.

The boatmen had gone to some port to sell cargo.
Båtmennene hadde dratt til en havn for å selge last.

While sailing back they caught sight something.
Mens de seilte tilbake, fikk de øye på noe.
By the river-side there seemed to be a hillock of gold.
Ved elvebredden så det ut til å være en gullhaug.
Sribatsa had been keeping watch by the river.
Sribatsa hadde holdt vakt ved elven.
So he was delighted to see a boat approach him.
Så han ble henrykt over å se en båt komme nær ham.
Because he fondly imagined his wife might be on board.
Fordi han kjærlig forestilte seg at kona kunne være om bord.
The boatmen went greedily to the hillock of gold.
Båtmennene gikk grådig til gullhaugen.
Of course Sribatsa told them the gold was his.
Selvfølgelig fortalte Sribatsa dem at gullet var hans.
But that didn't help Sribatsa very much.
Men det hjalp ikke Sribatsa særlig mye.
The sailors took him prisoner on the boat.
Sjømennene tok ham til fange på båten.
And they loaded the gold onto their vessel.
Og de lastet gullet på skipet sitt.
They happened to imprison him close to the ugly woman.
De fengslet ham tilfeldigvis tett inntil den stygge kvinnen.
Of course the husband and wife recognized each other.
Selvfølgelig kjente mannen og kona hverandre igjen.
In spite of the change Chintamani had undergone.
Til tross for forandringen Chintamani hadde gjennomgått.
And despite their excitement they kept their composure.
Og til tross for begeistringen beholdt de fatningen.
And they thought it prudent not to speak to each other.
Og de syntes det var klokt å ikke snakke med hverandre.
Instead they communicated their ideas through gestures.
I stedet kommuniserte de ideene sine gjennom gester.
There is something you should know about the boatmen.
Det er noe du bør vite om båtmennene.
These boatmen were very fond of playing at dice.
Disse båtmennene var veldig glade i å spille terninger.
Sribatsa appeared to them to be a respectable man.

Sribatsa fremsto som en respektabel mann for dem.
So they always asked him to join in the game.
Så spurte de ham alltid om han ville bli med i leken.
Sribatsa happened to be an expert dice player.
Sribatsa var tilfeldigvis en ekspert terningspiller.
Despite their efforts he won almost every game.
Til tross for innsatsen deres vant han nesten hver eneste kamp.
You can imagine how the sailors felt about losing.
Du kan tenke deg hvordan sjømennene følte det da de tapte.
And in jealousy the boatmen threw him overboard.
Og i sjalusi kastet båtmennene ham over bord.
Chintamani saw the men throw her husband overboard.
Chintamani så mennene kaste mannen hennes over bord.
Fortunately for Sribatsa, his wife had great presence of mind.
Heldigvis for Sribatsa hadde kona hans sterk sinnsnærvær.
The boatmen had allowed her a pillow to rest her head.
Båtmennene hadde gitt henne en pute å hvile hodet på.
And she simultaneously threw this pillow into the water.
Og samtidig kastet hun denne puten i vannet.
Sribatsa was able to grab hold of the pillow.
Sribatsa klarte å gripe tak i puten.
And the pillow helped him float down the stream.
Og puten hjalp ham å flyte nedover bekken.
Up until nightfall the river carried him downstream.
Helt til natten falt på bar elven ham nedstrøms.
At nightfall he arrived at what seemed to be a garden.
Ved nattestiden kom han til det som så ut til å være en hage.
Because it was dark there was nothing he could do.
Fordi det var mørkt, var det ingenting han kunne gjøre.
So all night he stayed in the garden, cold and wet.
Så ble han værende i hagen hele natten, kald og våt.
I should tell you who this garden belonged to.
Jeg burde fortelle deg hvem denne hagen tilhørte.
This was the garden of an old widowed woman.
Dette var hagen til en gammel enke.
This woman used to supply flowers for the king.

Denne kvinnen pleide å forsyne kongen med blomster.
But one day some blight had come over her garden.
Men en dag hadde det kommet en form for sykdom over hagen hennes.
Almost all the trees and plants ceased flowering.
Nesten alle trær og planter sluttet å blomstre.
She had therefore given up the business she had.
Hun hadde derfor gitt opp virksomheten hun hadde.
And she was no longer the royal flower supplier.
Og hun var ikke lenger den kongelige blomsterleverandøren.
However, Sribatsa's arrival had rejuvenated her garden.
Sribatsas ankomst hadde imidlertid forynget hagen hennes.
She could scarcely believe her eyes in the morning.
Hun kunne knapt tro sine egne øyne om morgenen.
The whole garden was ablaze with flowers again.
Hele hagen var i full blomst igjen.
There was no plant that was not in bloom.
Det var ingen plante som ikke blomstret.
And every tree she had was begemmed with flowers.
Og hvert tre hun hadde var dekket med blomster.
She had no way of knowing the cause of the miracle.
Hun hadde ingen måte å vite årsaken til mirakelet.
And so she took a walk through the garden.
Og så tok hun en tur gjennom hagen.
But she soon found the cause of all the flowers.
Men hun fant snart årsaken til alle blomstene.
At the edge of her garden was a cold, wet man.
I utkanten av hagen hennes satt en kald, våt mann.
He was shivering and almost dead from hypothermia.
Han skalv og var nesten død av hypotermi.
She immediately brought the man into to her cottage.
Hun tok mannen umiddelbart med seg inn i hytta sin.
And she lighted a fire to give him some warmth.
Og hun tente et bål for å gi ham litt varme.
She nursed him and showed him every attention.
Hun ammet ham og viste ham all sin oppmerksomhet.
And she ascribed the miracle to his presence.

Og hun tilskrev mirakelet hans nærvær.
She made him as comfortable as she could.
Hun gjorde det så komfortabelt for ham som hun kunne.
And then she ran to the king's palace.
Og så løp hun til kongens palass.
She asked to speak to the king's chief servant.
Hun ba om å få snakke med kongens øverste tjener.
And she told him the good fortune she had had.
Og hun fortalte ham om den gode lykken hun hadde hatt.
"I can again supply the palace with flowers"
«Jeg kan igjen forsyne palasset med blomster»
Her flowers had been very much missed at the palace.
Blomstene hennes hadde vært svært savnet på slottet.
So she was immediately restored to her former position.
Så ble hun umiddelbart gjeninnsatt i sin tidligere stilling.
She was again the flower-woman of the royal household.
Hun var igjen blomsterkvinnen i det kongelige
husholdningen.

Sribatsa spent a few more days recovering his health.
Sribatsa brukte noen dager til på å gjenopprette helsen sin.
And eventually he had all his vitality back.
Og til slutt fikk han all vitaliteten tilbake.
He asked the woman if he could speak with a minister.
Han spurte kvinnen om han kunne snakke med en prest.
So the woman took him to the palace with her.
Så tok kvinnen ham med seg til palasset.
One of the king's ministers gave him an appointment.
En av kongens ministre ga ham en utnevnelse.
And he was at once found to be a man of intelligence.
Og han viste seg straks å være en intelligent mann.
So was offered a position in the king's service.
Så ble han tilbudt en stilling i kongens tjeneste.
In fact, he was allowed to choose what job he wanted.
Faktisk fikk han lov til å velge hvilken jobb han ville ha.
He asked to be collector of tolls on the river.
Han spurte om å få være innkrever av bompenger på elven.

The minister was happy to give Sribatsa the job.

Ministeren var glad for å gi Sribatsa jobben.

The kingdom needed someone to collect river-tolls.

Kongeriket trengte noen til å kreve inn elveavgifter.

And Sribatsa immediately started his new job.

Og Sribatsa begynte umiddelbart i sin nye jobb.

It wasn't long before his plan came to fruition.

Det tok ikke lang tid før planen hans gikk i oppfyllelse.

The boat his wife was on was coming down the river.

Båten kona hans var i var på vei nedover elva.

Under the king's authority he detained the boat.

Under kongens autoritet holdt han båten tilbake.

And he charged the boatmen with the theft of gold-bricks.

Og han anklaget båtmennene for tyveri av gullstein.

The king liked the sound of a boat full of gold.

Kongen likte lyden av en båt full av gull.

So the king himself came to the river-side.

Så kom kongen selv til elvebredden.

Even he was amazed by the quantity of gold they had.

Selv han var forbløffet over mengden gull de hadde.

And every gold brick had Sribatsa's inscription.

Og hver gullstein hadde Sribatsas inskripsjon.

At the same time he rescued his wife from the boatmen.

Samtidig reddet han kona si fra båtmennene.

Back on dry land she returned to her previous beauty.

Tilbake på tørt land vendte hun tilbake til sin tidligere
skjønnhet.

He told the king the story of their misfortune.

Han fortalte kongen historien om deres ulykke.

And the king had them as a guest in his palace.

Og kongen hadde dem som gjester i palasset sitt.

The king gave them presents of horses and elephants.

Kongen ga dem gaver i form av hester og elefanter.

And on the horses and elephants they rode to their country.

Og på hester og elefanter red de til sitt land.

The evil eye of Sani was now turned away from Sribatsa.

Sanis onde øye var nå vendt bort fra Sribatsa.

And he again became what he formerly was.
Og han ble igjen den han en gang var.
He was again Sribatsa; the Child of Fortune.
Han var igjen Sribatsa; Lykkens Barn.

The Boy whom Seven Mothers Suckled
Gutten som syv mødre ammet

Once on a time there reigned a king who had seven queens.
Det var en gang en konge som hadde sju dronninger.
He was very sad, for the seven queens were all barren.
Han var svært lei seg, for de sju dronningene var alle ufruktbare.
One day, however, he met a holy mendicant.
En dag møtte han imidlertid en hellig tigger.
The holy mendicant told the king about a certain forest.
Den hellige tiggeren fortalte kongen om en viss skog.
In this forest there grew a special kind of tree.
I denne skogen vokste det en spesiell type tre.
On a branch of this tree hung seven mangoes.
På en gren av dette treet hang sju mangoer.
These mangos could restore the fertilities of his queens.
Disse mangoene kunne gjenopprette fruktbarheten til dronningene hans.
But the king had to pluck the mangoes himself.
Men kongen måtte plukke mangoene selv.
The king followed the advice of the mendicant.
Kongen fulgte tiggerens råd.
And he set off to go to the forest with the mango tree.
Og han dro av gårde til skogen med mangotreet.
Soon he had found the tree the mendicant spoke of.
Snart hadde han funnet treet tiggeren snakket om.
And he plucked the seven mangoes that grew upon one branch.
Og han plukket de sju mangoene som vokste på én gren.
He gave a mango to each of the queens to eat.
Han ga en mango til hver av dronningene å spise.
In a short time the king's heart was filled with joy.
I løpet av kort tid ble kongens hjerte fylt med glede.
He was told that the seven queens were all with child.
Han fikk beskjed om at de sju dronningene alle var med barn.

One day the king was out hunting.

En dag var kongen ute på jakt.

On his path he saw a young lady of peerless beauty.

På veien sin så han en ung dame av uovertruffen skjønnhet.

He instantly fell in love with the beautiful woman.

Han ble umiddelbart forelsket i den vakre kvinnen.

And he brought her to his palace, and married her.

Og han tok henne med til palasset sitt og giftet seg med henne.

This lady was, however, not a human being.

Denne damen var imidlertid ikke et menneske.

But what this woman was was a Rakshasi.

Men det denne kvinnen var, var en Rakshasi.

But the king of course did not know this.

Men kongen visste selvsagt ikke dette.

The king became dotingly fond of her.

Kongen ble overlykkelig over henne.

And he did whatever she told him to do.

Og han gjorde hva enn hun ba ham om å gjøre.

One day she made a very particular request of the king.

En dag kom hun med en veldig spesiell forespørsel til kongen.

"You say that you love me more than anyone else"

«Du sier at du elsker meg mer enn noen andre»

"Let me see whether you really love me as much as you say"

«La meg se om du virkelig elsker meg så høyt som du sier»

"If you love me, make your seven other queens blind"

«Hvis du elsker meg, gjør de syv andre dronningene dine blinde»

"And once they are blind, let them be killed"

«Og når de først er blinde, la dem bli drept»

The king became very sad at the terrible request.

Kongen ble svært lei seg over den forferdelige forespørselen.

He was especially sad because the queens were all pregnant.

Han var spesielt lei seg fordi dronningene alle var gravide.

But he had no choice but to comply with her request.

Men han hadde ikke noe annet valg enn å etterkomme hennes forespørsel.

The eyes of the queens were plucked out of their sockets.

Dronningenes øyne ble plukket ut av hulene deres.

And the queens were delivered up to the chief minister.

Og dronningene ble overlevert til statsministeren.

It was up to the chief minister to destroy the queens.

Det var opp til statsministeren å ødelegge dronningene.

But the chief minister was a merciful man.

Men statsministeren var en barmhjertig mann.

In the side of the hill there was secret a cave.

I siden av åsen var det en hemmelig hule.

Instead of killing the queens, the minister hid them.

I stedet for å drepe dronningene, gjemte ministeren dem.

In course of time the eldest of the seven queens gave birth.

Med tiden fødte den eldste av de syv dronningene.

"What shall I do with the child," said she.

«Hva skal jeg gjøre med barnet?» sa hun.

"We are blind and are dying for want of food."

«Vi er blinde og dør av mangel på mat.»

"Let me kill the child," she proposed.

«La meg drepe barnet», foreslo hun.

"Let us all eat of the child's flesh," she added.

«La oss alle spise av barnets kjøtt», la hun til.

Just as she said she would, she killed the infant.

Akkurat som hun sa hun ville, drepte hun spedbarnet.

She gave to each of her sister-queens a part of the child.

Hun ga hver av sine søsterdronninger en del av barnet.

And the sister queens ate their part of the child.

Og søsterdronningene spiste sin del av barnet.

But the youngest queen did not eat her share.

Men den yngste dronningen spiste ikke sin del.

Instead, she laid her part of the child beside her.

I stedet la hun sin del av barnet ved siden av seg.

In a few days the second queen also was delivered of a child.

Noen få dager senere fødte også den andre dronningen et barn.

She did with her child as her eldest sister had done with hers.

Hun gjorde med barnet sitt slik hennes eldste søster hadde
gjort med sitt.
So did the third, the fourth, the fifth, and the sixth queen.
Det gjorde også den tredje, den fjerde, den femte og den sjette
dronningen.
Eventually the seventh queen gave birth to a son.
Til slutt fødte den sjuende dronningen en sønn.
But she did not follow the example of her sister-queens.
Men hun fulgte ikke eksemplet til sine søsterdronninger.
Instead, she resolved to raise the child.
I stedet bestemte hun seg for å oppdra barnet.
**The other queens demanded their portions of the newly-
born.**
De andre dronningene krevde sine deler av den nyfødte.
But she still had the portions she had not eaten.
Men hun hadde fortsatt de porsjonene hun ikke hadde spist.
And she gave her sister-queens back their children's parts.
Og hun ga søsterdronningene sine tilbake barnas roller.
**The other queens at once perceived that their portions were
dry.**
De andre dronningene merket med en gang at porsjonene
deres var tørre.
Therefore the parts could not be of the newly born child.
Derfor kunne ikke delene være av det nyfødte barnet.
"I have decided not to kill me child," she explained.
«Jeg har bestemt meg for ikke å drepe barnet mitt», forklarte
hun.
"I will not eat him, but try to raise him instead"
«Jeg skal ikke spise ham, men heller prøve å oppdra ham»
The others were glad to hear this news.
De andre var glade for å høre denne nyheten.
They all said that they would help her in nursing the child.
De sa alle at de ville hjelpe henne med å amme barnet.
And so the child was suckled by seven mothers.
Og slik ble barnet ammet av sju mødre.
**And the child became the hardiest and strongest boy that
ever lived.**

Og barnet ble den hardføre og sterkeste gutten som noen gang
har levd.

**In the meantime the Rakshasi-queen was doing infinite
mischief.**
I mellomtiden gjorde Rakshasi-dronningen uendelig mye
ugagn.
And she got the royal household into all sorts of trouble.
Og hun fikk kongehuset opp i alle slags problemer.
**What she ate at the royal table did not fill her capacious
stomach.**
Det hun spiste ved det kongelige bordet mettet ikke den
romslige magen hennes.
She therefore, in the darkness of night, went hunting.
Hun dro derfor på jakt i nattens mørke.
Gradually she ate up all the members of the royal family.
Gradvis spiste hun opp alle medlemmene av kongefamilien.
She ate all the king's servants, and his attendants.
Hun spiste alle kongens tjenere og hans medhjelpere.
She ate all his horses, elephants, and cattle.
Hun spiste alle hestene, elefantene og kveget hans.
**And eventually only her royal consort and the king were
left.**
Og til slutt var bare hennes kongelige gemal og kongen igjen.
After that she used to go out in the evenings into the city.
Etter det pleide hun å gå ut til byen om kveldene.
And she ate up stray human beings wherever she found any.
Og hun spiste opp bortkomne mennesker hvor enn hun fant
noen.
The king was left without any servants.
Kongen ble stående uten tjenere.
There was no person left to cook for him.
Det var ingen igjen til å lage mat til ham.
Because no one would accept this job.
Fordi ingen ville takke ja til denne jobben.
But at last someone volunteered their services.
Men endelig meldte noen seg frivillig til tjeneste.

The boy who had been suckled by seven mothers.
Gutten som hadde blitt ammet av syv mødre.
He had now grown up to be a stalwart youth.
Han hadde nå vokst opp til å bli en standhaftig ungdom.
He attended on the king and prepared his food.
Han tjente kongen og tilberedte maten hans.
But he took every care while with the queen.
Men han tok all mulig forsiktighet mens han var med
dronningen.
And he made sure that she did not swallow him up.
Og han sørget for at hun ikke slukte ham.
The Rakshasi-queen seized her victims only at night.
Rakshasi-dronningen grep ofrene sine bare om natten.
So the boy he went home long before nightfall.
Så gutten dro hjem lenge før natten falt på.
So she had to find another way to get rid of the boy.
Så måtte hun finne en annen måte å bli kvitt gutten på.

The boy always boasted that he could do any work.
Gutten skrøt alltid av at han kunne gjøre hva som helst.
So the queen invented a disease for herself.
Så oppfant dronningen en sykdom for seg selv.
She said that there was a cure for her disease.
Hun sa at det fantes en kur for sykdommen hennes.
But she said the cure was not easy to get.
Men hun sa at kuren ikke var lett å få tak i.
This made the boy even more interested in the task.
Dette gjorde gutten enda mer interessert i oppgaven.
She said there was a melon which cured her disease.
Hun sa at det fantes en melon som kurerte sykdommen
hennes.
The melon was twelve cubits in length.
Melonen var tolv alen lang.
But the stone of the lemon was thirteen cubits long.
Men sitronsteinen var tretten alen lang.
The fruit could only be gotten from her mother.
Frukten kunne bare fås fra moren hennes.

And her mother lived on the other side of the ocean.
Og moren hennes bodde på den andre siden av havet.
She gave him a letter of introduction to her mother.
Hun ga ham et introduksjonsbrev til moren sin.
But actually the note told her to eat the boy.
Men faktisk ba lappen henne om å spise gutten.
The boy had suspected there was some foul play.
Gutten mistenkte at det foregikk et kriminelt oppdrag.
So he tore up the letter and proceeded on his journey.
Så rev han brevet i stykker og fortsatte reisen sin.
The dauntless youth passed through many lands.
Den fryktløse ungdommen reiste gjennom mange land.
After much travel he stood on the shore of the ocean.
Etter mye reising sto han ved havets bredd.
On the other side of the ocean was the country of the Rakshasis.
På den andre siden av havet lå rakshasienes land.
He then bawled as loud as he could, and said;
Så hylte han så høyt han kunne, og sa:
"Granny! granny! come and save your daughter"
«Bestemor! bestemor! kom og redd datteren din!»
"Your daughter, my mother, is dangerously ill"
«Datteren din, moren min, er farlig syk»
On the other side of the ocean an old Rakshasi heard him.
På den andre siden av havet hørte en gammel Rakshasi ham.
The old Rakshasi crossed the ocean to the boy.
Den gamle Rakshasi krysset havet til gutten.
The boy told her the message of the queen.
Gutten fortalte henne dronningens beskjed.
And the Rakshasi took the boy on her back.
Og rakshasi tok gutten på ryggen.
She re-crossed the ocean to the land of the Rakshasi.
Hun krysset havet igjen til Rakshasis land.
And the boy was at once given the medicinal melon.
Og gutten fikk straks den medisinske melonen.
The Rakshasi told him to hurry back to her daughter.
Rakshasien ba ham skynde seg tilbake til datteren hennes.

But the boy said he was too tired to keep travelling.
Men gutten sa at han var for sliten til å fortsette å reise.
And he begged to be allowed to rest one day.
Og han ba om å få hvile en dag.
The old Rakshasi consented to her grandson's wishes.
Den gamle Rakshasi samtykket til barnebarnets ønsker.

The boy noticed interesting things in the Rakshasi's room.
Gutten la merke til interessante ting på Rakshasis rom.
There was a stout club and a rope hanging in the room.
Det hang en kraftig kølle og et tau i rommet.
The boy inquired what the stout club and rope were for.
Gutten spurte hva den kraftige køllen og tauet var til.
"Child, with that club and rope I cross the ocean"
«Barn, med den køllen og tauet krysser jeg havet»
"One just has to take the club and the rope in his hands"
«Man må bare ta køllen og tauet i hendene»
"And then you have to say the following magical words:"
«Og så må du si følgende magiske ord:»
"O stout club! O strong rope!"
«Å, digre klubb! Å, sterke tau!»
"Take me at once to the other side"
«Ta meg med en gang til den andre siden»
"Then they will take him to the other side of the ocean"
«Så tar de ham med til den andre siden av havet»
The boy noticed another interesting thing in the room.
Gutten la merke til en annen interessant ting i rommet.
There was a bird in a cage in the corner of the room.
Det var en fugl i et bur i hjørnet av rommet.
The boy also wanted to know what this bird was for.
Gutten ville også vite hva denne fuglen var til for.
"The bird contains a secret, my child"
«Fuglen inneholder en hemmelighet, mitt barn»
"But that secret must not be disclosed to mortals"
«Men den hemmeligheten må ikke avsløres for dødelige»
"But how can I hide this secret from my own grandchild?"

«Men hvordan kan jeg skjule denne hemmeligheten for mitt eget barnebarn?»

"That bird, child, contains the life of your mother.

«Den fuglen, barn, inneholder livet til din mor.»

"If the bird is killed, your mother will at once die"

«Hvis fuglen blir drept, vil moren din dø med en gang»

Armed with these secrets, the boy went to bed that night.

Bevæpnet med disse hemmelighetene, gikk gutten til sengs den kvelden.

Next morning the old Rakshasi went to distant countries.

Neste morgen dro den gamle Rakshasi til fjerne land.

Together with all the other Rakshasis, she went to forage.

Sammen med alle de andre rakshasiene dro hun for å samle mat.

The boy took down the bird-cage from the ceiling.

Gutten tok ned fugleburet fra taket.

And the boy took the club and the rope.

Og gutten tok køllen og tauet.

And then he spoke the magic words to the club and rope.

Og så sa han de magiske ordene til køllen og tauet.

"O stout club! O strong rope!"

«Å, digre klubb! Å, sterke tau!»

"Take me at once to the other side"

«Ta meg med en gang til den andre siden»

In the twinkling of an eye the boy was put on this side of the ocean.

På et blunk ble gutten plassert på denne siden av havet.

He then retraced his steps, back to the queen.

Så gikk han tilbake samme vei, tilbake til dronningen.

To her astonishment he really had the medicinal lemon.

Til hennes forbauselse hadde han virkelig den medisinske sitronen.

But the bird in the cage he kept carefully concealed.

Men fuglen i buret holdt han nøye skjult.

In the course of time the people of the city came to the king.

Etter hvert kom byens folk til kongen.
And they told the king of their troubles.
Og de fortalte kongen om sine problemer.
"A monstrous bird comes from the palace every evening"
«En uhyrlig fugl kommer fra palasset hver kveld»
"The bird seizes the people in the streets"
«Fuglen griper tak i menneskene i gatene»
"And the bird swallows the people up whole"
«Og fuglen sluker menneskene hele»
"This has been going on for a long time"
«Dette har pågått lenge»
"And now the city has become almost desolate"
«Og nå er byen nesten blitt øde»
The king did not know what this monstrous bird was.
Kongen visste ikke hva denne uhyrlige fuglen var.
But the king's servant, the boy, said he knew.
Men kongens tjener, gutten, sa at han visste det.
"I will kill the monstrous bird," he offered.
«Jeg skal drepe den uhyrlige fuglen», tilbød han.
"But the queen has to stand beside us," he added.
«Men dronningen må stå ved vår side», la han til.
The king saw no reason to object to the proposal.
Kongen så ingen grunn til å protestere mot forslaget.
And so the queen was made to stand beside the king.
Og slik ble dronningen stilt ved siden av kongen.
The boy then took the bird out from its cage.
Så tok gutten fuglen ut av buret.
On seeing the bird she fell into a fainting fit.
Da hun så fuglen, besvimte hun.
Then the boy turned to the king, and spoke.
Så snudde gutten seg mot kongen og snakket.
"King, you will soon perceive who the monstrous bird is"
«Konge, du vil snart forstå hvem den uhyrlige fuglen er»
"You will see what devours your people every evening"
«Du skal se hva som fortærer folket ditt hver kveld»
"I tear off each limb of this bird"
«Jeg river av hver lem av denne fuglen»

"The corresponding limb of the man-eater will fall off"
«Den tilsvarende lemmen til menneskeeteren vil falle av»
The boy then tore off one leg of the bird in his hand.
Gutten rev så av det ene beinet av fuglen i hånden sin.
All assembled were astonished at what happened next.
Alle de forsamlede var forbløffet over hva som skjedde videre.
One of the legs of the queen fell off.
Et av dronningens ben falt av.
Then the boy squeezed the throat of the bird.
Så klemte gutten fuglens strupe.
And as he squeezed the bird, the queen gave up the ghost.
Og idet han klemte fuglen, ga dronningen opp ånden.
The boy then retold his history to the king.
Gutten gjenfortalte så historien sin til kongen.
"You used to have seven barren wives"
«Du pleide å ha sju ufruktbare koner»
"To treat their barrenness, you gave them each a mango"
«For å behandle deres ufruktbarhet ga du dem hver en mango»
"And each of your wives fell pregnant with a child"
«Og hver av konene deres ble gravide med et barn»
"However, you then married an eighth wife"
«Men så giftet du deg med en åttende kone»
"This wife ordered you to blind your other wives"
«Denne kona beordret deg til å blinde dine andre koner»
"And she ordered you to have your other wives killed"
«Og hun beordret deg til å drepe dine andre koner»
"Your minister blinded your seven wives"
«Presten din blindet dine syv koner»
"But he was too good hearted to kill your wives"
«Men han var for godhjertet til å drepe konene dine»
"Your seven wives were taken to a hiding place"
«Dine syv koner ble tatt med til et gjemmested»
"And in this hiding place they each gave birth"
«Og i dette gjemmestedet fødte de alle»
"But they were forced to eat their newly born children"
«Men de ble tvunget til å spise sine nyfødte barn»

"Only my mother did not let me be eaten"
«Bare moren min lot meg ikke bli spist»
"Instead, I was suckled by seven mothers"
«I stedet ble jeg ammet av sju mødre»
"And I grew up strong and capable"
«Og jeg vokste opp sterk og dyktig»
"Eventually I came to work in your palace"
«Til slutt kom jeg til å jobbe i palasset ditt»
"Your wife, my stepmother, sent me on a mission"
«Din kone, stemoren min, sendte meg på et oppdrag»
"She sent me to her mother for a medicine"
«Hun sendte meg til moren sin for å få medisin»
"However, her mother was a Rakshasi"
«Moren hennes var imidlertid en rakshasi»
"From her I found the secret of your wife's life"
«Fra henne fant jeg hemmeligheten bak din kones liv»
"And so I brought the bird that held your wife's life"
«Og så tok jeg med meg fuglen som holdt din kones liv»
The king had listened to the story his son told him.
Kongen hadde lyttet til historien sønnen hans fortalte ham.
The seven queens were brought back to the palace.
De sju dronningene ble brakt tilbake til palasset.
And their eyes were miraculously restored.
Og øynene deres ble mirakuløst gjenopprettet.
The boy that was suckled by seven mothers was crowned.
Gutten som ble ammet av syv mødre ble kronet.
And he was recognized by the king as his rightful heir.
Og han ble anerkjent av kongen som sin rettmessige arving.
And they lived together happily.
Og de levde lykkelig sammen.

The Story of Prince Sobur
Historien om prins Sobur

Once upon a time there lived a merchant.
Det var en gang en kjøpmann.
This merchant had seven daughters.
Denne kjøpmannen hadde sju døtre.
One day the merchant asked them a question.
En dag stilte kjøpmannen dem et spørsmål.
"From whose fortune do you live?"
«Hvem sin formue lever du av?»
The eldest daughter answered first.
Den eldste datteren svarte først.
"Papa, I live from your fortune"
«Pappa, jeg lever av din formue»
The second daughter gave the same answer.
Den andre datteren ga det samme svaret.
The same answer was given by the third daughter.
Det samme svaret ble gitt av den tredje datteren.
His fourth daughter also lived from his fortune.
Hans fjerde datter levde også av formuen hans.
His fifth daughter was no different.
Hans femte datter var ikke annerledes.
And his sixth daughter was like the rest.
Og hans sjette datter var som de andre.
But his youngest daughter surprised him.
Men hans yngste datter overrasket ham.
She had a very different answer.
Hun hadde et helt annet svar.
"I live from my own fortune"
«Jeg lever av min egen formue»
He did not like this answer.
Han likte ikke dette svaret.
Her answer made the merchant very angry.
Svaret hennes gjorde kjøpmannen svært sint.
"You are very ungrateful," he told her.
«Du er veldig utakknemlig», sa han til henne.

"See how well you do on your own"
«Se hvor bra du klarer deg på egenhånd»
"I am kicking you out of my house"
«Jeg kaster deg ut av huset mitt»
"You will not have a rupee in your pocket"
«Du vil ikke ha en rupi i lommen»
He called his palanquins to come.
Han kalte på palanquinene sine.
And he ordered them to take the girl away.
Og han beordret dem til å ta jenta bort.
"Leave her in the midst of a forest"
«Legg henne igjen midt i en skog»
The girl begged to be allowed one thing.
Jenta tryglet om å få lov til én ting.
"Please let me take my work-box"
«Vær så snill å la meg ta arbeidskassen min»
"In the box are my needles and threads"
«I esken er nålene og trådene mine»
Her father allowed her to take her box.
Faren hennes lot henne ta esken sin.
She got into the seat of the palanquins.
Hun satte seg på palanquinenes plass.
And the bearers lifted her up.
Og bærerne løftet henne opp.
And they put her onto their shoulders.
Og de la henne på skuldrene sine.
As the bearers ran they chanted.
Mens bærerne løp, sang de.
"Hoon! Hoon! Hoon! Hoon! Hoon!"
«Høy! Hoon! Hoon! Hoon! Hoon!»
But they didn't get very far.
Men de kom ikke særlig langt.
An old woman stood in their way.
En gammel kvinne sto i veien for dem.
She came up to the carriage.
Hun kom bort til vognen.
"Where are you taking my daughter?"

«Hvor tar du datteren min?»
She was the maid of the child.
Hun var barnets hushjelp.
"We have been given orders by the merchant"
«Vi har fått ordre fra kjøpmannen»
"He told us to take her away"
«Han ba oss ta henne bort»
"We will leave her in a forest"
«Vi lar henne ligge i en skog»
"We are going to do his bidding"
«Vi skal gjøre som han vil»
"I must go with her," said the old woman.
«Jeg må bli med henne», sa den gamle kvinnen.
But the bearers were not sure.
Men bærerne var ikke sikre.
Bearers run when they carry a sedan chair.
Bærere løper når de bærer en sedanstol.
"How will you be able to keep pace with us?"
«Hvordan skal dere klare å holde tritt med oss?»
The old woman was not deterred.
Den gamle kvinnen lot seg ikke avskrekke.
"It does not matter how I do it"
«Det spiller ingen rolle hvordan jeg gjør det »
"I must go where my daughter goes"
«Jeg må dra dit datteren min går»
The youngest daughter begged the bearers.
Den yngste datteren tryglet bærerne.
"Please carry my mother with me"
«Vær så snill å ta med meg moren min»
And the bearers gracefully agreed.
Og bærerne samtykket elegant.
They carried mother and child to the forest.
De bar mor og barn til skogen.
"Hoon! Hoon! Hoon! Hoon! Hoon!"
«Høy! Hoon! Hoon! Hoon! Hoon!»
In the afternoon they reached a dense forest.
Om ettermiddagen nådde de en tett skog.

They went deeper and deeper into the forest.
De gikk dypere og dypere inn i skogen.
Towards sunset they reached their goal.
Mot solnedgang nådde de målet sitt.
They stopped at the foot of an old tree.
De stoppet ved foten av et gammelt tre.
They lowered the girl and the old woman.
De senket jenta og den gamle kvinnen.
And they left them in the forest.
Og de forlot dem i skogen.
Then they retraced their steps home.
Så gikk de tilbake hjemover.

The merchant's youngest daughter looked around.
Kjøpmannens yngste datter så seg rundt.
You would not have wanted to be in her shoes.
Du ville ikke ha ønsket å være i hennes sko.
Her situation was truly pitiable.
Situasjonen hennes var virkelig ynkelig.
She was hardly fourteen years old.
Hun var knapt fjorten år gammel.
She had grown up in luxury.
Hun hadde vokst opp i luksus.
But now there was no luxury for her.
Men nå var det ingen luksus for henne.
She was in the heart of a dark forest.
Hun var midt i en mørk skog.
She had not a rupee in her pocket.
Hun hadde ikke en rupi i lommen.
And she had nothing for protection.
Og hun hadde ingenting å beskytte seg med.
Nothing except an old, decrepit, woman.
Ingenting annet enn en gammel, avfallen kvinne.
Even the trees of the forest pitied her.
Selv trærne i skogen syntes synd på henne.
The young girl and old woman sat together.
Den unge jenta og den gamle kvinnen satt sammen.

They were at the foot of an old tree.
De sto ved foten av et gammelt tre.
And together they cried over their situation.
Og sammen gråt de over situasjonen sin.
I should say this all happened long ago.
Jeg må si at alt dette skjedde for lenge siden.
In these times the trees could talk.
I disse tider kunne trærne snakke.
And the old tree spoke to the girl.
Og det gamle treet snakket til jenta.
"Unhappy women, I much pity you"
«Ulykkelige kvinner, jeg synes synd på dere»
"There are wild beasts in this forest"
«Det er ville dyr i denne skogen»
"Soon they will come out of their lairs"
«Snart kommer de ut av hulene sine»
"They will roam about for prey"
«De skal streife omkring etter bytte»
"And they are sure to devour you two"
«Og de kommer garantert til å fortære dere to»
"But I can help you, if you want"
«Men jeg kan hjelpe deg, hvis du vil»
"I will make an opening for you"
«Jeg skal lage en åpning for deg»
"When you see the opening, go into it"
«Når du ser åpningen, gå inn i den»
"And then I will close the opening up"
«Og så lukker jeg åpningen»
"As long as you are in me you'll be safe"
«Så lenge du er i meg, er du trygg»
"This way the wild beasts can't touch you"
«På denne måten kan ikke ville dyrene røre deg»
And then the tree split itself in two.
Og så delte treet seg i to.
The two women went inside the tree.
De to kvinnene gikk inn i treet.
And the old tree resumed its natural shape.

Og det gamle treet gjenvant sin naturlige form.

The shade of night darkened the forest.
Nattens skygge formørket skogen.
Everything the tree had said was true.
Alt treet hadde sagt var sant.
The wild beasts came out of their lairs.
Villdyrene kom ut av hulene sine.
The fierce tiger came out at night.
Den voldsomme tigeren kom ut om natten.
The wild bear left his lair.
Villbjørnen forlot hulen sin.
The rhinoceros roamed the forest.
Neshornet streifet rundt i skogen.
The bushy bear was there that night.
Buskbjørnen var der den natten.
The great elephant could be heard.
Den store elefanten kunne høres.
And there was the horned buffalo.
Og der var den hornede bøffelen.
They all growled as they circled the tree.
De knurret alle mens de gikk rundt treet.
They had gotten the scent of human blood.
De hadde fått lukten av menneskeblod.
They could hear the growls of the beasts.
De kunne høre dyrenes knurr.
The beasts came dashing against the tree.
Dyrene kom farende mot treet.
They broke the old tree's branches.
De brakk grenene på det gamle treet.
Their horns pierced the tree's trunk.
Hornene deres gjennomboret trestammen.
They scratched its bark with their claws.
De klødde i barken med klørne sine.
But all their efforts were in vain.
Men alle deres anstrengelser var forgjeves.
The girl and woman were safe in the tree.

Jenta og kvinnen var trygge i treet.
Towards dawn the wild beasts went away.
Mot daggry forsvant de ville dyrene.
After sunrise the good tree spoke again.
Etter soloppgang talte det gode treet igjen.
"The wild beasts have gone back"
«Villedyrene har vendt tilbake»
"They are in their lairs again"
«De er i sine huler igjen»
"But they did their best to torment me"
«Men de gjorde sitt beste for å plage meg»
"The sun has risen up again"
«Solen har stått opp igjen»
"So you can come out now"
«Så du kan komme ut nå»
The tree split itself into two again.
Treet delte seg i to igjen.
The girl and the old woman came out.
Jenta og den gamle kvinnen kom ut.
They saw the extent of the damage.
De så omfanget av skadene.
The tree's branches had been broken off.
Treets grener var blitt brukket av.
The tree's trunk had been pierced.
Trestammen hadde blitt gjennomboret.
The bark had been stripped off.
Barken var blitt strippet av.
"Good mother, we thank you"
«Gode mor, vi takker deg»
"You have been very kind to us"
«Dere har vært veldig snille mot oss»
"You gave us shelter from the beasts"
«Du ga oss ly fra dyrene»
"But it was at a great cost to yourself"
«Men det kostet deg mye»
"You have many wounds from the wilds beasts"
«Du har mange sår fra ville dyr»

"You must be in great pain?"
«Du må ha store smerter?»
Close by there was a flowing river.
Like ved rant en elv.
The young girl went to the river bank.
Den unge jenta gikk til elvebredden.
At the bank of the river she found mud.
Ved elvebredden fant hun gjørme.
She covered the tree with the mud.
Hun dekket treet med gjørme.
She especially covered the damaged parts.
Hun dekket spesielt de skadede delene.
The tree thanked her for the treatment.
Treet takket henne for behandlingen.
"My good girl, I thank you"
«Min gode jente, jeg takker deg»
"I am greatly relieved of my pain"
«Jeg er veldig lettet fra smertene mine»
"I am, however, more concerned for you"
«Jeg er imidlertid mer bekymret for deg»
"You must be hungry"
«Du må være sulten»
"You have not eaten since yesterday"
«Du har ikke spist siden i går»
"But what can I give you?"
«Men hva kan jeg gi deg?»
"I have no fruit of my own"
«Jeg har ingen egen frukt»
"But I do have some advice"
«Men jeg har noen råd»
"Give the old woman whatever money you have"
«Gi den gamle damen alle pengene du har»
"Let her go into the city"
«La henne gå inn i byen»
"In the city she can buy some food"
«I byen kan hun kjøpe litt mat»
They explained their situation to the tree.

De forklarte situasjonen sin for treet.
"We have been sent out with no money"
«Vi har blitt sendt ut uten penger »
But she searched through her work-box anyway.
Men hun lette likevel gjennom arbeidskassen sin.
And in the box she found five cowries.
Og i esken fant hun fem kaurier.
The tree continued to give its advice.
Treet fortsatte å gi sine råd.
"Go with your cowries to the city"
«Gå med kauriene dine til byen»
"Use the cowries to buy some fried rice"
"Bruk cowriene til å kjøpe stekt ris"
So the old woman went to the city.
Så dro den gamle kvinnen til byen.
Fortunately the city was not far away.
Heldigvis var ikke byen langt unna.
She went to the first shopkeeper she found.
Hun gikk til den første butikkeieren hun fant.
"Please give me five cowries worth of rice"
«Vær så snill å gi meg ris til en verdi av fem cowries»
The shopkeeper laughed at her.
Butikkinnehaveren lo av henne.
"Where can rice be had for five cowries?"
«Hvor kan man få tak i ris til fem cowries?»
"Be off, you old hag," he told her.
«Gå av gårde, din gamle hekse», sa han til henne.
So she tried to barter at another shop.
Så prøvde hun å bytte i en annen butikk.
This shopkeeper could see her distress.
Denne butikkeieren kunne se hennes fortvilelse.
And the shopkeeper took pity on her.
Og butikkeieren syntes synd på henne.
She gave her a large quantity of rice.
Hun ga henne en stor mengde ris.
The old woman returned with the rice.
Den gamle kvinnen kom tilbake med risen.

And the tree gave further instructions.
Og treet ga ytterligere instruksjoner.
"Eat less than half of the rice"
«Spis mindre enn halvparten av risen»
"Go to the embankments of the river bank"
"Gå til elvebreddens voller"
"Cast the remaining rice on the river bank"
"Kast resten av risen på elvebredden"
They did not understand the sense of it.
De forsto ikke meningen med det.
"Why sow the riverbank with rice?"
«Hvorfor sår elvebredden med ris?»
But they did as they were advised.
Men de gjorde som de ble rådet til.
And they threw their rice onto the ground.
Og de kastet risen sin på bakken.

They spent the day lamenting their fate.
De tilbrakte dagen med å beklage sin skjebne.
Just as before the beasts came out at night.
Akkurat som før kom dyrene ut om natten.
The tree housed them inside of its trunk again.
Treet huset dem inne i stammen sin igjen.
Again they mutilated and tortured the tree.
Igjen lemlestet og torturerte de treet.
But that night something else happened.
Men den kvelden skjedde det noe annet.
The women only saw it the next day.
Kvinnene så det først dagen etter.
The rice had attracted hundreds of peacocks.
Risen hadde tiltrukket seg hundrevis av påfugler.
The peacocks competed for the rice.
Påfuglene konkurrerte om risen.
And their feathers fell on the floor.
Og fjærene deres falt på gulvet.
The tree had known what would happen.
Treet visste hva som ville skje.

And the tree advised them what to do next.
Og treet ga dem råd om hva de skulle gjøre videre.
"Go back to the bank of the river"
"Gå tilbake til elvebredden"
"Go to where you cast the rice"
«Gå dit du kastet risen»
"There you will see many feathers"
«Der vil du se mange fjær»
"Collect all the feathers you can find"
«Samle alle fjærene du kan finne»
"Use the feathers to make a beautiful fan"
«Bruk fjærene til å lage en vakker vifte»
"And take the feather-fan to the city"
«Og ta fjærviften med til byen»
The two women did as they were advised.
De to kvinnene gjorde som de ble rådet til.
It was good the girl had taken her work-box.
Det var bra at jenta hadde tatt arbeidsskrinet sitt.
In her work-box was some string.
I arbeidsskrinet hennes lå det litt hyssing.
The tied the feathers together.
De bandt fjærene sammen.
And she had made a fan from the feathers.
Og hun hadde laget en vifte av fjærene.
She took the feather fan to the city.
Hun tok fjærviften med til byen.
The son of the king happened to be there.
Kongens sønn var tilfeldigvis der.
He admired the feathers greatly.
Han beundret fjærene sterkt.
He paid a large sum of money for the feathers.
Han betalte en stor sum penger for fjærene.
Each morning a quantity of feathers was collected.
Hver morgen ble det samlet en mengde fjær.
And each day a feather fan was made and sold.
Og hver dag ble det laget og solgt en fjærvifte.
Within a short time the two women got rich.

I løpet av kort tid ble de to kvinnene rike.
The tree then advised them to build a house.
Treet rådet dem så til å bygge et hus.
"Employ men to burn bricks for you"
«Ansett menn til å brenne murstein for deg»
"Get them to cut beams and rafters"
«Få dem til å kutte bjelker og sperrer»
"Make them plaster the walls with lime"
«Få dem til å kalke veggene»
In a few months a stately house was built.
På få måneder ble et herskapelig hus bygget.
The tree was pleased for the women.
Treet var fornøyd på kvinnenes vegne.
"You should add a garden to your house"
«Du burde legge til en hage ved huset ditt»
"And you want to be able to store water"
«Og du vil kunne lagre vann»
"Dig a water tank in your garden"
«Grav en vanntank i hagen din»

The girl had not had much time.
Jenta hadde ikke hatt mye tid.
So she didn't think of her family.
Så hun tenkte ikke på familien sin.
The merchant's luck had taken a turn.
Kjøpmannens flaks hadde tatt en vending.
The goddess of wealth frowned upon him.
Rikdommens gudinne rynket pannen mot ham.
He was struck by a sudden misfortune.
Han ble rammet av en plutselig ulykke.
All at once he lost all of his money.
Plutselig mistet han alle pengene sine.
He was forced to sell his house.
Han ble tvunget til å selge huset sitt.
But he made a great loss on the property.
Men han tapte mye på eiendommen.
He and his family were left penniless.

Han og familien hans ble stående uten penger.
So they were forced to live elsewhere.
Så de ble tvunget til å bo andre steder.
They happened to move to a nearby village.
De flyttet tilfeldigvis til en landsby i nærheten.
The palace was not far from their new house.
Palasset var ikke langt fra deres nye hus.
But the merchant was not rich anymore.
Men kjøpmannen var ikke lenger rik.
And he still had to support his family.
Og han måtte fortsatt forsørge familien sin.
He had been reduced to doing manual labor.
Han hadde blitt redusert til å utføre manuelt arbeid.
He applied for the job at the palace.
Han søkte på jobben ved slottet.
He was going to dig the hole for the water.
Han skulle grave hullet etter vannet.
His wife also offered to work with him.
Kona hans tilbød seg også å jobbe med ham.
But they got there too late to work.
Men de kom dit for sent til å jobbe.
The water tank had already been finished.
Vanntanken var allerede ferdig.
And they did not know whose house it was.
Og de visste ikke hvem sitt hus det var.
The merchant's daughter was looking out the window.
Kjøpmannens datter kikket ut av vinduet.
She happened to see her parents in the garden.
Hun så tilfeldigvis foreldrene sine i hagen.
She could see the rags they were wearing.
Hun kunne se fillene de hadde på seg.
Her eyes filled with tears at the sight.
Øynene hennes fyltes med tårer ved synet.
She could not believe what she saw.
Hun kunne ikke tro det hun så.
Her parents had come to her for work.

Foreldrene hennes hadde kommet til henne på grunn av arbeid.
She immediately called her servants.
Hun tilkalte straks tjenerne sine.
"Outside in the garden are my parents"
«Ute i hagen er foreldrene mine»
"Please offer them these fine clothes"
«Vær så snill å tilby dem disse fine klærne»
"And ask them to come into the palace"
«Og be dem om å komme inn i palasset»
Her servants did as they were told.
Tjenerne hennes gjorde som de fikk beskjed om.
But her parents were frightened beyond measure.
Men foreldrene hennes var fryktelig redde.
They had seen that the tank was finished.
De hadde sett at tanken var ferdig.
There used to be a strange tradition.
Det var en merkelig tradisjon før.
In those days human sacrifices were offered.
På den tiden ble det ofret menneskeofringer.
One of those occasions was after digging a pool.
En av disse anledningene var etter å ha gravd et basseng.
You can imagine her parents' fear.
Du kan tenke deg foreldrenes frykt.
They had come to dig the water tank.
De hadde kommet for å grave vanntanken.
But now servants were calling them.
Men nå kalte tjenerne på dem.
They thought they going to be sacrificed.
De trodde de skulle bli ofret.
"Throw away your rags" they said.
«Kast fillene deres», sa de.
"Here, wear these fine clothes"
«Her, ta på deg disse fine klærne»
And their fears increased even more.
Og frykten deres økte enda mer.
But they did not have to fear for long.

Men de trengte ikke å frykte lenge.
Their rich daughter came out to meet them.
Deres rike datter kom ut for å møte dem.
She hugged and kissed her parents.
Hun klemte og kysset foreldrene sine.
And she told them everything that had happened.
Og hun fortalte dem alt som hadde skjedd.
The father felt that she had been right.
Faren følte at hun hadde hatt rett.
"You do live from your own fortune"
«Du lever av din egen formue»
The daughter did not blame her father.
Datteren klandret ikke faren sin.
And she gave him a large fortune.
Og hun ga ham en stor formue.
With the money he moved back to the city.
Med pengene flyttet han tilbake til byen.
Soon he became a merchant again.
Snart ble han kjøpmann igjen.
And he went to distant countries for trade.
Og han dro til fjerne land for å handle.

One day he got ready for another business venture.
En dag gjorde han seg klar for et nytt forretningsforetak.
But that day something strange happened.
Men den dagen skjedde det noe merkelig.
The ship was ready to leave the port.
Skipet var klart til å forlate havnen.
But for some reason the ship did not move.
Men av en eller annen grunn beveget ikke skipet seg.
No one could explain what was happening.
Ingen kunne forklare hva som skjedde.
But the merchant had an idea.
Men kjøpmannen hadde en idé.
"Perhaps my daughters would like presents"
«Kanskje døtrene mine vil ha gaver»
"I need to ask them what they would like"

«Jeg må spørre dem hva de ønsker seg»
He went to see his daughters.
Han dro for å se døtrene sine.
He asked them what they would like.
Han spurte dem hva de ville ha.
And he promised to bring them presents.
Og han lovet å gi dem gaver.
But the ship would still not move.
Men skipet ville fortsatt ikke bevege seg.
He had not asked all his daughters.
Han hadde ikke spurt alle døtrene sine.
His youngest daughter was not there.
Hans yngste datter var ikke der.
She was living in a different city.
Hun bodde i en annen by.
So he ordered his servants go to her palace.
Så beordret han tjenerne sine å dra til palasset hennes.
The messenger came at the wrong time.
Budbringeren kom til feil tid.
The young girl was engaged in devotions.
Den unge jenta var opptatt med andakter.
But the messenger asked her anyway.
Men budbringeren spurte henne likevel.
She just told him "sobur"
Hun sa nettopp «sobur» til ham.
The meaning of this was "wait"
Betydningen av dette var «vent»
But the messenger didn't know this.
Men budbringeren visste ikke dette.
He thought she wanted something called "sobur"
Han trodde hun ville ha noe som het «sobur».
So he went back to the city of the merchant.
Så dro han tilbake til kjøpmannens by.
And he delivered the message he received.
Og han leverte beskjeden han mottok.
"Your daughter wants something called 'sobur'"
«Datteren din vil ha noe som heter 'sobur'»

This time the ship could move again.
Denne gangen kunne skipet bevege seg igjen.
So the merchant started on his travels.
Så startet kjøpmannen på reisene sine.
He visited many ports on his journey.
Han besøkte mange havner på reisen sin.
And he made good profits from his trades.
Og han tjente gode penger på handelen sin.
Finding the presents was not difficult.
Det var ikke vanskelig å finne gavene.
He found everything his oldest daughters wanted.
Han fant alt de eldste døtrene hans ønsket seg.
But his youngest daughter's wish was difficult.
Men hans yngste datters ønske var vanskelig.
He could not find the thing called "sobur"
Han kunne ikke finne tingen som heter «sobur».
He asked at every port he came to.
Han spurte i hver havn han kom til.
"Do you have something called 'sobur'?"
«Har du noe som heter «sobur»?»
But the merchants all shook their heads.
Men alle kjøpmennene ristet på hodet.
"We've never heard of 'sobur'"
«Vi har aldri hørt om «sobur»»
His voyage had almost come to its end.
Reisen hans var nesten over.
He was soon going to head back home.
Han skulle snart dra hjem igjen.
But he wanted "sobur" for his daughter.
Men han ville ha «sobur» til datteren sin.
So he went calling through the streets.
Så han ringte gjennom gatene.
"Sobur, does anyone have sobur?!"
«Sobur, er det noen som har sobur?!»
The son of the King was in his castle.
Kongens sønn var på slottet sitt.
He happened to be looking out the window.

Han kikket tilfeldigvis ut av vinduet.
And the calls attracted his attention.
Og samtalene tiltrakk seg oppmerksomheten hans.
Because his name happened to be Sobur.
Fordi navnet hans tilfeldigvis var Sobur.
He came to the merchant to speak with him.
Han kom til kjøpmannen for å snakke med ham.
"I have the Sobur that you want"
«Jeg har den soburen du vil ha»
"Take this box, but be careful with it"
«Ta denne esken, men vær forsiktig med den»
"In the box is a magical feather fan and mirror"
«I esken er det en magisk fjærvifte og et speil»
"This is the Sobur your daughter wishes for"
«Dette er Sobur-en datteren din ønsker seg»
The merchant thanked the prince for the box.
Kjøpmannen takket prinsen for esken.
And he returned back to his country.
Og han vendte tilbake til landet sitt.

He gave the box to his daughter.
Han ga esken til datteren sin.
But the daughter didn't think about it.
Men datteren tenkte ikke over det.
She thought it was just a common box.
Hun trodde det bare var en vanlig boks.
She had forgotten about the messenger.
Hun hadde glemt budbringeren.
But one day she decided to open the box.
Men en dag bestemte hun seg for å åpne esken.
Inside the box she found a beautiful fan.
Inne i esken fant hun en vakker vifte.
In the feather fan there was a beautiful mirror.
I fjærviften var det et vakkert speil.
She waved the feather fan to cool herself.
Hun viftet med fjærviften for å kjøle seg ned.
And Prince Sobur appeared before her.

Og prins Sobur dukket opp foran henne.
"You called me, so here I am," he said.
«Du ringte meg, så her er jeg», sa han.
"What is it you wish for?" he asked.
«Hva er det du ønsker deg?» spurte han.
She was astonished at what she saw.
Hun var forbløffet over det hun så.
A handsome prince had suddenly appeared!
En kjekk prins hadde plutselig dukket opp!
"Who are you?" she asked the prince.
«Hvem er du?» spurte hun prinsen.
"And how did you suddenly appear?"
«Og hvordan dukket du plutselig opp?»
The prince explained what had happened.
Prinsen forklarte hva som hadde skjedd.
"Your father was looking for 'sobur'"
«Faren din lette etter 'sobur'»
"I am prince Sobur," he explained.
«Jeg er prins Sobur», forklarte han.
"I gave your father a box"
«Jeg ga faren din en eske»
"In this box there is a feather fan and mirror"
«I denne esken er det en fjærvifte og et speil»
"When you shake the feather fan I will appear"
«Når du rister på fjærviften, vil jeg dukke opp»
She asked the prince to stay as a guest.
Hun ba prinsen om å bli som gjest.
And for two days the prince stayed with her.
Og i to dager ble prinsen hos henne.
And she entertained him in her palace.
Og hun underholdt ham i palasset sitt.
During that time the two fell in love.
I løpet av den tiden ble de to forelsket.
They made their vows to each.
De avla sine løfter til hver av dem.
And they became husband and wife.
Og de ble mann og kone.

After this the prince returned to his father.
Etter dette vendte prinsen tilbake til faren sin.
He told him that he had selected a wife.
Han fortalte ham at han hadde valgt seg en kone.
The day for the wedding was decided.
Dagen for bryllupet var bestemt.
All the family was invited.
Hele familien var invitert.
And they had a beautiful wedding.
Og de hadde et vakkert bryllup.

But there was a death in the marriage bed.
Men det skjedde et dødsfall i ektesengen.
The six daughters of the merchant were envious.
Kjøpmannens seks døtre var misunnelige.
They were jealous of their sister's success.
De var misunnelige på søsterens suksess.
So they decided to destroy her happiness.
Så bestemte de seg for å ødelegge lykken hennes.
They broke several glass bottles.
De knuste flere glassflasker.
And they ground the glass into fine powder.
Og de malte glasset til fint pulver.
Then they scattered the powder on the bed.
Så strødde de pulveret på sengen.
The prince suspected no danger.
Prinsen mistenkte ingen fare.
He laid himself down in the bed.
Han la seg ned i sengen.
Soon he felt an acute pain.
Snart kjente han en akutt smerte.
All of his whole body ached.
Hele kroppen hans verket.
The powder had gone through his skin.
Pulveret hadde gått gjennom huden hans.
The prince became restless through pain.
Prinsen ble rastløs av smerte.

And he started to kick and scream.

Og han begynte å sparke og skrike.

He was taken away to his own country.

Han ble ført bort til sitt eget land.

The king and queen were very worried.

Kongen og dronningen var svært bekymret.

They consulted all the kingdom's physicians.

De rådførte seg med alle rikets leger.

But their efforts were in vain.

Men innsatsen deres var forgjeves.

Day and night the young prince was screaming.

Dag og natt skrek den unge prinsen.

No one could ascertain the disease.

Ingen kunne fastslå sykdommen.

So they had no way of knowing the remedy.

Så de hadde ingen mulighet til å vite løsningen.

You can imagine the grief of his wife.

Du kan forestille deg konas sorg.

The marriage knot had only just been tied.

Ekteskapet hadde nettopp blitt knyttet.

She thought a terrible disease had attacked him.

Hun trodde en forferdelig sykdom hadde angrepet ham.

Then he was carried hundreds of miles away.

Så ble han båret hundrevis av kilometer bort.

She had never been to his country.

Hun hadde aldri vært i landet hans.

But she was determined to go there.

Men hun var fast bestemt på å dra dit.

And she was determined to nurse him better.

Og hun var fast bestemt på å pleie ham bedre.

She put on the garb of a Sannyasi.

Hun tok på seg en sannyasi-drakt.

And she carried a dagger in her hand.

Og hun bar en dolk i hånden.

And then she set out on her journey.

Og så la hun ut på reisen sin.

The princess was still relatively young.
Prinsessen var fortsatt relativt ung.
She was unaccustomed to long journeys.
Hun var uvant med lange reiser.
And she wasn't used to walking so far.
Og hun var ikke vant til å gå så langt.
She soon got weary of walking.
Hun ble snart lei av å gå.
So she sat under a tree to rest.
Så satte hun seg under et tre for å hvile.
On the top of the tree there was a nest.
På toppen av treet var det et rede.
It was the nest of two divine birds.
Det var reiret til to guddommelige fugler.
Bihangami and Bihangama lived here.
Bihangami og Bihangama bodde her.
They were not in their nest at the time.
De var ikke i reiret sitt på den tiden.
But two of their chicks were in the nest.
Men to av ungene deres var i reiret.
Suddenly the chicks gave a scream.
Plutselig skrek kyllingene.
This roused the half-drowsy princess.
Dette vekket den halvt døsige prinsessen.
The little birds had seen huge serpent.
De små fuglene hadde sett en enorm slange.
The snake was about to climb the tree.
Slangen var i ferd med å klatre opp i treet.
This would have been the end of the birds.
Dette ville ha vært slutten for fuglene.
But the Sannyasi took out her dagger.
Men sannyasien tok frem dolken sin.
And she cut the serpent in two.
Og hun hogg slangen i to.
Of course even this frightened the young birds.
Selvfølgelig skremte selv dette de unge fuglene.
And they flew from the nest screaming.

Og de fløy skrikende fra reiret.
Bihangama and Bihangami were on their way back.
Bihangama og Bihangami var på vei tilbake.
They came sailing through the air.
De kom seilende gjennom luften.
They thought they already knew what had happened.
De trodde de allerede visste hva som hadde skjedd.
"I don't expect to see our children"
«Jeg forventer ikke å se barna våre»
"The nest will be empty again"
«Reiret vil bli tomt igjen»
"All our previous children were eaten"
«Alle våre tidligere barn ble spist»
"They were eaten by our great enemy the serpent"
«De ble spist av vår store fiende, slangen»
"They will have met the same fate"
«De vil ha møtt samme skjebne»
"I do not hear the cries of my young ones"
«Jeg hører ikke gråten til de små»
The two birds got to their nest.
De to fuglene kom seg til reiret sitt.
And as predicted, the nest was empty.
Og som forutsagt, var reiret tomt.
This seemed to confirm their suspicions.
Dette så ut til å bekrefte mistankene deres.
But soon the young birds returned.
Men snart kom de unge fuglene tilbake.
The divine birds were pleasantly surprised.
De guddommelige fuglene ble positivt overrasket.
The young birds told them what had happened.
De unge fuglene fortalte dem hva som hadde skjedd.
"There was a young Sannyasi under the tree"
«Det var en ung sannyasi under treet»
"He destroyed the serpent"
«Han ødela slangen»
"He cut the snake in two with his dagger"
«Han hogg slangen i to med dolken sin»

The parents went to foot of the tree.
Foreldrene gikk til foten av treet.
Two halves of the snake were still there.
To halvdeler av slangen var fortsatt der.
"The young Sannyasi has saved our offspring"
«Den unge Sannyasi har reddet avkommet vårt»
"I wish we could do him some service in return"
«Jeg skulle ønske vi kunne gjøre ham en tjeneste tilbake»
The divine bird Bihangama replied.
Den guddommelige fuglen Bihangama svarte.
"We shall do our service to HER"
«Vi skal gjøre HENNE vår tjeneste»
"The Sannyasi under the tree is not a man"
«Sannyasi under treet er ikke en mann»
"The Sannyasi under the tree is a woman"
«Sannyasien under treet er en kvinne»
"Last night she got married to Prince Sobur"
«I går kveld giftet hun seg med prins Sobur»
"Shortly after their marriage he was poisoned"
«Kort tid etter at de giftet seg, ble han forgiftet»
"His skin was pierced with small shards of glass"
«Huden hans var gjennomboret av små glasskår»
"His sisters-in-law envied his wife"
«Svigersøstrene hans misunnet kona hans»
"Her sisters spread the powder over the bed"
«Søstrene hennes spredte pulveret utover sengen»
"He is still suffering from his pain"
«Han lider fortsatt av smertene sine»
"But he is in his native land"
«Men han er i hjemlandet sitt»
"And now he is at the point of death"
«Og nå er han på dødens rand»
"Beneath the tree is his heroic bride"
«Under treet er hans heroiske brud»
"She is wearing the garb of a Sannyasi"
«Hun har på seg en sannyasi-drakt»
"And she is going to nurse him"

«Og hun skal amme ham»
The Bihangami asked the Bihangama.
Bihangami spurte Bihangama.
"Is there no cure for the prince?"
«Finnes det ingen kur for prinsen?»
"Yes, there is a cure" replied the Bihangama.
«Ja, det finnes en kur», svarte Bihangama.
"There is hardened dung lying on the ground"
«Det ligger hardnet møkk på bakken»
"She must take this hardened dung"
«Hun må ta denne stivnede møkka»
"Then she must reduce the dung to powder"
«Så må hun knuse møkka til pulver»
"And then she must bathe the prince"
«Og så må hun bade prinsen»
"She must bathe him in seven jars of water"
«Hun skal bade ham i sju vannkrukker»
"Then she must bathe him in seven jars of milk"
«Så skal hun bade ham i sju krukker med melk »
"Then she must apply the powder to his body"
«Så må hun påføre pulveret på kroppen hans»
"After this Prince Sobur will get well"
«Etter dette vil prins Sobur bli frisk.»
"I have no doubts about this remedy"
«Jeg er ikke i tvil om dette middelet»
The Bihangami saw a problem though.
Bihangami så imidlertid et problem.
"The princess is but a young girl"
«Prinsessen er bare en ung jente»
"She cannot walk such a distance"
«Hun kan ikke gå så langt»
"The journey would take her many days"
«Reisen ville ta henne mange dager»
"By that time the poor prince will have died"
«Innen den tid vil den stakkars prinsen ha dødd»
"I can," replied the Bihangama.
«Jeg kan», svarte Bihangamaen.

"I will take the young lady on my back"
«Jeg skal ta den unge damen på ryggen min»
"I will fly her to Prince Sobur's city"
«Jeg skal fly henne til Prins Soburs by»
"If she takes no presents, I will fly her back"
«Hvis hun ikke tar imot gaver, flyr jeg henne tilbake»
The merchant's daughter heard this conversation.
Kjøpmannens datter hørte denne samtalen.
She begged the Bihangama to take her on his back.
Hun tryglet Bihangama om å ta henne på ryggen.
And of course the bird willingly consented.
Og fuglen samtykket selvfølgelig villig.
First she gathered some of the bird's dung.
Først samlet hun litt av fuglemøkk.
And then she reduced the dung to fine powder.
Og så knuste hun møkka til fint pulver.
She was armed with this potent medicine.
Hun var bevæpnet med denne kraftige medisinen.
And she got on the back of the kind bird.
Og hun kom seg opp på ryggen til den snille fuglen.

The Bihangama flew as fast as lightning.
Bihangama fløy like fort som lynet.
They soon reached Prince Sobur's city.
De nådde snart prins Soburs by.
The young Sannyasi went up to the palace.
Den unge Sannyasi gikk opp til palasset.
And she spoke to the guards at the gate.
Og hun snakket med vaktene ved porten.
"Send word to the king that I have a medicine"
«Send beskjed til kongen om at jeg har medisin»
"This medicine will save the prince's life"
«Denne medisinen vil redde prinsens liv»
"Within hours I will have cured the prince"
«Innen noen timer vil jeg ha kurert prinsen»
The king had tried all the best doctors.
Kongen hadde prøvd alle de beste legene.

But no doctor had been able to cure his son.
Men ingen lege hadde klart å kurere sønnen hans.
So he didn't believe the Sannyasi's words.
Så han trodde ikke på sannyasienes ord.
But his councilors advised him otherwise.
Men rådgiverne hans rådet ham til noe annet.
The Sannyasi ordered for seven jars of water.
Sannyasien bestilte sju krukker med vann.
And seven jars of milk were ordered.
Og sju glass med melk ble bestilt.
He poured a jar of water on the prince.
Han helte en krukke med vann over prinsen.
And he poured a jar of milk on the prince.
Og han helte en krukke med melk over prinsen.
He had a feather from the divine bird.
Han hadde en fjær fra den guddommelige fuglen.
And he used the feather to apply the powder.
Og han brukte fjæren til å påføre pudderet.
All of the prince's body was covered.
Hele prinsens kropp var tildekket.
This was repeated another six times.
Dette ble gjentatt ytterligere seks ganger.
The last treatment did the magic.
Den siste behandlingen gjorde magien.
The prince started to feel well again.
Prinsen begynte å føle seg bra igjen.
The king was happier than words can describe.
Kongen var lykkeligere enn ord kan beskrive.
"Give the Sannyasi the finest treasures"
«Gi sannyasiene de fineste skattene»
But the Sannyasi refused to take presents.
Men sannyasi nektet å ta imot gaver.
"Let me have the ring on the prince's finger"
«La meg få ringen på prinsens finger»
The king and the prince were happy.
Kongen og prinsen var lykkelige.
And they gave him what he wanted.

Og de ga ham det han ville ha.
The merchant's daughter hastened back.
Kjøpmannens datter skyndte seg tilbake.
The Bihangama was waiting at the sea-shore.
Bihangama ventet ved kysten.
They reached the tree of the divine birds.
De nådde de guddommelige fuglenes tre.
The young bride walked back to her palace.
Den unge bruden gikk tilbake til palasset sitt.

The following day she shook the magical feather fan.
Dagen etter ristet hun den magiske fjærviften.
Just as before, her husband appeared.
Akkurat som før dukket mannen hennes opp.
Of course he was happy to see his wife.
Selvfølgelig var han glad for å se kona si.
But he was infinitely surprised.
Men han ble uendelig overrasket.
She had his ring on her finger.
Hun hadde ringen hans på fingeren.
His own wife was his doctor.
Hans egen kone var legen hans.
It was his wife that had cured him!
Det var kona hans som hadde kurert ham!
The prince took his bride to his palace.
Prinsen tok bruden sin med til palasset sitt.
He forgave his sisters-in-law.
Han tilga svigerinnene sine.
They lived happily for many years.
De levde lykkelig i mange år.
And they were blessed with children.
Og de var velsignet med barn.

The Origins of Opium
Opiumets opprinnelse

Once upon on a time there lived a Rishi.
Det var en gang en Rishi.
He lived on the banks of the holy Ganges.
Han bodde ved bredden av den hellige Ganges.
This Rishi was a very religious man.
Denne Rishi var en svært religiøs mann.
He spent his days performing religious rites.
Han tilbrakte dagene sine med å utføre religiøse ritualer.
From sunrise to sunset he sat on the river bank.
Fra soloppgang til solnedgang satt han ved elvebredden.
For the whole time he sat engaged in devotion.
Hele tiden satt han opptatt med andakt.
At night he took shelter in his hut.
Om natten søkte han ly i hytta si.
His hut was made from palm-leaves.
Hytta hans var laget av palmeblader.
The palms he had grown from saplings.
Palmene han hadde dyrket frem fra småtrær.
There was no one around for miles.
Det var ingen i nærheten på flere kilometer.
However, in the hut there was a mouse.
Men i hytta var det en mus.
She lived from what the Rishi left for her.
Hun levde av det Rishi etterlot seg til henne.
The Rishi was a kind-hearted man.
Rishi var en godhjertet mann.
He would not hurt any living thing.
Han ville ikke skade noen levende vesener.
So our mouse never ran away from him.
Så musen vår løp aldri fra ham.
In fact, our mouse went to him.
Faktisk gikk musen vår bort til ham.
She touched his feet when he was sitting.
Hun berørte føttene hans mens han satt.

And she enjoyed playing with him.
Og hun likte å leke med ham.
The Rishi also liked the little mouse.
Rishien likte også den lille musen.
So he wanted to be kind to her.
Så han ville være snill mot henne.
And he wanted someone to talk to.
Og han ville ha noen å snakke med.
So he gave her the power of speech.
Så ga han henne taleevnen.

One night the mouse stood up.
En natt reiste musen seg opp.
She got onto her hind legs.
Hun kom seg opp på bakbeina.
And she stood in front of the Rishi.
Og hun sto foran Rishi.
And she put her front paws together.
Og hun satte forlabbene sammen.
"Holy Sage, you have been kind to me"
«Hellige vismann, du har vært snill mot meg»
"And you have given me human language"
«Og du har gitt meg menneskelig språk»
"I hope it doesn't displease your reverence"
«Jeg håper det ikke mishager din ærbødighet»
"But I have one more boon to ask"
«Men jeg har én velsignelse til å be om»
The Rishi listened to his mouse.
Rishien lyttet til musen sin.
"What is it?" asked the Rishi.
«Hva er det?» spurte Rishien.
"Say what you want, little mouse"
«Si hva du vil, lille mus»
The mouse answered the Rishi.
Musen svarte Rishi.
"By day your reverence goes to the river"
«Om dagen går din ærbødighet til elven »

"And there you practice your devotions"
«Og der praktiserer du din andakt»
"During this time a cat comes to the hut"
«I løpet av denne tiden kommer en katt til hytta»
"This cat has been trying to catch me"
«Denne katten har prøvd å fange meg»
"She still has some fear of your reverence"
«Hun har fortsatt en viss frykt for din ærbødighet»
"Otherwise she would have eaten me long ago"
«Ellers ville hun ha spist meg for lenge siden»
"But I fear the cat will eat me someday"
«Men jeg er redd katten vil spise meg en dag»
"So I have one prayer to ask of you"
«Så jeg har én bønn jeg vil be deg om»
"Please may I be changed into a cat!"
«Vær så snill, må jeg bli forvandlet til en katt!»
"Then I would be a match for my foe"
«Da ville jeg vært en match for fienden min»
The Rishi understood the mouse's plight.
Rishien forsto musens vanskelige situasjon.
He threw some holy water on the mouse.
Han kastet litt vievann på musen.
And the mouse instantly turned into a cat.
Og musen forvandlet seg umiddelbart til en katt.

She had lived as a cat for some days.
Hun hadde levd som en katt i noen dager.
One night she went to the Rishi again.
En kveld dro hun til Rishi igjen.
And the Rishi spoke to his pet.
Og Rishi snakket til kjæledyret sitt.
"Well, little kitty, how are you!"
"Vel, lille pus, hvordan har du det!"
"How do you like your present life!"
«Hvordan liker du livet ditt nå!»
The cat thought about what to say.
Katten tenkte på hva hun skulle si.

But she didn't have to say anything.
Men hun trengte ikke å si noe.
The Rishi could tell by her expression.
Rishien kunne se det på ansiktsuttrykket sitt.
"Why don't you like it?" asked the sage.
«Hvorfor liker du det ikke?» spurte vismannen.
"Are you not as strong as the other cats!"
«Er du ikke like sterk som de andre kattene!»
"Yes, I am strong enough," answered the cat.
«Ja, jeg er sterk nok», svarte katten.
"Your reverence has made me a strong cat"
«Din ærbødighet har gjort meg til en sterk katt»
"As strong as any cat in the world"
«Like sterk som en hvilken som helst katt i verden»
"Now I do not fear cats anymore"
«Nå er jeg ikke redd for katter lenger»
"But now I have got a new foe"
«Men nå har jeg fått en ny fiende»
"By day your reverence goes to the river"
«Om dagen går din ærbødighet til elven»
"During this time dogs come to the hut"
«I løpet av denne tiden kommer hundene til hytta»
"These dogs have been barking at me"
«Disse hundene har bjeffet på meg»
"And I have been frightened for my life"
«Og jeg har vært redd for livet mitt»
"So I have one more prayer to ask of you"
«Så jeg har én bønn til å be deg om»
"Please may I be changed into a dog!"
«Vær så snill, måtte jeg bli forvandlet til en hund!»
The Rishi understood the cat's plight.
Rishien forsto kattens vanskelige situasjon.
He threw some holy water on the cat.
Han helte litt vievann på katten.
And the cat instantly became a dog.
Og katten ble umiddelbart til en hund.

She lived as a dog for some days.
Hun levde som en hund i noen dager.
But one night she spoke to the Rishi.
Men en natt snakket hun med Rishi.
"I cannot thank your reverence enough"
«Jeg kan ikke takke din ærbødighet nok»
"You have been most kind to me"
«Du har vært utrolig snill mot meg»
"I was but a poor mouse"
«Jeg var bare en stakkars mus»
"You not only gave me speech"
«Du ga meg ikke bare tale»
"But you also turned me into a cat"
«Men du forvandlet meg også til en katt»
"And your kindness didn't end there"
«Og din godhet sluttet ikke der»
"Then you changed me into a dog"
«Så forvandlet du meg til en hund»
"As a dog, however, I suffer greatly"
«Som hund lider jeg imidlertid mye»
"I do not get enough to eat"
«Jeg får ikke nok å spise»
"My only food is what you leave me"
«Min eneste mat er det du gir meg»
"That was fine when I was a mouse"
«Det var greit da jeg var mus »
"But you have made me much larger"
«Men du har gjort meg mye større»
"And it is not enough to fill my mouth"
«Og det er ikke nok til å fylle munnen min»
"OH your reverence, how I envy those monkeys"
«Å, din ærverdighet, som jeg misunner de apene»
"They jump about from tree to tree"
«De hopper fra tre til tre»
"They eat all sorts of delicious fruits!"
«De spiser alle slags deilige frukter!»
"Please may reverence not get angry"

«Måtte ærbødigheten ikke bli sint»
"I pray to be changed into a monkey"
«Jeg ber om å bli forvandlet til en ape»
The sage was a very understanding man.
Vismannen var en svært forståelsesfull mann.
His heart was filled with patience.
Hjertet hans var fylt med tålmodighet.
He was happy to grant his pet's wish.
Han var glad for å oppfylle kjæledyrets ønske.
He threw some holy water on the dog.
Han helte litt vievann på hunden.
And the dog instantly became a monkey.
Og hunden ble umiddelbart en ape.

Our monkey was at first wild with joy.
Apen vår var først vill av glede.
She leaped from one tree to another.
Hun hoppet fra det ene treet til det andre.
She sucked every luscious fruit.
Hun sugde på alle de lekre fruktene.
But her joy was short-lived again.
Men gleden hennes varte igjen kort.
Summer had brought with it its drought.
Sommeren hadde brakt med seg sin tørke.
Monkeys find it hard to climb down.
Aper synes det er vanskelig å klatre ned.
So she couldn't drink from the river.
Så hun kunne ikke drikke fra elven.
She saw how the wild boars lived.
Hun så hvordan villsvinene levde.
All day they splashed in the water.
Hele dagen plasket de i vannet.
She envied their life now.
Hun misunnte livet deres nå.
"Oh how happy those wild boars are!"
«Å, så lykkelige de villsvinene er!»
"All day their bodies are cooled"

«Kroppene deres er avkjølt hele dagen»
"All day they are refreshed by water"
«De blir forfrisket av vann hele dagen»
"How I wish I were a wild boar"
«Så skulle jeg ønske jeg var et villsvin»
That night she went to the Rishi.
Den kvelden dro hun til Rishi.
She recounted her troubles to him.
Hun fortalte ham om problemene sine.
She told him all about the wild boars.
Hun fortalte ham alt om villsvinene.
"Oh how pleasant their lives must be"
«Å, så herlige livene deres må være»
And she begged to be changed again.
Og hun ba om å bli forandret igjen.
"I pray to be changed into a wild boar"
«Jeg ber om å bli forvandlet til et villsvin»
The sage's kindness knew no bounds.
Vismannens godhet kjente ingen grenser.
and he complied with his pet's request.
og han etterkom kjæledyrets forespørsel.
He threw some holy water on the monkey.
Han helte litt vievann på apen.
And the monkey instantly became a wild boar.
Og apen ble umiddelbart til et villsvin.

Our boar was now very content.
Villsvinet vårt var nå veldig fornøyd.
She kept her body soaking wet.
Hun holdt kroppen gjennomvåt.
Every day she went to the river.
Hver dag gikk hun til elven.
She splashed about in her favorite element.
Hun plasket rundt i sitt favorittelement.
But life is not safe for wild boars.
Men livet er ikke trygt for villsvin.
One day the king was out hunting.

En dag var kongen ute på jakt.
He was riding on an adorned elephant.
Han red på en utsmykket elefant.
Only by luck did our wild boar escape.
Bare ved flaks slapp villsvinet vårt unna.
She thought a lot about her experience.
Hun tenkte mye på opplevelsen sin.
She dwelt on the dangers of her life.
Hun dvelte ved farene i livet sitt.
And she envied the stately elephant.
Og hun misunnte den staselige elefanten.
The elephant was more fortunate than her.
Elefanten var mer heldig enn henne.
He got to carry the king on his back.
Han fikk bære kongen på ryggen.
Now she longed to be an elephant.
Nå lengtet hun etter å være en elefant.
And at night she besought the Rishi.
Og om natten bønnfalt hun Rishi.

Our elephant was roaming the wilderness.
Elefanten vår streifet rundt i villmarken.
On her adventures she saw the king.
På eventyrene sine så hun kongen.
Our elephant went towards the king's suite.
Elefanten vår gikk mot kongens suite.
She had every intention of being caught.
Hun hadde all intensjon om å bli tatt.
The king saw the elephant from a distance.
Kongen så elefanten på avstand.
He couldn't help but admire her beauty.
Han kunne ikke la være å beundre skjønnheten hennes.
He gave his orders to his servants.
Han ga sine ordre til tjenerne sine.
"Catch and tame this elephant"
«Fang og tem denne elefanten»
Our elephant was easily caught.

Elefanten vår ble lett fanget.
She was taken into the royal stables.
Hun ble tatt med inn i de kongelige stallene.
And she was tamed without any trouble.
Og hun ble temmet uten problemer.

One day the queen had a wish.
En dag hadde dronningen et ønske.
She wished to go to the holy Ganges.
Hun ønsket å dra til den hellige Ganges.
She wished to bathe in the holy waters.
Hun ønsket å bade i det hellige vannet.
The king wanted to accompany his wife.
Kongen ville følge sin kone.
So he made his orders to his servants.
Så ga han sine tjenere ordre.
"Bring us the newly caught elephant"
«Gi oss den nyfangede elefanten»
The king and queen mounted on her back.
Kongen og dronningen satte seg på ryggen hennes.
Our elephant had gotten her wish.
Elefanten vår hadde fått ønsket sitt oppfylt.
Well... she seemed to have gotten her wish.
Vel ... hun så ut til å ha fått ønsket sitt oppfylt.
The king had mounted on her back.
Kongen hadde steget opp på ryggen hennes.
But no, the elephant didn't get her wish.
Men nei, elefanten fikk ikke ønsket sitt oppfylt.
She looked upon herself as a lordly beast.
Hun så på seg selv som et herskapelig dyr.
She could not a woman riding on her back.
Hun kunne ikke ha en kvinne som satt på ryggen hennes.
It wasn't enough that she was a queen.
Det var ikke nok at hun var dronning.
She could not bear the idea of it.
Hun orket ikke tanken på det.
She felt she had been degraded.

Hun følte at hun hadde blitt degradert.
She jumped up as violently as elephants can.
Hun hoppet opp så voldsomt som elefanter kan.
Both the king and queen fell to the ground.
Både kongen og dronningen falt til bakken.
The king carefully picked up the queen.
Kongen løftet forsiktig opp dronningen.
He took the queen in his arms.
Han tok dronningen i armene sine.
He asked her whether she had been hurt.
Han spurte henne om hun hadde blitt skadet.
He wiped off the dust from her clothes.
Han tørket støvet av klærne hennes.
And he tenderly kissed her a hundred times.
Og han kysset henne ømt hundre ganger.
Our elephant witnessed the king's caresses.
Elefanten vår var vitne til kongens kjærtegn.
And she scampered off to the woods.
Og hun pilte av gårde til skogen.
She ran as fast as her legs could carry her.
Hun løp så fort beina hennes kunne bære henne.
As she ran, she thought within herself;
Mens hun løp, tenkte hun inni seg;
"I have experienced many different lives"
«Jeg har opplevd mange forskjellige liv»
"And I have experienced different happiness"
«Og jeg har opplevd en annen lykke»
"But those lives cannot be compared"
«Men disse livene kan ikke sammenlignes»
"A queen is the happiest creature of all"
«En dronning er den lykkeligste skapningen av alle»
"Of what infinite regard is she the object of!"
«Hvilken uendelig aktelse er hun gjenstand for!»
"The king lifted her off the ground"
«Kongen løftet henne opp fra bakken»
"And he carefully took her in his arms"
«Og han tok henne forsiktig i armene sine»

"He made many tender inquiries to her"
«Han stilte henne mange kjærlige spørsmål»
"And he wiped off the dust from her clothes"
«Og han tørket støvet av klærne hennes »
"And he kissed her a hundred times!"
«Og han kysset henne hundre ganger!»
"Oh, the happiness of being a queen!"
«Å, for en lykke det er å være dronning!»
"I must ask the Rishi to make me a queen!"
«Jeg må be Rishien om å gjøre meg til dronning!»

The sun was just about to set.
Solen var akkurat i ferd med å gå ned.
Our elephant made it back to the hut.
Elefanten vår kom seg tilbake til hytta.
The Rishi had just finished his devotions.
Rishien hadde nettopp fullført andakten sin.
She fell on the ground at his feet.
Hun falt ned på bakken for føttene hans.
She was still the little mouse.
Hun var fortsatt den lille musen.
And he was still the holy sage.
Og han var fortsatt den hellige vismannen.
"What's the news?" inquired the Rishi.
«Hva er nyhetene?» spurte Rishi.
"Why have you left the king's palace!"
«Hvorfor har du forlatt kongens palass!»
Our elephant thought about her words.
Elefanten vår tenkte over ordene sine.
"What shall I say to your reverence!"
«Hva skal jeg si til din ærbødighet!»
"You have been very kind to me"
«Du har vært veldig snill mot meg»
"You have granted every wish of mine"
«Du har oppfylt alle mine ønsker»
"I was a mouse and you gave me speech"
«Jeg var en mus, og du ga meg tale»

"But as a mouse my life was in danger"

«Men som en mus var livet mitt i fare»

"You saved me by turning me into a cat"

«Du reddet meg ved å gjøre meg om til en katt»

"But as a cat my life was no safer"

«Men som katt var ikke livet mitt tryggere»

"And you helped me become a dog"

«Og du hjalp meg å bli en hund»

"But as a dog I had not enough to eat"

«Men som hund hadde jeg ikke nok å spise»

"You provided for me again"

«Du forsørget meg igjen»

"And you turned my into a monkey"

«Og du forvandlet meg til en ape»

"I had all I could wish to eat"

«Jeg spiste alt jeg kunne ønske meg»

"But I had no way of cooling my body"

«Men jeg hadde ingen måte å kjøle ned kroppen min på»

"You helped me with this too"

«Du hjalp meg med dette også»

"And you turned me into a wild boar"

«Og du forvandlet meg til et villsvin»

"Wild boars have a comfortable life"

«Villsvin har et komfortabelt liv»

"But they don't live without danger"

«Men de lever ikke uten fare»

"And again you protected me"

«Og igjen beskyttet du meg»

"And you turned me into an elephant"

«Og du forvandlet meg til en elefant»

"Being an elephant has increased my bulk"

«Det å være en elefant har økt vekten min»

"But being an elephant has not increased my happiness"

«Men det å være en elefant har ikke økt lykken min»

"I have one more boon to ask of you"

«Jeg har én velsignelse til å be deg om»

"It will be the last boon I ask for"

«Det blir den siste velsignelsen jeg ber om»
"I see now who the happiest creature is"
«Jeg ser nå hvem den lykkeligste skapningen er»
"A queen is the happiest in the world"
«En dronning er den lykkeligste i verden»
"Holy father, please make me a queen"
«Hellige far, vær så snill å gjøre meg til dronning»
"Silly child," answered the Rishi.
«Dumme barn», svarte Rishi.
"How can I make you a queen!"
«Hvordan kan jeg gjøre deg til dronning!»
"Where can I get a kingdom for you!"
«Hvor kan jeg få tak i et kongerike til deg!»
"Where would I find a royal husband!"
«Hvor skulle jeg finne en kongelig ektemann!»
But the Rishi was still patient.
Men Rishi var fortsatt tålmodig.
"There is one thing I can do for you"
«Det er én ting jeg kan gjøre for deg»
"I can change you into a beautiful girl"
«Jeg kan forvandle deg til en vakker jente»
"You will be as beautiful as a queen"
«Du vil bli vakker som en dronning»
"You will possess all the charms you need"
«Du vil ha all sjarmen du trenger»
"Your charms can captivate a prince's heart"
«Din sjarm kan fortrylle en prins' hjerte»
"But you must wait for what the gods decide"
«Men du må vente på hva gudene bestemmer»
"They will grant you an interview"
«De vil gi deg et intervju »
"Tou will have your chance with a prince!"
«Du skal få sjansen din med en prins!»
Our elephant agreed to the change.
Elefanten vår gikk med på endringen.
The beast was transformed by the Rishi.
Udyret ble forvandlet av Rishi.

And now she was a beautiful young lady.
Og nå var hun en vakker ung dame.
The holy sage named her Postomani.
Den hellige vismannen kalte henne Postomani.
Her name meant 'the poppy-seed lady'.
Navnet hennes betydde «valmuefrødamen».

Postomani lived in the Rishi's hut.
Postomani bodde i Rishi-hytta.
She spent her time tending the flowers.
Hun brukte tiden sin på å stelle blomstene.
And she watered the plants in the garden.
Og hun vannet plantene i hagen.
One day she was sitting at the hut.
En dag satt hun ved hytta.
The Rishi was at the holy Ganges.
Rishien var ved den hellige Ganges.
A richly dressed man came towards the cottage.
En rikt kledd mann kom mot hytta.
She stood up to welcome the man.
Hun reiste seg for å ønske mannen velkommen.
And she asked the stranger who he was.
Og hun spurte den fremmede hvem han var.
"What have you come for?" she asked.
«Hva har du kommet for?» spurte hun.
"I have been on a hunt"
«Jeg har vært på jakt»
"But we chased the deer in vain"
«Men vi jaget hjorten forgjeves»
"Now I am thirsty from the heat"
«Nå er jeg tørst av varmen»
"I thought that a Rishi lives here"
«Jeg trodde det bodde en rishi her»
"I had come to ask him for water"
«Jeg hadde kommet for å be ham om vann»
"But now I see you live here"
«Men nå ser jeg at du bor her»

Postomani answered the stranger.
Postomani svarte den fremmede.
"Look upon this hut as your own"
«Se på denne hytta som din egen»
"I am sorry, but we are poor"
«Beklager, men vi er fattige»
"We cannot offer you any entertainment"
«Vi kan ikke tilby deg noen form for underholdning»
"But let me make your visit comfortable"
«Men la meg gjøre besøket ditt komfortabelt»
"Because, I believe you are a king"
«Fordi jeg tror du er en konge»
"If I am not mistaken," she added.
«Hvis jeg ikke tar feil», la hun til.
The stranger smiled in recognition.
Den fremmede smilte gjenkjennende.

Postomani then brought a pot of water.
Postomani kom så med en kanne med vann.
She went to wash her royal guest's feet.
Hun gikk for å vaske føttene til den kongelige gjesten sin.
But the visitor did not let her do this.
Men den besøkende lot henne ikke gjøre dette.
"Holy maid, do not touch my feet"
«Hellige jomfru, rør ikke føttene mine»
"I am only a Kshatriya," he confessed.
«Jeg er bare en Kshatriya», innrømmet han.
"And you are the daughter of a holy sage"
«Og du er datter av en hellig vismann»
"Noble sir;" Postomani begun to confess.
«Ærede herre;» begynte Postomani å tilstå.
"I am not the daughter of the Rishi"
«Jeg er ikke Rishis datter»
"And am I not a Brahmani girl either"
«Og er ikke jeg en brahmani-jente heller?»
"There is no harm in me touching your feet"
«Det er ingen skade i at jeg berører føttene dine»

"Besides, you are my guest"
«Dessuten er du min gjest»
"And I am bound to wash your feet"
«Og jeg skal vaske føttene dine»
"Forgive my impertinence," the king wished.
«Tilgi min uforskammethet», ønsket kongen.
"What caste do you belong to?" he asked.
«Hvilken kaste tilhører du?» spurte han.
"I only know what the sage told me"
«Jeg vet bare hva vismannen fortalte meg»
"I heard my parents were Kshatriyas"
«Jeg hørte at foreldrene mine var Kshatriyaer»
The stranger wanted to know more.
Den fremmede ville vite mer.
"May I ask whether your father was a king!"
«Kan jeg spørre om faren din var konge?»
"You have an uncommon beauty," he said.
«Du har en usedvanlig skjønnhet», sa han.
"And you possess a stately demeanor"
«Og du har en staselig oppførsel»
"These qualities cannot be worked for"
«Disse egenskapene kan man ikke jobbe for»
"It shows that you were born a princess"
«Det viser at du ble født som prinsesse»
Postomani avoided answering the question.
Postomani unngikk å svare på spørsmålet.
Instead she went inside the hut.
I stedet gikk hun inn i hytta.
She brought out a tray of delicious fruits.
Hun tok frem et brett med deilig frukt.
And she set the fruits before the king.
Og hun satte fruktene frem for kongen.
The king, however, did not touch the fruits.
Kongen rørte imidlertid ikke fruktene.
He waited until his question was answered.
Han ventet til spørsmålet hans var besvart.
"I only know what the holy sage says"

«Jeg vet bare hva den hellige vismannen sier»
"He says that my father was a king"
«Han sier at faren min var konge»
"But he was overcome in a battle"
«Men han ble beseiret i en kamp»
"So he, with my mother, fled into the woods"
«Så flyktet han, sammen med moren min, inn i skogen.»
"My poor father was eaten by a tiger"
«Min stakkars far ble spist av en tiger»
"My mother closed her eyes as I opened mine"
«Moren min lukket øynene da jeg åpnet mine»
"There was a bee-hive on the tree"
«Det var en bikube på treet»
"I lay at the foot of that tree"
«Jeg lå ved foten av det treet»
"Drops of honey fell into my mouth"
«Dråper med honning falt ned i munnen min»
"The honey maintained the spark inside me"
«Honningen beholdt gnisten inni meg»
"And then the kind Rishi found me"
«Og så fant den snille Rishi meg»
"The holy sage brought me into his hut"
«Den hellige vismannen førte meg inn i hytta si»
"This is the simple story of this wretched girl"
«Dette er den enkle historien om denne elendige jenta»
"The girl who now stands before the king"
«Jenta som nå står foran kongen»
"Call not yourself wretched," replied the king.
«Kall deg ikke elendig», svarte kongen.
"You are the most beautiful of women"
«Du er den vakreste av kvinner»
"And you are the loveliest of women"
«Og du er den vakreste av kvinner»
"You would adorn the grandest palaces"
«Du ville pryde de største palasser»

Postomani had gotten her interview.

Postomani hadde fått intervjuet sitt.
She fell in love with the king.
Hun ble forelsket i kongen.
And the king fell in love with her.
Og kongen ble forelsket i henne.
The Rishi joined them in marriage.
Rishiene giftet seg med dem.
Postomani became the king's favourite queen.
Postomani ble kongens favorittdronning.
And the former queen was in disgrace.
Og den tidligere dronningen var i unåde.
But Postomani's happiness was short-lived.
Men Postomanis lykke var kortvarig.
One day as she was standing by a well.
En dag da hun sto ved en brønn.
She was overcome by a moment of giddiness.
Hun ble overveldet av et øyeblikks svimmelhet.
Fortune had her fall into the water.
Fortune fikk henne til å falle i vannet.
And she died in the water of the well.
Og hun døde i brønnens vann.
The Rishi then came to the king.
Rishien kom så til kongen.
"O king, grieve not over the past"
«Å konge, sørg ikke over fortiden»
"What is fixed by fate must come to pass"
«Det som er bestemt av skjebnen, må skje»
"The queen drowned in your well"
«Dronningen druknet i brønnen din»
"But she was not of royal blood"
«Men hun var ikke av kongelig blod»
"She was born to a family of mice"
«Hun ble født inn i en musefamilie»
"Each evening she came to my hut"
«Hver kveld kom hun til hytta mi»
"And I gave her the power of speech"
«Og jeg ga henne taleevnen»

"With speech she could express her wishes"
«Med tale kunne hun uttrykke sine ønsker»
"I changed her according to her wishes"
«Jeg forandret henne etter hennes ønsker»
"As a mouse she feared the cat"
«Som en mus fryktet hun katten»
"And so I changed her into a cat"
«Og så forvandlet jeg henne til en katt»
"As a cat she feared the dogs"
«Som katt fryktet hun hundene »
"And so I changed her into a dog"
«Og så forvandlet jeg henne til en hund»
"As a dog she had not enough to eat"
«Som hund hadde hun ikke nok å spise»
"And so I changed her into a monkey"
«Og så forvandlet jeg henne til en ape»
"As a monkey she couldn't bear the heat"
«Som en ape tålte hun ikke varmen»
"And so I changed her into a wild boar"
«Og så forvandlet jeg henne til et villsvin»
"As a boar her life was not safe"
«Som et villsvin var ikke livet hennes trygt»
"And so I changed her into an elephant"
«Og så forvandlet jeg henne til en elefant»
"That was the elephant you caught"
«Det var elefanten du fanget»
"But as an elephant she was not loved"
«Men som en elefant var hun ikke elsket»
"And so I changed her one last time"
«Og så byttet jeg henne en siste gang»
"I changed her into a beautiful girl"
«Jeg forvandlet henne til en vakker jente»
"That is the girl that you married"
«Det er jenta du giftet deg med»
"And that is the girl that drowned"
«Og det er jenta som druknet»
"Take into favor your former queen"

«Ta din tidligere dronning i gunst»
"And don't worry for my daughter"
«Og ikke bekymre deg for datteren min»
"I will make her name immortal"
«Jeg vil gjøre navnet hennes udødelig»
"Let her body remain in the well"
«La kroppen hennes bli værende i brønnen»
"Fill the well up with earth"
«Fyll brønnen med jord»
"In her flesh there is a seed"
«I hennes kjød er det et frø»
"From her bones a tree will grow"
«Fra hennes knokler skal et tre vokse opp»
"We will name this tree after her"
«Vi skal oppkalle dette treet etter henne»
"The tree shall be called 'Posto'"
«Treet skal hete Posto»
"This means 'the Poppy tree'"
«Dette betyr 'valmuetreet'»
"From this tree there will come a drug"
«Fra dette treet skal det komme en medisin»
"This drug will be called opium"
«Dette stoffet vil bli kalt opium»
"Opium will be a powerful drug"
«Opium vil bli et kraftig stoff»
"People will consume opium in every epoch"
«Folk vil konsumere opium i enhver epoke»
"Opium will either be swallowed or smoked"
«Opium vil enten bli svelget eller røykt»
"And opium will be a wonderful narcotic"
«Og opium vil være et fantastisk narkotisk middel»
"Opium will be used till the end of time"
«Opium vil bli brukt til tidenes ende»
"You will recognize the opium smoker"
«Du vil kjenne igjen opiumsrøykeren»
"He will have many different qualities"
«Han vil ha mange forskjellige egenskaper»

"One quality for each of the animals"
«Én egenskap for hvert av dyrene»
"The animals which Postomani had lived as"
«Dyrene som Postomani hadde levd som»
"He will be mischievous, like a mouse"
«Han vil være rampete, som en mus»
"He will be fond of milk, like a cat"
«Han vil være glad i melk, som en katt»
"He will be quarrelsome, like a dog"
«Han vil være kranglete som en hund»
"He will be filthy, like a monkey"
«Han vil bli skitten, som en ape»
"He will be savage, like a boar"
«Han vil være vill, som et villsvin»
"He will be confident, like an elephant"
«Han vil være selvsikker, som en elefant»
"And he will be high-tempered, like a queen"
«Og han vil være hissig, som en dronning»

Strike, but Listen First
Slå, men lytt først

There was once a king who had three sons.
Det var en gang en konge som hadde tre sønner.
His royal subjects came to him one day and said;
Hans kongelige undersåtter kom til ham en dag og sa;
"Oh incarnation of justice! hear our plea"
«Å, rettferdighetens inkarnasjon! Hør vår bønn!»
"The kingdom is infested with thieves and robbers"
«Kongeriket er infisert av tyver og røvere»
"Our property is not safe from their thievery"
«Vår eiendom er ikke trygg fra tyveriet deres»
"We pray your majesty to catch hold of these thieves"
«Vi ber Deres Majestet om å få tak i disse tyvene»
"We beg you punish them to the full extent of the law"
«Vi ber deg om å straffe dem i henhold til loven»
The king said to his sons, "Oh, my sons, I am old"
Kongen sa til sønnene sine: «Å, mine sønner, jeg er gammel.»
"But you are all in the prime of manhood"
«Men dere er alle i sin beste alder»
"How is it that my kingdom is full of thieves?"
«Hvordan kan det ha seg at mitt rike er fullt av tyver?»
"I look to you to catch hold of these thieves"
«Jeg håper du skal få tak i disse tyvene»
The three princes then made up their minds.
Så bestemte de tre prinsene seg.
They were going to patrol the city every night.
De skulle patruljere byen hver natt.
They set up a watch out in the outskirts of the city.
De satte opp en vaktpost i utkanten av byen.
The early part of the night had arrived.
Den tidlige delen av natten var kommet.
So the eldest prince took on his duties.
Så tok den eldste prinsen på seg sine plikter.
He rode upon his horse through the whole city.
Han red på hesten sin gjennom hele byen.

But did not see a single thief anywhere he looked.
Men så ikke en eneste tyv noe sted han så.
He came back to the policing station.
Han kom tilbake til politistasjonen.
The middle part of the night had arrived.
Midtsiden av natten var kommet.
So the second prince took on his duties.
Så tok den andre prinsen på seg sine plikter.
And he too rode through every part of the city.
Og han red også gjennom alle deler av byen.
But he did not see or hear of a single thief.
Men han verken så eller hørte om en eneste tyv.
He came also back to the policing station.
Han kom også tilbake til politistasjonen.
The latter part of the night had arrived.
Den siste delen av natten var kommet.
So the youngest prince took on his duties.
Så tok den yngste prinsen på seg sine plikter.
He went near the gate of his father's palace.
Han gikk bort til porten til farens palass.
There he saw a beautiful woman leaving the palace.
Der så han en vakker kvinne forlate palasset.
The prince asked the woman, "who are you?"
Prinsen spurte kvinnen: «Hvem er du?»
"Where are you going at this hour of the night?"
«Hvor skal du på denne tiden av natten?»
The woman answered the young prince.
Kvinnen svarte den unge prinsen.
"I am Rajlakshmi, the guardian deity of this palace"
«Jeg er Rajlakshmi, skytsguden for dette palasset»
"The king will be killed this night"
«Kongen skal drepes i natt»
"I am therefore not needed here"
«Jeg er derfor ikke nødvendig her»
"And that is why I am going away"
«Og det er derfor jeg drar bort»
The prince did not know what to make of this message.

Prinsen visste ikke hva han skulle mene om denne beskjeden.

After a moment's reflection he said to the goddess;

Etter et øyeblikks ettertanke sa han til gudinnen;

"But, suppose the king is not killed tonight"

«Men la oss si at kongen ikke blir drept i natt»

"Have you any objection to return to the palace?"

«Har du noen innvendinger mot å returnere til slottet?»

"I have no objection," replied the goddess.

«Jeg har ingen innvendinger», svarte gudinnen.

The prince then begged the goddess to go back.

Prinsen ba deretter gudinnen om å dra tilbake.

And he promised to do his best to protect the king.

Og han lovet å gjøre sitt beste for å beskytte kongen.

Then the goddess entered the palace again.

Så gikk gudinnen inn i palasset igjen.

Within a moment she disappeared into the palace.

I løpet av et øyeblikk forsvant hun inn i palasset.

The prince went straight into the palace too.

Prinsen gikk også rett inn i palasset.

And he went into the bedroom of his royal father.

Og han gikk inn på soverommet til sin kongelige far.

There his father lay immersed in deep sleep.

Der lå faren hans i dyp søvn.

The king had a second, younger wife.

Kongen hadde en andre, yngre kone.

This woman was the stepmother of our prince.

Denne kvinnen var stemoren til prinsen vår.

She was sleeping in another bed in the room.

Hun sov i en annen seng på rommet.

There was a light that was burning dimly.

Det var et lys som brant svakt.

But then the prince saw something that surprised him!

Men så så prinsen noe som overrasket ham!

A huge cobra going round and round the golden bedstead.

En enorm kobra som går rundt og rundt den gyldne sengen.

The bedstead on which his father was sleeping.

Sengen som faren hans sov på.
The prince with his sword cut the serpent in two.
Prinsen hogg slangen i to med sverdet sitt.
But he was not satisfied with killing the cobra.
Men han var ikke fornøyd med å drepe kobraen.
So he cut the cobra up into a hundred pieces.
Så kuttet han kobraen i hundre biter.
And he put the pieces of the cobra inside a pan.
Og han la bitene av kobraen i en kjele.
But while cutting the cobra a misfortune happened.
Men mens han kuttet kobraen, skjedde det en ulykke.
A drop of blood fell on the breast of his stepmother.
En dråpe blod falt på stemorens bryst.
The prince was in great distress by what had happened.
Prinsen var i stor fortvilelse over det som hadde skjedd.
"I have saved my father, but killed my stepmother"
«Jeg har reddet faren min, men drept stemoren min»
How could he remove the drop of blood from her breast?
Hvordan kunne han fjerne bloddråpen fra brystet hennes?
He wrapped round his tongue a piece of cloth sevenfold.
Han surret et tøystykke sjufold rundt tungen.
And with the cloth he licked up the drop of blood.
Og med kluten slikket han opp bloddråpen.
But his stepmother's sleep was not so deep.
Men stemorens søvn var ikke så dyp.
And in his attempt to save her he awoke her.
Og i sitt forsøk på å redde henne vekket han henne.
When opening her eyes she saw it was her stepson.
Da hun åpnet øynene, så hun at det var stesønnen hennes.
The young prince rushed out of the room.
Den unge prinsen løp ut av rommet.
The queen, hated her stepson, the youngest prince.
Dronningen hatet stesønnen sin, den yngste prinsen.
And she had every intention to ruin his reputation.
Og hun hadde all intensjon om å ødelegge ryktet hans.
She called out to her husband, "My lord, my lord"
Hun ropte til mannen sin: «Min herre, min herre!»

"Are you awake? are you awake? Rouse yourself up"
«Er du våken? Er du våken? Våkn opp!»
"Here is a nice piece of news for you"
«Her er en hyggelig nyhet til deg»
The king on awaking inquired what the matter was.
Da kongen våknet, spurte han hva som var i veien.
"What the matter is, my lord, let me tell you"
«Hva som er galt, herre, la meg fortelle deg»
"Your worthy son was just here in this room"
«Din verdige sønn var nettopp her i dette rommet»
"The youngest prince, of whom you speak so highly"
«Den yngste prinsen, som du snakker så høyt om»
"I caught him in the act of touching my breast"
«Jeg tok ham på fersken mens han berørte brystet mitt»
"I don't doubt he came with wicked intents"
«Jeg tviler ikke på at han kom med onde hensikter»
The king was horror-struck by what he heard.
Kongen ble slått av skrekk over det han hørte.
The prince went back to where his brothers kept watch.
Prinsen dro tilbake dit brødrene hans holdt vakt.
But he told them nothing of what had happened.
Men han fortalte dem ingenting om hva som hadde skjedd.

Early in the morning the king called his eldest son.
Tidlig om morgenen kalte kongen på sin eldste sønn.
"I entrust my life and my honor to men"
«Jeg betror mitt liv og min ære til menn»
"But what if one of these men prove faithless?
«Men hva om en av disse mennene viser seg å være troløse?»
"How should such a man be punished?"
«Hvordan skal en slik mann straffes?»
The eldest prince replied to his father, the king.
Den eldste prinsen svarte sin far, kongen.
"Doubtless such a man's head should be cut off"
«En slik manns hode burde uten tvil hugges av»
"But first you should establish the facts"
«Men først bør du fastslå fakta»

"You must see whether the man is really faithless"
«Du må se om mannen virkelig er troløs»
"What do you mean?" inquired the king.
«Hva mener du?» spurte kongen.
"Let your majesty be pleased to listen"
«La Deres Majestet behage å lytte»
Once upon on a time there lived a goldsmith.
Det var en gang en gullsmed.
This goldsmith had a son who had a wife.
Denne gullsmeden hadde en sønn som hadde en kone.
His wife had the rare faculty of understanding beasts.
Hans kone hadde den sjeldne evnen til å forstå dyr.
But she never told anyone about her uncommon gift.
Men hun fortalte aldri noen om den uvanlige gaven sin.
Not even her husband knew she could understand animals.
Ikke engang mannen hennes visste at hun kunne forstå dyr.
One night she was lying in bed beside her husband.
En natt lå hun i sengen ved siden av mannen sin.
From the river by their house she heard a jackal howl.
Fra elven ved huset deres hørte hun en sjakal hyle.
"There goes a carcass floating on the river"
«Der flyter et kadaver på elven»
"There's a diamond ring on the dead man's finger"
«Det er en diamantring på den dødes finger»
"Will anyone take the ring and give me the corpse?"
«Vil noen ta ringen og gi meg liket?»
The woman understood the jackal's language.
Kvinnen forsto sjakalens språk.
She got up from bed and went to the river-side.
Hun sto opp av sengen og gikk til elvebredden.
The husband had not been in deep sleep.
Ektemannen hadde ikke sovet dypt.
So with his wife's movements he woke up too.
Så med konas bevegelser våknet han også.
And he followed his wife to see where she went.
Og han fulgte etter kona si for å se hvor hun dro.
But he kept his distance, so that he could observe her.

Men han holdt avstand, slik at han kunne observere henne.

The woman went into the water next to their house.

Kvinnen gikk ut i vannet ved siden av huset deres.

She tugged the floating corpse towards the shore.

Hun dro det flytende liket mot stranden.

And she saw the diamond ring on the finger.

Og hun så diamantringen på fingeren.

She was unable to loosen the ring with her hand.

Hun klarte ikke å løsne ringen med hånden.

Because the fingers of the dead body had swelled.

Fordi fingrene på den døde kroppen hadde hovnet opp.

So she bit off the finger with her teeth.

Så bet hun av fingeren med tennene.

And she put the dead body upon land, for the jackal.

Og hun la den døde kroppen på land, for sjakalen.

Then she returned to bed, where her husband already was.

Så gikk hun tilbake til sengen, der mannen hennes allerede lå.

The young goldsmith lay almost petrified with fear.

Den unge gullsmeden lå nesten forstenet av frykt.

He was convinced he was lying next to a Rakshasi.

Han var overbevist om at han lå ved siden av en Rakshasi.

He spent the rest of the night tossing in his bed.

Han tilbrakte resten av natten med å vrenge seg i sengen sin.

And early in the morning spoke to his father.

Og tidlig om morgenen snakket han med faren sin.

"The woman thou hast given me is not a real woman"

«Kvinnen du har gitt meg er ikke en ekte kvinne»

"The woman thou hast given me to wife is a Rakshasi"

«Kvinnen du har gitt meg til hustru er en rakshasi»

"Last night I was lying in bed with her"

«I går kveld lå jeg i sengen med henne»

"By the river I heard the howl of a jackal"

«Ved elven hørte jeg en sjakals uling»

"My wife too, heard the howl of the jackal"

«Min kone hørte også sjakalens uling»

"Thinking I was asleep; she went towards the howl"

«Trodde jeg sov; hun gikk mot ulingen.»

"I was surprised to see her go out of bed alone"
«Jeg ble overrasket over å se henne gå ut av sengen alene»
"Suspecting some sort of evil, I followed her outside"
«Jeg mistenkte noe ondt, og fulgte etter henne ut.»
"But she could not see that I had followed her"
«Men hun kunne ikke se at jeg hadde fulgt etter henne»
"What did she do, do you think? O horror of horrors!"
«Hva tror du hun gjorde? Å, redsel over redsler!»
"From the stream she dragged a dead body out"
«Hun dro et lik opp fra bekken»
"And what do you think she did with the dead body?"
«Og hva tror du hun gjorde med den døde kroppen?»
"She wasted no time devouring the dead man!"
«Hun kastet ikke bort tiden på å sluke den døde mannen!»
"All this I had the misfortune to see with my own eyes"
«Alt dette hadde jeg ulykken med å se med mine egne øyne»
"While she feasted on the carcass I went back to bed"
«Mens hun fråtset i kadaveret, gikk jeg tilbake til sengs.»
"In a few minutes she also returned to bed"
«Om noen få minutter gikk hun også tilbake til sengen»
"She bolted the door shut, and lay beside me"
«Hun låste igjen døren og la seg ved siden av meg»
"Oh my father, how can I live with a Rakshasi?"
«Å, min far, hvordan kan jeg leve med en rakshasi?»
"She will certainly kill me and eat me up one night"
«Hun kommer helt sikkert til å drepe meg og spise meg opp
en natt»
You can imagine the shock of the old goldsmith.
Du kan tenke deg sjokket til den gamle gullsmeden.
Both father and son agreed about what should be done.
Både far og sønn var enige om hva som skulle gjøres.
The woman should be taken deep into the forest.
Kvinnen burde tas dypt inn i skogen.
And she should be left for wild beasts to devoured.
Og hun burde overlates til ville dyr å fortære.
Accordingly, the young goldsmith spoke to his wife.
Følgelig snakket den unge gullsmeden til sin kone.

"My dear love," he said to his wife.
«Min kjære,» sa han til kona si.
"You had better not cook much this morning"
«Du burde ikke lage mye mat i morges»
"Boil a little rice and burn a brinjal"
«Kok litt ris og brenn en brinjal»
"Because today we are going to see your parents"
«Fordi i dag skal vi se foreldrene dine»
"Your mother and father are dying to see you"
«Moren og faren din lengter etter å se deg»
The woman was full of joy at the unexpected news.
Kvinnen var full av glede over den uventede nyheten.
She loved returning to her father's house.
Hun elsket å komme tilbake til farens hus.
And she finished the cooking in no time.
Og hun ble ferdig med matlagingen på et blunk.
The husband and wife snatched a hasty breakfast.
Mannen og kona tok seg en rask frokost.
And soon after breakfast they started their journey.
Og like etter frokost startet de reisen sin.
The way to her father's house was through dense jungle.
Veien til farens hus gikk gjennom tett jungel.
It was the perfect place to abandon his wife.
Det var det perfekte stedet å forlate kona si.
She was bound to be eaten up by wild beasts there.
Hun var nødt til å bli spist opp av ville dyr der.
But while they were walking the woman heard a snake.
Men mens de gikk, hørte kvinnen en slange.
"Oh passer-by, in yonder hole there is a frog"
"Å, forbipasserende, i det hullet der er det en frosk"
"How thankful I would be if you caught the frog"
«Så takknemlig jeg ville vært hvis du fanget frosken»
"And the hole is full of gold and precious stones"
«Og hullet er fullt av gull og edelstener»
"Give me the frog, and take the treasure for yourself"
«Gi meg frosken, og ta skatten selv»
The woman forthwith went to the frog's hole.

Kvinnen gikk straks til froskehullet.

And she began digging the hole with a stick.

Og hun begynte å grave hullet med en pinne.

The young goldsmith was now quaking with fear.

Den unge gullsmeden skalv nå av frykt.

He thought his Rakshasi-wife was about to kill him.

Han trodde at hans Rakshasi-kone var i ferd med å drepe ham.

And then his wife called for him to help her.

Og så ropte kona hans på ham for å få hjelp.

"Take all this gold and these precious stones"

«Ta alt dette gullet og disse edelstenene»

The goldsmith did not understand her request.

Gullsmeden forsto ikke forespørselen hennes.

Timidly he went to where she had dug the hole.

Skyggefullt gikk han bort til der hun hadde gravd hullet.

But he was infinitely surprised by what he saw.

Men han ble uendelig overrasket over det han så.

The hole was full of gold and precious stones.

Hullet var fullt av gull og edelstener.

"How did you know there was a treasure here?"

«Hvordan visste du at det var en skatt her?»

And finally his wife told him of her gift.

Og til slutt fortalte kona ham om gaven sin.

"I can understand all the beasts in the forest"

«Jeg kan forstå alle dyrene i skogen»

"Just over there, there is a snake coiled up"

«Rett der borte er det en slange som kveiler seg sammen.»

"She had told me there was a treasure here"

«Hun hadde fortalt meg at det var en skatt her»

The husband now felt very blessed with his wife.

Mannen følte seg nå svært velsignet med sin kone.

"My love, it has gotten very late today"

«Kjære deg, det har blitt veldig sent i dag»

"I don't think we will reach your father's house"

«Jeg tror ikke vi kommer frem til farens hus»

"Nightfall will catch us before we get there"

«Mørket vil innhente oss før vi kommer dit»
"If we stay we might be devoured by wild beasts"
«Hvis vi blir, kan vi bli fortært av ville dyr»
"I propose therefore that we both return home"
«Jeg foreslår derfor at vi begge drar hjem»
You can imagine the wife's disappointment.
Du kan tenke deg konas skuffelse.
But she agreed with her husband's assessment.
Men hun var enig i ektemannens vurdering.
It took them a long time to reach home.
Det tok dem lang tid å komme hjem.
They were laden with a large quantity of gold.
De var lastet med en stor mengde gull.
And they were carrying many precious stones.
Og de bar med seg mange edelstener.
But eventually the got close to their home.
Men etter hvert kom de nærmere hjemmet sitt.
"My dear, go by the back door," said the goldsmith.
«Kjære deg, gå inn bakdøren», sa gullsmeden.
"I will go by the front door and see my father"
«Jeg skal gå inn hovedinngangen og se faren min»
"And I will show him all this treasure"
«Og jeg skal vise ham hele denne skatten»
So she entered the house by the back door.
Så hun gikk inn i huset gjennom bakdøren.
But the old goldsmith had reason to be there too.
Men den gamle gullsmeden hadde også grunn til å være der.
He had gone there to collect a hammer.
Han hadde gått dit for å hente en hammer.
The old goldsmith saw his Rakshasi daughter-in-law.
Den gamle gullsmeden så sin Rakshasi-svigerdatter.
He concluded she had swallowed up his son.
Han konkluderte med at hun hadde slukt sønnen hans.
And he therefore struck her with the hammer.
Og derfor slo han henne med hammeren.
The blow immediately killed his daughter-in-law.
Slaget drepte svigerdatteren hans umiddelbart.

At that moment the son came into the house.
I det øyeblikket kom sønnen inn i huset.
But it was too late for him to explain.
Men det var for sent for ham å forklare det.
And so the eldest prince's story concluded.
Og slik ble den eldste prinsens historie avsluttet.
"You might have to cut a man's head off"
«Du må kanskje hogge av hodet til en mann»
"But first you should establish the facts"
«Men først bør du fastslå fakta»
"You must see whether the man is really faithless"
«Du må se om mannen virkelig er troløs»

The king then called his second son to him.
Kongen kalte så sin andre sønn til seg.
"I entrust my life and my honor to men"
«Jeg betror mitt liv og min ære til menn »
"But what if one of these men prove faithless?
«Men hva om en av disse mennene viser seg å være troløse?»
"How should such a man be punished?"
«Hvordan skal en slik mann straffes?»
The second prince replied to his father, the king.
Den andre prinsen svarte sin far, kongen.
"Doubtless such a man's head should be cut off"
«En slik manns hode burde uten tvil hugges av»
"But first you should establish the facts"
«Men først bør du fastslå fakta»
"What do you mean?" inquired the king.
«Hva mener du?» spurte kongen.
"Let your majesty be pleased to listen"
«La Deres Majestet behage å lytte»
Once upon a time there reigned a king.
Det var en gang en konge som regjerte.
This king was very fond of going out hunting.
Denne kongen var veldig glad i å dra på jakt.
One day his horse took him into a dense forest.
En dag tok hesten hans ham med inn i en tett skog.

He went far from his followers, deep into the woods.
Han dro langt fra følgerne sine, dypt inn i skogen.
He rode on and on through the endless, quiet forest.
Han red videre og videre gjennom den endeløse, stille skogen.
He saw neither villages nor towns, only trees.
Han så verken landsbyer eller byer, bare trær.
On the long, lonely journey he became very thirsty.
På den lange, ensomme reisen ble han veldig tørst.
He could see no pond, nor lake, nor stream.
Han kunne ikke se noen dam, innsjø eller bekk.
But then he saw something dripping from a tree.
Men så så han noe dryppe fra et tre.
He concluded it was rainwater resting in a cavity.
Han konkluderte med at det var regnvann som lå i et hulrom.
He stood on horseback beneath the tree, cup in hand.
Han sto til hest under treet med koppen i hånden.
He caught the drops slowly dripping into the small cup.
Han fanget dråpene som sakte dryppet ned i den lille koppen.
The water, however, was not rain from the sky.
Vannet var imidlertid ikke regn fra himmelen.
A huge cobra sat on top of the tall tree.
En enorm kobra satt på toppen av det høye treet.
The snake had struck the tree in rage with its sharp fangs.
Slangen hadde slått treet i raseri med sine skarpe hoggtenner.
The snake's poison came out and fell downward in heavy drops.
Slangens gift kom ut og falt nedover i tunge dråper.
The king thought the falling liquid was simple rainwater.
Kongen trodde den fallende væsken bare var regnvann.
The horse sensed the danger and tried to warn him.
Hesten ante faren og prøvde å advare ham.
The cup was nearly filled with the deadly snake-poison.
Koppen var nesten fylt med den dødelige slangegiften.
The king raised the cup and prepared to drink.
Kongen løftet begeret og gjorde seg klar til å drikke.
But the horse moved wildly, with the king on its back.
Men hesten beveget seg vilt, med kongen på ryggen.

The cup fell from his hand, and the poison spilled.
Koppen falt fra hånden hans, og giften sølte.
The king became angry and struck the horse's neck.
Kongen ble sint og slo hesten i nakken.
The blow from the sword immediately killed his horse.
Sverdslaget drepte hesten hans umiddelbart.
And so the second prince's story concluded.
Og slik ble den andre prinsens historie avsluttet.
"You might have to cut a man's head off"
«Du må kanskje hogge av hodet til en mann»
"But first you should establish the facts"
«Men først bør du fastslå fakta»
"You must see whether the man is really faithless"
«Du må se om mannen virkelig er troløs»

The king then called to him his third youngest son.
Kongen kalte så sin tredje yngste sønn til seg.
"I entrust my life and my honor to men"
«Jeg betror mitt liv og min ære til menn»
"But what if one of these men prove faithless?
«Men hva om en av disse mennene viser seg å være troløse?»
"How should such a man be punished?"
«Hvordan skal en slik mann straffes?»
"Doubtless such a man's head should be cut off"
«En slik manns hode burde uten tvil hugges av»
"But first you should establish the facts"
«Men først bør du fastslå fakta»
"What do you mean?" inquired the king.
«Hva mener du?» spurte kongen.
"Let your majesty be pleased to listen"
«La Deres Majestet behage å lytte»
Once long ago there reigned a wise and noble king.
For lenge siden regjerte det en gang en vis og edel konge.
In his palace he kept a bird of Suka species.
I palasset sitt holdt han en fugl av Suka-arten.
One day the bird went out flying into the fields.
En dag fløy fuglen ut på markene.

There he saw his father and mother calling from above.
Der så han faren og moren sin rope ovenfra.
They asked him to come visit them in their nest.
De ba ham komme og besøke dem i reiret deres.
The nest was far away in a distant hidden land.
Reiret var langt borte, i et fjernt, skjult land.
The Suka said, "I'll come if I get king's leave"
Sukaen sa: «Jeg kommer hvis jeg får kongens tillatelse.»
"I'll speak to the king today and return tomorrow"
«Jeg skal snakke med kongen i dag og komme tilbake i morgen»
"Please wait at this same spot in the morning"
«Vennligst vent på dette samme stedet i morgen.»
That very day, Suka spoke with the gentle, kind king.
Samme dag snakket Suka med den milde, vennlige kongen.
The king gave permission for the bird to leave.
Kongen ga fuglen tillatelse til å dra.
Although he was sad to part with his bird.
Selv om han var lei seg for å måtte skilles fra fuglen sin.
The next morning, Suka met his parents again.
Neste morgen møtte Suka foreldrene sine igjen.
He flew with them to their nest on a tall tree.
Han fløy med dem til reiret deres i et høyt tre.
The three birds lived together happily in peaceful joy.
De tre fuglene levde lykkelig sammen i fredelig glede.
They stayed like this for a fortnight of lovely days.
De ble værende slik i to uker med herlige dager.
But even those quiet and pleasant days had to end.
Men selv de stille og hyggelige dagene måtte ta slutt.
Suka said, "Beloved parents, the king gave me two weeks"
Suka sa: «Kjære foreldre, kongen ga meg to uker.»
"That time is now over, so I must return tomorrow"
«Den tiden er nå over, så jeg må tilbake i morgen»
His father and mother agreed and blessed his decision.
Faren og moren hans var enige og velsignet avgjørelsen hans.
They told him to carry a gift for the king.
De ba ham om å ta med seg en gave til kongen.

After some talk, they chose some fruit as a gift.
Etter litt prat valgte de litt frukt som gave.
The fruit had grown from the Immortality Tree.
Frukten hadde vokst fra Udødelighetstreet.
Early the next morning, Suka went to the tree.
Tidlig neste morgen gikk Suka til treet.
And he plucked a magical glowing fruit.
Og han plukket en magisk glødende frukt.
He held the fruit gently in his beak, full of care.
Han holdt frukten forsiktig i nebbet sitt, full av omsorg.
The fruit was heavy and slowed his swift flying pace.
Frukten var tung og bremset den raske flygefarten hans.
He could not reach the city before night arrived.
Han rakk ikke å nå byen før natten kom.
Suka stopped to rest in a tree along the way.
Suka stoppet for å hvile i et tre underveis.
He feared the fruit might drop while he slept.
Han fryktet at frukten skulle falle mens han sov.
If he kept the fruit in his beak, it could fall.
Hvis han beholdt frukten i nebbet, kunne den falle.
But he saw a hole in the trunk of the tree.
Men han så et hull i trestammen.
He placed the fruit safely inside the dark tree.
Han plasserte frukten trygt inne i det mørke treet.
But inside the hole, there lived a poisonous black snake.
Men inne i hullet bodde det en giftig svart slange.
In the night, the snake bit the fruit with venom.
Om natten bet slangen frukten med gift.
And the fruit became smeared with deadly poison.
Og frukten ble tilsmusset med dødelig gift.
At dawn Suka took the fruit back in his beak.
Ved daggry tok Suka frukten tilbake i nebbet sitt.
He flew again on his journey to the king's palace.
Han fløy igjen på reisen sin til kongens palass.
As he reached the palace the king was sitting with ministers.
Da han kom til palasset, satt kongen sammen med ministrene.
The king was overjoyed to see Suka return once more.

Kongen var overlykkelig over å se Suka komme tilbake igjen.

He greatly admired the beautiful, shining fruit gift.

Han beundret sterkt den vakre, skinnende fruktgaven.

The fruit was lovely to look at and admire.

Frukten var nydelig å se på og beundre.

It was the finest fruit found across the earth.

Det var den fineste frukten som fantes på jorden.

And anyone who ate the fruit was granted immortality.

Og alle som spiste frukten ble gitt udødelighet.

The king was about to eat the beautiful fruit.

Kongen skulle til å spise den vakre frukten.

But his ministers warned him the fruit might be poisoned"

Men ministrene hans advarte ham om at frukten kunne være forgiftet.

"It would be better to test the fruit before you eat it"

«Det ville være bedre å teste frukten før du spiser den»

He threw the fruit to a crow sitting on the wall.

Han kastet frukten til en kråke som satt på veggen.

The crow ate from the fruit, and dropped dead instantly.

Kråka spiste av frukten og falt død om momentant.

The king, thinking Suka tried to kill him, grew furious.

Kongen, som trodde Suka prøvde å drepe ham, ble rasende.

He seized the bird and killed him with his bare hands.

Han grep fuglen og drepte den med bare hendene.

He ordered the seed to be planted outside the city.

Han beordret at frøet skulle sås utenfor byen.

The seed became a tree with the same glowing fruit.

Frøet ble til et tre med den samme glødende frukten.

The king feared the fruit would bring more death.

Kongen fryktet at frukten ville bringe mer død.

So he had the tree fenced off and guarded.

Så han fikk treet gjerdet inn og voktet det.

There lived in that city an old, poor Brahman man.

I den byen bodde en gammel, fattig brahmin-mann.

He and his wife survived only on the town's charity.

Han og kona overlevde bare på byens veldedighet.

One day the Brahman mourned his long, miserable, life.
En dag sørget brahmanen over sitt lange, elendige liv.
He said, "Instead of begging, I will eat poison fruit."
Han sa: «I stedet for å tigge, vil jeg spise giftig frukt.»
"I'll end my life beneath that deadly tree in silence."
«Jeg vil avslutte livet mitt under det dødelige treet i stillhet.»
That very night, he rose quietly and left his home.
Samme kveld sto han stille opp og forlot hjemmet sitt.
His wife suspected and followed behind in silence.
Kona hans mistenkte og fulgte etter i stillhet.
She had decided to die too, alongside her sad husband.
Hun hadde også bestemt seg for å dø, sammen med sin triste ektemann.
She loved him deeply and didn't wish to stay behind.
Hun elsket ham dypt og ønsket ikke å bli igjen.
The palace guard was asleep that night, unaware of visitors.
Slottsvakten sov den natten, uvitende om besøkende.
The Brahman reached the garden and plucked a hanging fruit.
Brahmanen kom til hagen og plukket en hengende frukt.
He looked at it once and ate the entire fruit.
Han så på den én gang og spiste hele frukten.
His wife cried, "If you die, my life becomes nothing"
Kona hans ropte: «Hvis du dør, blir livet mitt til ingenting.»
"I will also eat and die here with you now"
«Jeg skal også spise og dø her med deg nå»
So saying she plucked a fruit and ate it.
Så plukket hun en frukt og spiste den.
They thought the poison would act slowly through the night.
De trodde giften ville virke sakte gjennom natten.
So they both went home and quietly lay down in bed.
Så dro de begge hjem og la seg stille til sengs.
They believed they would never again rise from sleep.
De trodde de aldri ville våkne opp fra søvnen igjen.
To their surprise, they woke up feeling full of life.
Til deres overraskelse våknet de opp og følte seg fulle av liv.

Not only were they alive, but they were young again.
Ikke bare levde de, men de var unge igjen.
And they were strong and had new found energy.
Og de var sterke og hadde nyvunnet energi.
Neighbors hardly recognized them, so changed they looked.
Naboene kjente dem knapt igjen, så forandrede så de ut.
The old Brahman was now handsome and full of youth.
Den gamle brahmanen var nå kjekk og full av ungdom.
His grey hair vanished, and had colour again.
Det grå håret hans forsvant og fikk farge igjen.
His wrinkled cheeks turned smooth, and his skin shone.
De rynkete kinnene hans ble glatte, og huden hans skinte.
And as for his wife, she became extremely beautiful.
Og når det gjelder hans kone, ble hun usedvanlig vakker.
She looked as beautiful as any lady of the kingdom.
Hun så like vakker ut som enhver annen dame i kongeriket.
The king heard of their miraculous transformation.
Kongen hørte om deres mirakuløse forvandling.
He asked his guards to send the Brahman to him.
Han ba vaktene sine om å sende brahmanen til ham.
And he asked the Brahman the source of his youth.
Og han spurte brahmanen om kilden til hans ungdom.
The Brahman told the king every detail of the story.
Brahmanen fortalte kongen alle detaljene i historien.
The king then wept for his poor, loyal pet bird.
Kongen gråt så over sin stakkars, lojale kjæledyrfugl.
He deeply regretted killing his faithful bird.
Han angret dypt på at han drepte sin trofaste fugl.
And he wished he had known the bird's loyalty.
Og han skulle ønske han hadde kjent fuglens lojalitet.
And so the second prince's story concluded.
Og slik ble den andre prinsens historie avsluttet.
"You might have to cut a man's head off"
«Du må kanskje hogge av hodet til en mann»
"But first you should establish the facts"
«Men først bør du fastslå fakta»
"You must see whether the man is really faithless"

«Du må se om mannen virkelig er troløs»
"I know Your Majesty suspects me of evil last night"
«Jeg vet at Deres Majestet mistenkte meg for ondskap i går kveld»
"Please allow me to explain myself before punishing me"
«Vær så snill å la meg forklare meg før du straffer meg»
"While making rounds I saw a woman leave the palace"
«Mens jeg gikk rundt, så jeg en kvinne forlate palasset.»
"I stopped her, and she said her name was Rajlakshmi"
«Jeg stoppet henne, og hun sa at hun het Rajlakshmi»
"She claimed to be the guardian deity of the palace"
«Hun hevdet å være palassets skytsguddom»
"She said she was leaving because death was near"
«Hun sa at hun skulle dra fordi døden var nær»
"The king," she said, "would be killed later that night"
«Kongen,» sa hun, «ville bli drept senere samme natt»
"I begged her to go back into the palace"
«Jeg ba henne om å gå tilbake til palasset»
"And I promised to do my best to protect you."
«Og jeg lovet å gjøre mitt beste for å beskytte deg.»
"I ran quickly into Your Majesty's chamber without delay."
«Jeg løp raskt inn i Deres Majestets kammer uten forsinkelse.»
"There I saw a cobra circling your golden bedstead."
«Der så jeg en kobra som sirklet rundt den gylne sengen din.»
"I fought the snake and killed it with my blade."
«Jeg kjempet mot slangen og drepte den med bladet mitt.»
"I chopped the body into many exactly one hundred pieces."
«Jeg hogg kroppen i nøyaktig hundre biter.»
"I placed those pieces inside the pan for proof."
«Jeg la de bitene i pannen som bevis.»
"But something occurred as I was cutting up the snake."
« Men noe skjedde mens jeg kuttet opp slangen.»
"A drop of blood fell onto the breast of your wife."
«En dråpe blod falt på din kones bryst.»
"I feared I had saved my father, but killed my stepmother."
«Jeg fryktet at jeg hadde reddet faren min, men drepte stemoren min.»

"I wrapped my tongue tightly with cloth seven times."
«Jeg pakket tungen min tett inn i et tøystykke sju ganger.»
"Then I licked up the drop of venomous blood."
«Så slikket jeg opp dråpen med giftig blod.»
"While I was licking the blood, my stepmother awoke."
«Mens jeg slikket blodet, våknet stemoren min.»
"She saw me and opened her eyes with confusion."
«Hun så meg og åpnet øynene forvirret.»
"This is the truth of what I did last night."
«Dette er sannheten om hva jeg gjorde i går kveld.»
"If Your Majesty commands, then cut off my head now."
«Hvis Deres Majestet befaler det, så hogg av hodet mitt nå.»
The king, full of love and joy, embraced his son.
Kongen, full av kjærlighet og glede, omfavnet sønnen sin.
From that moment, he loved him more than ever before.
Fra det øyeblikket elsket han ham mer enn noen gang før.